中国20世纪
名家散文经典

老舍◎著

林非◎主编

他是一个真正的作家，是中国为数不多的几个
懂写作的人，他的身上体现着中国传统文人的气质。

陕西新华出版
太白文艺出版社·西安

图书在版编目（CIP）数据

老舍散文集 / 老舍著. -- 西安：太白文艺出版社，2016.3（2024.5重印）

（中国20世纪名家散文经典 / 林非主编）

ISBN 978-7-5513-0886-1

Ⅰ.①老… Ⅱ.①老… Ⅲ.①散文集－中国－现代 Ⅳ.①I266

中国版本图书馆CIP数据核字(2016)第004485号

老舍散文集
LAO SHE SANWENJI

作　　者	老　舍
主　　编	林　非
责任编辑	王大伟　荆红娟　张　笛
整体设计	和兴文化
出版发行	太白文艺出版社
经　　销	新华书店
印　　刷	三河市嵩川印刷有限公司
开　　本	700mm×960mm　1/16
字　　数	202千字
印　　张	13
版　　次	2016年3月第1版
印　　次	2024年5月第2次印刷
书　　号	ISBN 978-7-5513-0886-1
定　　价	49.80元

版权所有　翻印必究

如有印装质量问题，可寄出版社印制部调换

联系电话：029-81206800

出版社地址：西安市曲江新区登高路1388号（邮编：710061）

营销中心电话：029-87277748　029-87217872

主　编　林　非
副主编　陈华昌
编　委　（以姓氏笔画为序）
　　　　王湜华　乔继堂
　　　　刘应争　张品兴
　　　　苏　冰　李晓丽
　　　　惠西平

中国 20 世纪名家散文经典

目 录

一些印象（节选） 1
非正式的公园 6
趵突泉的欣赏 8
抬头见喜 10
还想着它 13
又是一年芳草绿 18
春风 21
小动物们 23
小动物们（鸽）续 27
青岛与山大 31
想北平 34
英国人 37
我的几个房东 40
大明湖之春 44
东方学院 47
无题（因为没有故事） 51
五月的青岛 53
吊济南 55
一封信 59
宗月大师 62

诗人 65

敬悼许地山先生 67

滇行短记 72

青蓉略记 84

我的母亲 89

北京的春节 93

猫 96

到了济南 98

一天 103

当幽默变成油抹 107

新年醉话 110

大发议论 112

考而不死是为神 116

神的游戏 118

避暑 120

习惯 122

取钱 124

写字 127

读书 129

有钱最好 132

西红柿 135

鬼与狐 137

代语堂先生拟赴美宣传大纲 140

相片 143

婆婆话 146

我的理想家庭 150

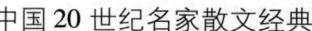

有了小孩以后　153

多鼠斋杂谈　157

谈幽默　166

事实的运用　171

言语与风格　175

"幽默"的危险　180

未成熟的谷粒　183

我的"话"　188

文艺与木匠　192

怎样读小说　194

文牛　197

中国 20 世纪名家散文经典

一些印象(节选)

　　济南的秋天是诗境的。设若你的幻想中有个中古的老城,有睡着了的大城楼,有狭窄的古石路,有宽厚的石城墙,环城流着一道清溪,倒映着山影,岸上蹲着红袍绿裤的小妞儿。你的幻想中要是这么个境界,那便是济南。设若你幻想不出——许多人是不会幻想的——请到济南来看看吧。

　　请你在秋天来。那城,那河,那古路,那山影,是终年给你预备着的。可是,加上济南的秋色,济南由古朴的画境转入静美的诗境中了。这个诗意秋光秋色是济南独有的。上帝把夏天的艺术赐给瑞士,把春天的赐给西湖,秋和冬的全赐给了济南。秋和冬是不好分开的,秋睡熟了一点便是冬,上帝不愿意把它忽然唤醒,所以作个整人情,连秋带冬全给了济南。

　　诗的境界中必须有山有水。那末,请看济南吧。那颜色不同,方向不同,高矮不同的山,在秋色中便越发的不同了。以颜色说吧,山腰中的松树是青黑的,加上秋阳的斜射,那片青黑便多出些比灰色深,比黑色浅的颜色,把旁边的黄草盖成一层灰中透黄的阴影。山脚是镶着各色条子的,一层层的,有的黄,有的灰,有的绿,有的似乎是藕荷色儿。山顶上的色儿也随着太阳的转移而不同。山顶的颜色不同还不重要,山腰中的颜色不同才真叫人想作几句诗。山腰中的颜色是永远在那儿变动,特别是在秋天,那阳光忽然清凉一会儿,忽然又温暖一会儿,这个变动并不激烈,可是山上的颜色觉得出这个变化,而立刻随着变换。忽然黄色更真了一些,忽然又暗了一些,忽然像有层看不见的薄雾在那儿流动,忽然像有股细风替

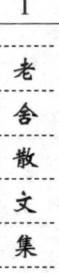

老舍散文集

1

"自然"调合着彩色,轻轻的抹上一层各色俱全而全是淡美的色道儿。有这样的山,再配上那蓝的天,晴暖的阳光;蓝得像要由蓝变绿了,可又没完全绿了;晴暖得要发燥了,可是有点凉风,正像诗一样的温柔;这便是济南的秋。况且因为颜色的不同,那山的高低也更显然了。高的更高了些,低的更低了些,山的棱角曲线在晴空中更真了,更分明了,更瘦硬了。看山顶上那个塔!

再看水。以量说,以质说,以形式说,哪儿的水能比济南?有泉——到处是泉——有河,有湖,这是由形式上分。不管是泉是河是湖,全是那么清,全是那么甜,哎呀,济南是"自然"的 Sweet Heart 吧?大明湖夏日的莲花,城河的绿柳,自然是美好的了。可是看水,是要看秋水的。济南有秋山,又有秋水,这个秋才算个秋,因为秋神是在济南住家的。先不用说别的,只说水中的绿藻吧。那份儿绿色,除了上帝心中的绿色,恐怕没有别的东西能比拟的。这种鲜绿全借着水的清澄显露出来,好像美人借着镜子鉴赏自己的美。是的,这些绿藻是自己享受那水的甜美呢,不是为谁看的。它们知道它们那点绿的心事,它们终年在那儿吻着水皮,作着绿色的香梦。淘气的鸭子,用黄金的脚掌碰它们一两下。浣女的影儿,吻它们的绿叶一两下。只有这个,是它们的香甜的烦恼。羡慕死诗人呀!

在秋天,水和蓝天一样的清凉。天上微微有些白云,水上微微有些波皱。天水之间,全是清明、温暖的空气,带着一点桂花的香味。山影儿也更真了。秋山秋水虚幻的吻着。山儿不动,水儿微响。那中古的老城,带着这片秋色秋声,是济南,是诗。

要知济南的冬日如何,且听下回分解。

上次说了济南的秋天,这回该说冬天。

对于一个在北平住惯的人,像我,冬天要是不刮大风,便是奇迹;济南的冬天是没有风声的。对于一个刚由伦敦回来的,像我,冬天要能看得见日光,便是怪事;济南的冬天是响晴的。自然,在热带的地方,日光是永远那么毒,响亮的天气反有点叫人害怕。可是,在北中国的冬天,而能有温晴的天气,济南真得算个宝地。

设若单单是有阳光,那也算不了出奇。请闭上眼想:一个老城,有山有水,全在蓝天下很暖和安适的睡着;只等春风来把他们唤醒,这是不是个理想的境界?

小山整把济南围了个圈儿,只有北边缺着点口儿,这一圈小山在冬天特别可爱,好像是把济南放在一个小摇篮里,它们全安静不动的低声的说:你们放心吧,这儿准保暖和。真的,济南的人们在冬天是面上含笑的。他们一看那些小山,心中便觉得有了着落,有了依靠。他们由天上看到山上,便不觉得想起:明天也许就是春天了吧?这样的温暖,今天夜里山草也许就绿起

来吧？就是这点幻想不能一时实现,他们也并不着急,因为有这样慈善的冬天,干啥还希望别的呢。

最妙的是下点小雪呀。看吧,山上的矮松越发的青黑,树尖上顶着一髻儿白花,像些小日本看护妇。山尖全白了,给蓝天镶上一道银边。山坡上有的地方雪厚点,有的地方草色还露着,这样,一道儿白,一道儿暗黄,给山们穿上一件带水纹的花衣;看着看着,这件花衣好像被风儿吹动,叫你希望看见一点更美的山的肌肤。等到快日落的时候,微黄的阳光斜射在山腰上,那点薄雪好像忽然害了羞,微微露出点粉色。就是下小雪吧,济南是受不住大雪的,那些小山太秀气。

古老的济南,城内那么狭窄,城外又那么宽敞,山坡上卧着些小村庄,小村庄的房顶上卧着点雪,对,这是张小水墨画,或者是唐代的名手画的吧。

那水呢,不但不结冰,反倒在绿藻上冒着点热气。水藻真绿,把终年贮蓄的绿色全拿出来了。天儿越晴,水藻越绿,就凭这些绿的精神,水也不忍得冻上;况且那长枝的垂柳还要在水里照个影儿呢。看吧,由澄清的河水慢慢往上看吧,空中,半空中,天上,自上而下全是那么清亮,那么蓝汪汪的,整个的是块空灵的蓝水晶。这块水晶里,包着红屋顶,黄草山,像地毯上的小团花的小灰色树影;这就是冬天的济南。

树虽然没有叶儿,鸟儿可并不偷懒,看在日光下张着翅叫的百灵们。山东人是百灵鸟的崇拜者,济南是百灵的国。家家处处听得到它们的歌唱;自然,小黄鸟儿也不少,而且在百灵国内也很努力的唱。还有山喜鹊呢,成群的在树上啼,扯着浅蓝的尾巴飞。树上虽没有叶,这些羽翎装饰着,也倒有点像西洋美女。坐在河岸上,看着它们在空中飞,听着溪水活活的流,要睡了,这是有催眠力的;不信你就试试;睡吧,决冻不着你。

要知后事如何,我自己也不知道。

到了齐大,暑假还未曾完。除了太阳要落的时候,校园里不见一个人影。那几条白石凳,上面有枫树给张着伞,便成了我的临时书房。手里拿着本书,并不见得念;念地上的树影,比读书还有趣。我看着:细碎的绿影,夹着些小黄圈,不定都是圆的,叶儿稀的地方,光也有时候透出七棱八角的一小块。小黑驴似的蚂蚁,单喜欢在这些光圈上慌手忙脚的来往过。那边的白石凳上,也印着细碎的绿影,还落着个小蓝蝴蝶,抿着翅儿,好像要睡。一点风儿,把绿影儿吹醉,散乱起来;小蓝蝶醒了懒懒的飞,似乎是作着梦飞呢;飞了不远,落下了,抱住黄蜀菊的蕊儿。看着,老大半天,小蝶儿又飞了,来了个愣头磕脑的马蜂。

真静。往南看,千佛山懒懒的倚着一些白云,一声不出。往北看,围子墙根有时过一两个小驴,微微有点铃声。往东西看,只看见楼墙上的爬山

 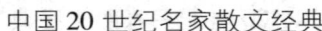

虎。叶儿微动,像竖起的两面绿浪。往下看,四下都是绿草。往上看,看见几个红的楼尖。全不动。绿的,红的,上上下下的,像一张画,颜色固定,可是越看越好看。只有办公处的大钟的针儿,偷偷的移动,好似唯恐怕叫光阴知道似的,那么偷偷的动,从树隙里偶而看见一个小女孩,花衣裳特别花哨,突然把这一片静的景物全刺激了一下;花儿也更红,叶儿也更绿了似的;好像她的花衣裳要带这一群颜色跳舞起来。小女孩看不见了,又安静起来。槐树上轻轻落下个豆瓣绿的小虫,在空中悬着,其余的全不动了。

园中就是缺少一点水呀!连小麻雀也似乎很关心这个,时常用小眼睛往四下找;假如园中,就是有一道小溪吧,那要多么出色。溪里再有些各色的鱼,有些荷花!哪怕是有个喷水池呢,水声,和着枫叶的轻响,在石台上睡一刻钟,要作出什么有声有色有香味的梦!花木够了,只缺一点水。

短松墙觉得有点死板,好在发着一些松香;若是上面绕着些密罗松,开着些血红的小花,也许能减少一些死板气儿。园外的几行洋槐很体面,似乎缺少一些小白石凳。可是继而一想,没有石凳也好,校园的全景,就妙在只有花木,没有多少人工作的点缀,砖砌的花池咧,绿竹篱咧,全没有;这样,没有人的时候,才真像没有人,连一点人工经营的痕迹也看不出;换句话说,这才不俗气。

啊,又快到夏天了!把去年的光景又想起来;也许是盼望快放暑假吧。快放暑假吧!把这个整个的校园,还交给蜂蝶与我吧!太自私了,谁说不是!可是我能念着树影,给诸位作首不十分好,也还说得过去的诗呢。

学校南边那块瓜地,想起来叫人口中出甜水;但是懒得动;在石凳上等着吧,等太阳落了,再去买几个瓜吧。自然,这还是去年的话;今年那块地还种瓜吗?管他种瓜还是种豆呢,反正白石凳还在那里,爬山虎也又绿起来;只等玫瑰开呀!玫瑰开,吃粽子,下雨,晴天,枫树底下,白石凳上,小蓝蝴蝶,绿槐树虫,哈,梦!再温习温习那个梦吧。

有诗为证,对,印象是要有诗为证的;不然,那印象必是多少带点土气的。我想写"春夜",多么美的题目!想起这个题目,我自然的想作诗了。可是,不是个诗人,怎办呢;这似乎要"抓瞎"——用个毫无诗味的词儿。新诗吧?太难;脑中虽有几堆"呀、噢、唉、喽"和那俊美的";",和那珠泪滚滚的"!"。但是,没有别的玩艺,怎能把这些宝贝缀上去呢?此路不通!旧诗?又太死板,而且至少有十几年没动那些七庚八葱的东西了;不免出丑。

到底硬联成一首七律,一首不及六十分的七律;心中已高兴非常,有胜于无,好歹不论,正合我的基本哲学。好,再作七首,共合八首;即便没一首"通"的吧,"量"也足惊人不是?中国地大物博,一人能写八首春夜,呀!

唉!湿膝病又犯了,两膝僵肿,精神不振,终日茫然,饭且不思,何暇作诗,只有大喊拉倒,予无能为矣!只凑了三首,再也凑不出。

想另作一篇散文吧,又到了交稿子的时候;况且精神不好,其影响于诗与散文一也;散了吧,好歹的那三首送进去,爱要不要;我就是这个主意!反正无论怎说,我是有诗为证:

(一)

多少春光轻易去?无言花鸟夜如秋。
东风似梦微添醉,小月知心只照愁!
柳样诗思情入影,火般桃色艳成羞。
谁家玉笛三更后?山倚疏星人倚楼。

(二)

一片闲情诗境里,柳风淡淡析声凉。
山腰月少青松黑,篱畔光多玉李黄。
心静渐知春似海,花深每觉影生香。
何时买得田千顷,遍种梧桐与海棠!

(三)

且莫贪眠减却狂,春宵月色不平常!
碧桃几树开蝴蝶,紫燕联肩梦海棠。
花比诗多怜夜短,柳如人瘦为情长。
年来潦倒漂萍似,惯与东风道暖凉。

得看这三大首!五十年之后,准保有许多人给作注解——好诗是不需注解的。我的评注者,一定说我是资本家,或是穷而倾向资本主义者,因为在第二首里,有"何时买得田千顷"之语。好,我先自己作点注吧:我的意思是买山地呀,不是买一千顷良田,全种上花木,而叫农民饿死,不是。比如千佛山两旁的秃山,要全种上海棠,那要多么美,这才是我的梦想。这不怨我说话不清,是律诗自身的别扭;一句非七个字不可,我怎能忽然来句八个九个字的呢?

得了,从此再不受这个罪;《一些印象》也不再续。暑假中好好休息,把腿养好,能加入将来远东运动会的五百里竞走,得个第一,那才算英雄好汉;诌几句不准多于七个字一句的诗,算得什么!

(原载1931年3月至6月《齐大月刊》第1卷第5、6、7、8期)

非正式的公园

济南的公园似乎没有引动我描写它的力量,居然我还想写那么一两句;现在我要写的地方,虽不是公园,可是确比公园强的多,所以——非正式的公园;关于那正式的公园,只好,虽然还想写那么一两句,待之将来。

这个地方便是齐鲁大学,专从风景上看。齐大在济南的南关外,空气自然比城里的新鲜,这已得到成个公园的最重要条件。花木多,又有了成个公园的资格。确是有许多人到那里玩,意思是拿它当作——非正式的公园。

逛这个非正式的公园以夏天为最好。春天花多,秋天树叶美,但是只在夏天才有"景",冬天没有什么特色。

当夏天,进了校门便看见一座绿楼,楼前一大片绿草地,楼的四围全是绿树,绿树的尖上浮着一两个山峰,因为绿树太密了,所以看不见树后的房子与山腰,使你猜不到绿荫后边还有什么;深密伟大,你不由得深吸一口气。绿楼?真的,"爬山虎"的深绿肥大的叶一层一层的把楼盖满,只露着几个白边的窗户;每阵小风,使那层层的绿叶掀动,横着竖着都动得有规律,一片竖立的绿浪。

往里走吧,沿着草地——草地边上不少的小蓝花呢——到了那绿荫深处。这里都是枫树,树下四条洁白的石凳,围着一片花池。花池里虽没有珍花异草,可是也有可观;况且往北有一条花径,全是小红玫瑰。花径的北端有两大片洋葵,深绿叶,浅红花;这两片花的后面又有一座楼,门前的白石阶栏像

享受这片鲜花的神龛。楼的高处,从绿槐的密叶的间隙里看到,有一个大时辰钟。

往东西看,西边是一进校门便看见的那座楼的侧面与后面,与这座楼平行,花池东边还有一座;这两座楼的侧面山墙,也都是绿的。花径的南端是白石的礼堂,堂前开满了百日红,壁上也被绿蔓爬匀。那两座楼后,两大片草地,平坦,深绿,像张绿毯。这两块草地的南端,又有两座楼,四周围蔷薇作成短墙。设若你坐在石凳上,无论往哪边看,视线所及不是红花,便是绿叶;就是往上下看吧:下面是绿草,红花,与树影;上面是绿枫树叶。往平里看,有时从树隙花间看见女郎的一两把小白伞,有时看男人的白大衫。伞上衫上时时落上些绿的叶影。人不多,因为放暑假了。

拐过礼堂,你看见南面的群山,绿的。山前的田,绿的。一个绿海,山是那些高的绿浪。

礼堂的左右,东西两条绿径,树荫很密,几乎见不着阳光。顺着这绿径走,不论是往西往东,你看见些小的楼房,每处有个小花园。园墙都是矮松作的。

春天的花多,特别是丁香和玫瑰,但是绿得不到家。秋天的红叶美,可是草变黄了。冬天树叶落净,在园中便看见了山的大部分,又欠深远的意味。只有夏天,一切颜色消沉在绿的中间,由地上一直绿到树上浮着的绿山峰,成为以绿为主色的一景。

(原载1932年7月《华年》第1卷第12期)

趵突泉的欣赏

千佛山、大明湖和趵突泉,是济南的三大名胜。现在单讲趵突泉。

在西门外的桥上,便看见一溪活水,清浅,鲜洁,由南向北的流着。这就是由趵突泉流出来的。设若没有这泉,济南定会丢失了一半的美。但是泉的所在地并不是我们理想中的一个美景。这又是个中国人的征服自然的办法,那就是说,凡是自然的恩赐交到中国人手里就会把它弄得丑陋不堪。这块地方已经成了个市场。南门外是一片喊声,几阵臭气,从卖大碗面条与肉包子的棚子里出来。进了门有个小院,差不多是四方的。这里,"一毛钱四块!"和"两毛钱一双!"的喊声,与外面的"吃来"联成一片。一座假山,奇丑;穿过山洞,接联不断的棚子与地摊,东洋布,东洋磁,东洋玩具,东洋……加劲的表示着中国人怎样热烈的"不"抵制劣货。这里很不易走过去,乡下人一群跟着一群的来,把路塞住。他们没有例外的全买一件东西还三次价,走开又回来摸索四五次。小脚妇女更了不得,你往左躲,她往左扭;你往右躲,她往右扭,反正不许你痛快的过去。

到了池边,北岸上一座神殿,南西东三面全是唱鼓书的茶棚,唱的多半是梨花大鼓,一声"哟"要拉长几分钟,猛听颇像产科医院的病室。除了茶棚还是日货摊子,说点别的吧!

泉太好了。泉池差不多见方,三个泉口偏西,北边便是条小溪流向西门去。看那三个大泉,一年四季,昼夜不停,老那

么翻滚。你立定呆呆的看三分钟,你便觉出自然的伟大,使你不敢再正眼去看。永远那么纯洁,永远那么活泼,永远那么鲜明,冒,冒,冒,永不疲乏,永不退缩,只是自然有这样的力量!冬天更好,泉上起了一片热气,白而轻软,在深绿的长的水藻上飘荡着,使你不由得想起一种似乎神秘的境界。

池边还有小泉呢:有的像大鱼吐水,极轻快的上来一串小泡;有的像一串明珠,走到中途又歪下去,真像一串珍珠在水里斜放着;有的半天才上来一个泡,大,扁一点,慢慢的,有姿态的,摇动上来;碎了;看,又来了一个!有的好几串小碎珠一齐挤上来,像一朵攒整齐的珠花,雪白。有的……这比那大泉还更有味。

新近为增加河水的水量,又下了六根铁管,作成六个泉眼,水流得也很旺,但是我还是爱那原来的三个。

看完了泉,再往北走,经过一些货摊,便出了北门。

前年冬天一把大火把泉池南边的棚子都烧了。有机会改造了!造成一个公园,各处安着喷水管!东边作个游泳池!有许多人这样的盼望。可是,席棚又搭好了,渐次改成了木板棚;乡下人只知道趵突泉,把摊子移到"商场"去(就离趵突泉几步)买卖就受损失了;于是"商场"四大皆空,还叫趵突泉作日货销售场;也许有道理。

(原载 1932 年 8 月《华年》第 8 卷第 17 期)

抬头见喜

对于时节,我向来不特别的注意。拿清明说吧,上坟烧纸不必非我去不可,又搭着不常住在家乡,所以每逢看见柳枝发青便晓得快到了清明,或者是已经过去。对重阳也是这样,生平没在九月九登过高,于是重阳和清明一样的没有多大作用。

端阳,中秋,新年,三个大节可不能这么马虎过去。即使我故意躲着它们,账条是不会忘记了我的。也奇怪,一个无名之辈,到了三节会有许多人惦记着,不但来信,送账条,而且要找上门来!

设若故意躲着借款,着急,设计自杀等等,而专讲三节的热闹有趣那一面儿,我似乎是最喜爱中秋。"似乎",因为我实在不敢说准了。幼年时,中秋是个很可喜的节,要不然我怎么还记得清清楚楚那些"兔儿爷"的样子呢?有"兔儿爷"玩,这个节必是过得十二分有劲。可是从另一方面说,至少有三次喝醉是在中秋;酒入愁肠呀!所以说"似乎"最喜爱中秋。

事真凑巧,这三次"非杨贵妃式"的醉酒我还都记得很清楚。那么,就说上一说呀。第一次是在北平,我正住在翊教寺一家公寓里。好友卢嵩庵从柳泉居运来一坛子"竹叶青"。又约来两位朋友——内中有一位是不会喝的——大家就抄起茶碗来。坛子虽大,架不住茶碗一个劲进攻;月亮还没上来,坛子已空。干什么去呢?打牌玩吧。各拿出铜元百枚,约合大洋七角多,因这是古时候的事了。第一把牌将立起来,不晓得——至今还不晓得——我怎么上了床。牌必是没打成,因

为我一睁眼已经红日东升了。

第二次是在天津,和朱荫棠在同福楼吃饭,各饮绿茵陈二两。吃完饭,到一家茶肆去品茗。我朝窗坐着,看见了一轮明月,我就吐了。这回决不是酒的作用,毛病是在月亮。

第三次是在伦敦。那里的秋月是什么样子,我说不上来——也许根本没有月亮其物。中国工人俱乐部里有多人凑热闹,我和沈刚伯也去喝酒。我们俩喝了两瓶葡萄酒。酒是用葡萄还是葡萄叶儿酿的,不可得而知,反正价钱很便宜;我们俩自古至今总没作过财主。喝完,各自回寓所。一上公众汽车,我的脚忽然长了眼睛,专找别人的脚尖去踩。这回可不是月亮的毛病。

对于中秋,大致如此——无论如何也不能说它坏。就此打住。

至若端阳,似乎可有可无。粽子,不爱吃。城隍爷现在也不出巡;即使再出巡,大概也没有跟随着走几里路的兴趣。樱桃真是好东西,可惜被黑白桑葚给带累坏了。

新年最热闹,也最没劲,我对它老是冷淡的。自从一记事儿起,家中就似乎很穷。爆竹总是听别人放,我们自己是静寂无哗。记得最真的是家中一张《王羲之换鹅》图。每逢除夕,母亲必把它从个神秘的地方找出来,挂在堂屋里。姑母就给说那个故事;到如今还不十分明白这故事到底有什么意思,只觉得"王羲之"三个字倒很响亮好听。后来入学,读了《兰亭序》,我告诉先生,王羲之是在我的家里。

长大了些,记得有一年的除夕,大概是光绪三十年前的一二年,母亲在院中接神,雪已下了一尺多厚。高香烧起,雪片由漆黑的空中落下,落到火光的圈里,非常的白,紧接着飞到火苗的附近,舞出些金光,即行消灭;先下来的灭了,上面又紧跟着下来许多,像一把"太平花"倒放。我还记着这个。我也的确感觉到,那年的神仙一定是真由天上回到世间。

中学的时期是最忧郁的。四五个新年中只记得一个,最凄凉的一个。那是头一次改用阳历,旧历的除夕必须回学校去,不准请假。姑母刚死两个多月,她和我们同住了三十年的样子。她有时候很厉害,但大体上说,她很爱我。哥哥当差,不能回来。家中只剩母亲一人。我在四点多钟回到家中,母亲并没有把"王羲之"找出来。吃过晚饭,我不能不告诉母亲了——我还得回校。她愣了半天,没说什么。我慢慢的走出去,她跟着走到街门。摸着袋中的几个铜子,我不知道走了多少时候,才走到学校。路上必是很热闹,可是我并没看见,我似乎失了感觉。到了学校,学监先生正在学监室门口站着。他先问我:"回来了?"我行了个礼。他点了点头,笑着叫了我一声:"你还回去吧。"这一笑,永远印在我心中。假如我将来死后能入天堂,我必把这一笑带给上帝去看。

中国20世纪名家散文经典

　　我好像没走就又到了家,母亲正对着一枝红烛坐着呢。她的泪不轻易落,她又慈善又刚强。见我回来了,她脸上有了笑容,拿出一个细草纸包儿来:"给你买的杂拌儿,刚才一忙,也忘了给你。"母子好像有千言万语,只是没精神说。早早的就睡了。母亲也没精神。

　　中学毕业以后,新年,除了为还债着急,似乎已和我不发生关系。我在哪里,除夕便由我照管着哪里。别人都回家去过年,我老是早早关上门,在床上听着爆竹响。平日我也好吃个嘴儿,到了新年反倒想不起弄点什么吃,连酒不喝。在爆竹稍静了些的时节,我老看见些过去的苦境。可是我既不落泪,也不狂歌,我只静静的躺着。躺着躺着,多咱烛光在壁上幻出一个"抬头见喜",那就快睡去了。

(原载 1934 年 1 月《良友》(画报)第 4 卷第 8 期)

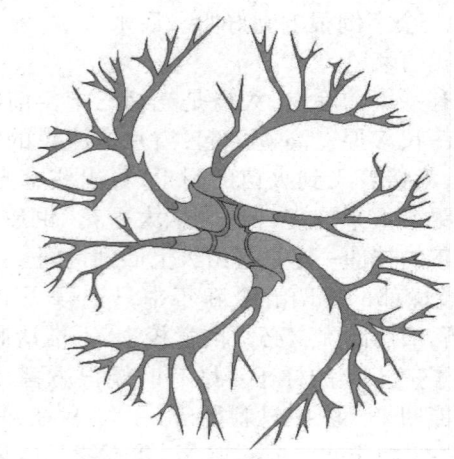

还想着它

钱在我手里,也不怎么,不会生根。我并不胡花,可是钱老出去得很快。据相面的说,我的指缝太宽,不易存财;到如今我还没法打倒这个讲章。在德法意等国跑了一圈,心里很舒服了,因为钱已花光。钱花光就不再计划什么事儿,所以心里舒服。幸而巴黎的朋友还拿着我几个钱,要不然哪,就离不了法国。这几个钱仅够买三等票到新加坡的。那也无法,到新加坡再讲吧。反正新加坡比马赛离家近些,就是这个主意。

上了船,袋里还剩了十几个佛郎①,合华币大洋一元有余;多少不提,到底是现款。船上遇见了几位留法回家的"国留"——复杂着一点说,就是留法的中国学生。大家一见如故。不大会儿的工夫,大家都彼此明白了经济状况;最阔气的是位姓李的,有二十七个佛郎;比我阔着块把来钱。大家把钱凑在一处,很可以买瓶香槟酒,或两枝不错的吕宋烟。我们既不想喝香槟或吸吕宋,连头发都决定不去剪,那么,我们到底不是赤手空拳,干吗不快活呢?大家很高兴,说得也投缘。有人提议:到上海可以组织个银行。他是学财政的。我没表示什么,因为我的船票只到新加坡;上海的事先不必操心。

船上还有两位印度学生,两位美国华侨少年,也都挺和气。两位印度学生穿得满讲究,也关心中国的事。在开船的第三天早晨,他俩打起来:一个弄了个黑眼圈,一个脸上挨了

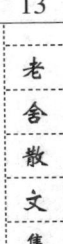

---

① 现通译法郎。

一鞋底。打架的原因:他俩分头向我们诉冤,是为一双袜子。也不知谁卖给谁,穿了(或者没穿)一天又不要了,于是打起架来。黑眼圈的除用湿手绢捂着眼,一天到晚嘟囔着:"在国里,我吐痰都不屑于吐在他身上!他脏了我的鞋底!"吃了鞋底的那位就对我们讲:"上了岸再说;揍他,勒死,用小刀子捅!"他俩不再和我们讨论中国的问题,我们也不问甘地怎样了。

那两位华侨少年中的一位是出来游历:由美国到欧洲大陆,而后到上海,再回家。他在柏林住了一天,在巴黎住了一天,他告诉我,都是停在旅馆里,没有出门。他怕引诱。柏林巴黎都是坏地方,没意思,他说。到了马赛,他丢了一只皮箱。那一位少年是干什么的,我不知道。他一天到晚想家。想家之外,便看法国姑娘。而后告诉那位出来游历的:"她们都钓我呢!"

所谓"她们",是七八个到安南或七海的法国舞女,最年青的不过才三十多岁。三等舱的食堂永远被她们占据着。她们吸烟,吃饭,抢大腿,练习唱,都在这儿。领导的是个五十多岁的小干老头儿,脸像个干橘子。她们没事的时候也还光着大腿,有俩小军官时常和她们弄牌玩。可是那位少年老说她们关心着他。

三等舱里不能算不热闹,舞女们一唱就唱两个多钟头。那个小干老头似乎没有夸奖她们的时候,差不多老对她们喊叫。可是她们也不在乎。她们唱或抢腿,我们就瞎扯,扯腻了便到甲板上过过风。我们的茶房是中国人,永远蹲在暗处,不留神便踩了他的脚。他卖一种黑玩艺,五个佛郎一小包,舞女们也有买的。

二十多天就这样过去:听唱,看大腿,瞎扯,吃饭。舱中老是这些人,外边老是那些水。没有一件新鲜事,大家的脸上眼看着往起长肉,好像一船受填时期的鸭子。坐船是件苦事,明知光阴怪可惜,可是没法不白白扔弃。书读不下去,海是看腻了,话也慢慢的少起来。我的心里想着:到新加坡怎办呢?

就在那么心里悬虚一天的,到了新加坡。再想在船上吃,是不可能了,只好下去。雇上洋车,不,不应当说雇上,是坐上;此处的洋车夫是多数不识路的,即使识路,也听不懂我的话。坐上,用手一指,车夫便跑下去。我是想上商务印书馆。不记得街名,可是记得它是在条热闹街上;上欧洲去的时候曾经在此处玩过一天。洋车一直跑下去,我心里说:商务印书馆要是在这条街上等着我,便是开门见喜;它若不在这条街上,我便玩完。事情真凑巧,商务馆果然等着我呢。说不定还许是临时搬过来的。

这就好办了。进门就找经理。道过姓字名谁,马上问有什么工作没有。经理是包先生,人很客气,可是说事情不大易找。他叫我去看看南洋兄弟烟草公司的黄曼士先生——在地面上很熟,而且好交朋友。我去见黄先生,自然是先在商务馆吃了顿饭。黄先生也一时想不到事情,可是和我成了很好的朋友;我在新加坡,后来,常到他家去吃饭,也常一同出去玩。他是个很可

爱的人。他家给他寄茶,总是龙井与香片两种,他不喜喝香片,便都归了我;所以在南洋我还有香片茶吃。不过,这都是后话。我还得去找事,不远就是中华书局,好,就是中华书局吧。经理徐采明先生至今还是我的好朋友。倒不在乎他给找着个事作,他的人可爱。见了他,我说明来意。他说有办法。马上领我到华侨中学去。这个中学离街市至少有十多里,好在公共汽车(都是小而红的车,跑得飞快)方便,一会儿就到了。徐先生替我去吆喝。行了,他们正短个国文教员。马上搬来行李,上任大吉。有了事作,心才落了实,花两毛钱买了个大柚子吃吃。然后支点钱,买了条毯子,因为夜间必须盖上的。买了身白衣裳,中不中,西不西,自有南洋风味。赊了部《辞源》;教书不同自己读书,字总得认清了——有好些好些字,我总以为认识而实在念不出。一夜睡得怪舒服;新《辞源》摆在桌上被老鼠啃坏,是美中不足。预备用皮鞋打老鼠,及至见了面,又不想多事了,老鼠的身量至少比《辞源》长,说不定还许是仙鼠呢,随它去吧。老鼠虽大,可并不多。最多是壁虎。到处是它们:棚上墙上玻璃杯里——敢情它们喜甜味,盛过汽水的杯子总有它们来照顾一下。它们还会唱,吱吱的,没什么好听,可也不十分讨厌。

　　天气是好的。早半天教书,很可以自自然然的,除非在堂上被学生问住,还不至于四脖子汗流的。吃过午饭就睡大觉,热便在暗中渡过去。六点钟落太阳,晚饭后还可以作点工,壁虎在墙上唱着。夜间必须盖条毯子,可见是不热;比起南京的夏夜,这里简直是仙境了。我很得意,有薪水可拿,而夜间还可以盖毯子,美!况且还能冲凉呢,早午晚三次,在自来水龙头下,灌顶浇脊背,也是痛快事。

　　可是,住了不到几天,我发烧,身上起了小红点。平日我是很勇敢的,一病可就有点怕死。身上有小红点哟,这玩艺,痧疹归心,不死才怪!把校医请来了,他给了我两包金鸡纳霜,告诉我离死还很远。吃了金鸡纳霜,睡在床上,既然离死很远,死我也不怕了,于是依旧勇敢起来。早晚在床上听着户外行人的足声,"心眼"里制构着美的图画:路的两旁杂生着椰树槟榔;海蓝的天空;穿白或黑的女郎,赤着脚,趿拉着木板,嗒嗒的走,也许看一眼树丛中那怒红的花。有诗意呀。矮而黑的锡兰人,头缠着花布,一边走一边唱。躺了三天,颇能领略这种浓绿的浪漫味儿,病也就好了。

　　一下雨就更好了。雨来得快,止得快,沙沙的一阵,天又响晴。路上湿了,树木绿到不能再绿。空气里有些凉而浓厚的树林子味儿,马上可以穿上夹衣。喝碗热咖啡顶那个。

　　学校也很好。学生们都会听国语,大多数也能讲得很好。他们差不多都很活泼。因为下课后便不大穿衣,身上就黑黑的,健康色儿。他们都很爱中国,愿意听激烈的主张与言语。他们是资本家——大小不同,反正非有俩钱不能入学读书——的子弟,可是他们愿打倒资本家。对于文学,他们也爱

最新的,自己也办文艺刊物。他们对先生们不大有礼貌,可不是故意的;他们爽直。先生们若能和他们以诚相见,他们便很听话。可惜有的先生爱耍些小花样!学生们不奢华,一身白衣便解决了衣的问题;穿西服受洋罪的倒是先生们,因为先生们多是江浙与华北的人,多少习染了上海的派头儿。吃也简单,除了爱吃刨冰,他们并不多花钱。天气使衣食住都简单化了。以住说吧,有个床,有条毯子,便可以过去。没毯子,盖点报纸,其实也可以将就。再有个自来水管,作冲凉之用,便万事亨通。还有呢,社会是个工商社会,大家不讲究穿,不讲究排场,也不讲究什么作诗买书,所以学生自然能俭朴。从一方面说,这个地方没有上海或北平那样的文化;从另一方面说,它也没有酸味的文化病。此地不能产生《儒林外史》。自然,大烟窑子等是有的,可是学生还不至于干这些事儿。倒是有内地的先生们觉得苦闷,没有社会。事业都在广东福建人手里,当教员的没有地位,也打不进广东或福建人的圈里去。教员似乎是一些高等工人,雇来的;出钱办学的人们没有把他们放在心里。玩的地方也没有,除了电影,没有可看的。所以住到三个月,我就有点厌烦了。别人也这么说。还拿天气说吧,老那么好,老那么好,没有变化,没有春夏秋冬,这就使人生厌。况且别的事儿也是死板板的没变化呢。学生们爱玩球,爱音乐,倒能有事可作。先生们在休息的时候,只能弄点汽水闲谈。我开始写《小坡的生日》。

　　本来我想写部以南洋为背景的小说。我要表扬中国人开发南洋的功绩:树是我们栽的,田是我们垦的,房是我们盖的,路是我们修的,矿是我们开的。都是我们作的。毒蛇猛兽,荒林恶瘴,我们都不怕。我们赤手空拳打出一座南洋来。我要写这个。我们伟大。是的,现在西洋人立在我们头上。可是,事业还仗着我们。我们在西人之下,其他民族之上。假如南洋是个糖烧饼,我们是那个糖馅。我们可上可下。自要努力使劲,我们只有往上,不会退下。没有了我们,便没有了南洋;这是事实,自自然然的事实。马来人什么也不干,只会懒。印度人也干不过我们。西洋人住上三四年就得回家休息,不然便支持不住。干活是我们,作买卖是我们,行医当律师也是我们。住十年,百年,一千年,都可以,什么样的天气我们也受得住,什么样的苦我们也能吃,什么样的工作我们有能力去干。说手有手,说脑子有脑子。我要写这么一本小说。这不是英雄崇拜,而是民族崇拜。所谓民族崇拜,不是说某某先生会穿西装,讲外国话,和懂得怎样给太太提着小伞。我是要说这几百年来,光脚到南洋的那些真正好汉。没钱,没国家保护,什么也没有。硬去干,而且真干出玩艺来。我要写这些真正的中国人,真有劲的中国人。中国是他们的,南洋也是他们的。那些会提小伞的先生们,屁!连我也算在里面。

　　可是,我写不出。打算写,得到各处去游历。我没钱,没工夫。广东话,福建话,马来话,我都不会。不懂的事还很多很多。不敢动笔。黄曼士先生

没事就带我去看各种事儿,为是供给我点材料。可是以几个月的工夫打算抓住一个地方的味儿,不会。再说呢,我必须描写海,和中国人怎样在海上冒险。对于海的知识太少了;我生在北方,到二十多岁才看见了轮船。

那么,只好多住些日子了。可是我已离家六年,老母已七十多岁,常有信催我回家。为省得闲着,我开始写《小坡的生日》。本来想写的只好再等机会吧。直到如今,啊,机会可还没来。

写《小坡的生日》的动机是:表面的写点新加坡的风景什么的。还有:以儿童为主,表现着弱小民族的联合——这是个理想,在事实上大家并不联合,单说广东与福建人中间的成见与争斗便很厉害。这本书没有一个白小孩,故意的落掉。写了三个多月吧,得到五万来字;到上海又补了一万。

这本书中好的地方,据我自己看,是言语的简单与那些像童话的部分。它不完全是童话,因为前半截有好些写实处——本来是要描写点真事。这么一来,实的地方太实,虚的地方又很虚,结果是既不像童话,又非以儿童为主的故事,有点四不像了。设若有工夫删改,把写实的部分去掉,或者还能成个东西。可是我没有这个工夫。顶可笑的是在南洋各色小孩都讲着漂亮——确是漂亮——的北平话。

《小坡的生日》写到五万来字,放年假了。我很不愿离开新加坡,可是要走这是个好时候,学期之末,正好结束。在这个时节,又有去作别的事情的机会。若是这些事情中有能成功的,我自然可以辞去教职而仍不离开此地,为是可以多得些经验。可是这些事都没成功,因为有人从中破坏。这么一来,我就决定离开。我不愿意自己的事和别人捣乱争吵。在阳历二月底,我又上了船。

到现在想起来,我还很爱南洋——它在我心中是一片颜色,这片颜色常在梦中构成各样动心的图画。它是实在的,同时可以是童话的,原始的,浪漫的。无论在经济上,商业上,军事上,民族竞争上,诗上,音乐上,色彩上,它都有种魔力。

(原载1934年10月《大众画报》第12期)

又是一年芳草绿

悲观有一样好处，它能叫人把事情都看轻了一些。这个可也就是我的坏处，它不起劲，不积极。您看我挺爱笑不是？因为我悲观。悲观，所以我不能板起面孔，大喊："孤——刘备！"我不能这样。一想到这样，我就要把自己笑毛咕了。看着别人吹胡子瞪眼睛，我从脊梁沟上发麻，非笑不可。我笑别人，因为我看不起自己。别人笑我，我觉得应该；说得天好，我不过是脸上平润一点的猴子。我笑别人，往往招人不愿意；不是别人的量小，而是不像我这样稀松，这样悲观。

我打不起精神去积极的干，这是我的大毛病。可是我不懒，凡是我该作的我总想把它作了，总算得点报酬养活自己与家里的人——往好了说，尽我的本分。我的悲观还没到想自杀的程度，不能不找点事作。有朝一日非死不可呢，那只好死喽，我有什么法儿呢？

这样，你瞧，我是无大志的人。我不想当皇上。最乐观的人才敢作皇上，我没这份胆气。

有人说我很幽默，不敢当。我不懂什么是幽默。假如一定问我，我只能说我觉得自己可笑，别人也可笑；我不比别人高，别人也不比我高。谁都有缺欠，谁都有可笑的地方。我跟谁都说得来，可是他得愿意跟我说；他一定说他是圣人，叫我三跪九叩报门而进，我没这个瘾。我不教训别人，也不听别人的教训。幽默，据我这么想，不是嬉皮笑脸，死不要鼻子。

也不知是怎股子劲儿，我成了个写家。我的朋友德成粮店的写账先生也是写家，我跟他同等，并且管他叫二哥。既是

个写家,当然得写了。"风格即人"——还是"风格即驴"?——我是怎个人自然写怎样的文章了。于是有人管我叫幽默的写家。我不以这为荣,也不以这为辱。我写我的。卖得出去呢,多得个三块五块的,买什么吃不香呢。卖不出去呢,拉倒,我早知道指着写文章吃饭是不易的事。

稿子寄出去,有时候是肉包子打狗,一去不回头;连个回信也没有。这,咱只好幽默;多咱见着那个骗子再说,见着他,大概我们俩总有一个笑着去见阎王的。不过,这是不很多见的,要不怎么我还没想自杀呢。常见的事是这个,稿子登出去,酬金就睡着了,睡得还是挺香甜。直到我也睡着了,它忽然来了,仿佛故意吓人玩。数目也惊人,它能使我觉得自己不过值一毛五一斤,比猪肉还便宜呢。这个咱也不说什么,国难期间,大家都得受点苦,人家开铺子的也不容易,掌柜的吃肉,给咱点汤喝,就得念佛。是的,我是不能当皇上,焚书坑掌柜的,咱没那个狠心,你看这个劲儿!不过,有人想坑他们呢,我也不便拦着。

这么一来,可就有许多人看不起我。连好朋友都说:"伙计,你也硬正着点,说你是为人类而写作,说你是中国的高尔基;你太泄气了!"真的,我是泄气,我看高尔基的胡子可笑。他老人家那股子自卖自夸的劲儿,打死我也学不来。人类要等着我写文章才变体面了,那恐怕太晚了吧?我老觉得文学是有用的;拉长了说,它比任何东西都有用,都高明。可是往眼前说,它不如一尊高射炮,或一锅饭有用。我不能吆喝我的作品是"人类改造丸",我也不相信把文学杀死便天下太平。我写就是了。

别人的批评呢?批评是有益处的。我爱批评,它多少给我点益处;即使完全不对,不是还让我笑一笑吗?自己写的时候仿佛是蒸馒头呢,热气腾腾,莫名其妙。及至冷眼人一看,一定看出许多错儿来。我感谢这种指摘。说得不对呢,那是他的错儿,不干我的事。我永不驳辩,这似乎是胆儿小;可是也许是我的宽宏大量。我不便往自己脸上贴金。一件事总得由两面瞧,是不是?

对于我自己的作品,我不拿她们当作宝贝。是呀,当写作的时候,我是卖了力气,我想往好了写。可是一个人的天才与经验是有限的,谁也不敢保了老写得好,连荷马也有打盹的时候。有的人呢,每一拿笔便想到自己是但丁,是莎士比亚。这没有什么不可以的,天才须有自信的心。我可不敢这样,我的悲观使我看轻自己。我常想客观地估量估量自己的才力;这不易作到,我究竟不能像别人看我看得那样清楚;好吧,既不能十分看清楚了自己,也就不用装蒜,谦虚是必要的,可是装蒜也大可不必。

对作人,我也是这样。我不希望自己是个完人,也不故意的招人家的骂。该求朋友的呢,就求;该给朋友作的呢,就作。作得好不好,咱们大家凭良心。所以我很和气,见着谁都能扯一套。可是,初次见面的人,我可是不

大爱说话;特别是见着女人,我简直张不开口,我怕说错了话。在家里,我倒不十分怕太太,可是对别的女人老觉着恐慌,我不大明白妇女的心理;要是信口开河的说,我不定说出什么来呢,而妇女又爱挑眼。男人也有许多爱挑眼的,所以初次见面,我不大愿开口。我最喜辩论,因为红着脖子粗着筋的太不幽默。我最不喜欢好吹腾的人,可并不拒绝与这样的人谈话;我不爱这样的人,但喜欢听他的吹。最好是听着他吹,吹着吹着连他自己也忘了吹到什么地方去,那才有趣。

可喜的是有好几位生朋友都这么说:"没见着阁下的时候,总以为阁下有八十多岁了。敢情阁下并不老。"是的,虽然将奔四十的人,我倒还不老。因为对事轻淡,我心中不大藏着计划,作事也无须耍手段,所以我能笑,爱笑;天真的笑多少显着年青一些。我悲观,但是不愿老声老气的悲观,那近乎"虎事"。我愿意老年青轻的,死的时候像朵春花将残似的那样哀而不伤。我就怕什么"权威"咧,"大家"咧,"大师"咧,等等老气横秋的字眼们。我爱小孩,花草,小猫,小狗,小鱼;这些都不"虎事"。偶而看见个穿小马褂的"小大人",我能难受半天,特别是那种所谓聪明的孩子,让我难过。比如说,一群小孩都在那儿看变戏法儿,我也在那儿,单会有那么一两个七八岁的小老头说:"这都是假的!"这叫我立刻走开,心里堵上一大块。世界确是更"文明"了,小孩也懂事懂得早了,可是我还愿意大家傻一点,特别是小孩。假若小猫刚生下来就会捕鼠,我就不再养猫,虽然它也许是个神猫。

我不大爱说自己,这多少近乎"吹"。人是不容易看清楚自己的。不过,刚过完了年,心中还慌着,叫我写"人生于世",实在写不出,所以就近的拿自己当材料。万一将来我不得已而作了皇上呢,这篇东西也许成为史料,等着瞧吧。

(原载 1935 年 3 月 6 日《益世报》)

中国 20 世纪名家散文经典

春风

济南与青岛是多么不相同的地方呢！一个设若比作穿肥袖马褂的老先生,那一个便应当是摩登的少女。可是这两处不无相似之点。拿气候说吧,济南的夏天可以热死人,而青岛是有名的避暑所在;冬天,济南也比青岛冷。但是,两地的春秋颇有点相同。济南到春天多风,青岛也是这样;济南的秋天是长而晴美,青岛亦然。

对于秋天,我不知应爱哪里的:济南的秋是在山上,青岛的是海边。济南是抱在小山里的;到了秋天,小山上的草色在黄绿之间,松是绿的,别的树叶差不多都是红与黄的。就是那没树木的山上,也增多了颜色——日影、草色、石层,三者能配合出种种的条纹,种种的影色。配上那光暖的蓝空,我觉到一种舒适安全,只想在山坡上似睡非睡的躺着,躺到永远。青岛的山——虽然怪秀美——不能与海相抗,秋海的波还是春样的绿,可是被清凉的蓝空给开拓出老远,平日看不见的小岛清楚的点在帆外。这远到天边的绿水使我不愿思想而不得不思想;一种无目的的思虑,要思虑而心中反倒空虚了些。济南的秋给我安全之感,青岛的秋引起我甜美的悲哀。我不知应当爱哪个。

两地的春可都被风给吹毁了。所谓春风,似乎应当温柔,轻吻着柳枝,微微吹皱了水面,偷偷的传送花香,同情的轻轻掀起禽鸟的羽毛。济南与青岛的春风都太粗猛。济南的风每每在丁香海棠开花的时候把天刮黄,什么也看不见,连花都埋

在黄暗中,青岛的风少一些沙土,可是狡猾,在已很暖的时节忽然来一阵或一天的冷风,把一切都送回冬天去,棉衣不敢脱,花儿不敢开,海边翻着愁浪。

　　两地的风都有时候整天整夜的刮。春夜的微风送来雁叫,使人似乎多些希望。整夜的大风,门响窗户动,使人不英雄的把头埋在被子里;即使无害,也似乎不应该如此。对于我,特别觉得难堪。我生在北方,听惯了风,可也最怕风。听是听惯了,因为听惯才知道那个难受劲儿。它老使我坐卧不安,心中游游摸摸的,干什么不好,不干什么也不好。它常常打断我的希望:听见风响,我懒得出门,觉得寒冷,心中渺茫。春天仿佛应当有生气,应当有花草,这样的野风几乎是不可原谅的!我倒不是个弱不禁风的人,虽然身体不很足壮。我能受苦,只是受不住风。别种的苦处,多少是在一个地方,多少有个原因,多少可以设法减除;对风是干没办法。总不在一个地方,到处随时使我的脑子晃动,像怒海上的船。它使我说不出为什么苦痛,而且没法子避免。它自由的刮,我死受着苦。我不能和风去讲理或吵架。单单在春天刮这样的风!可是跟谁讲理去呢?苏杭的春天应当没有这不得人心的风吧?我不准知道,而希望如此。好有个地方去"避风"呀!

　　　　　　　　　　　　(原载1935年3月24日《益世报》)

小动物们

　　鸟兽们自由的生活着,未必比被人豢养着更快乐。据调查鸟类生活的专门家说,鸟啼绝不是为使人爱听,更不是以歌唱自娱,而是占据猎取食物的地盘的示威;鸟类的生活是非常的艰苦。兽类的互相残食是更显然的。这样,看见笼中的鸟,或柙中的虎,而替它们伤心,实在可以不必。可是,也似乎不必替它们高兴;被人养着,也未尽舒服。生命仿佛是老在魔鬼与荒海的夹缝儿,怎样也不好。

　　我很爱小动物们。我的"爱"只是我自己觉得如此;到底对被爱的有什么好处,不敢说。它们是这样受我的恩养好呢,还是自由的活着好呢? 也不敢说。把养小动物们看成一种事实,我才敢说些关于它们的话。下面的述说,那么,只是为述说而述说。

　　先说鸽子。我的幼时,家中很贫。说出"贫"来,为是声明我并养不起鸽子;鸽子是种费钱的活玩艺儿。可是,我的两位姐丈都喜欢玩鸽子,所以我知道其中的一点儿故典。我没事儿就到两家去看鸽,也不短随着姐丈们到鸽市去玩;他们都比我大着二十多岁。我的经验既是这样来的,而且是幼时的事,恐怕说得不能很完全了;有好多鸽子名已想不起来了。

　　鸽的名样很多。以颜色说,大概应以灰、白、黑、紫为基本色儿。可是全灰全白全黑全紫的并不值钱。全灰的是楼鸽,院中撒些米就会来一群;物是以缺者为贵,楼鸽太普罗。有一种比楼鸽小,灰色也浅一些的,才是真正的"灰";但也并不很

贵重。全白的,大概就叫"白"吧,我记不清了。全黑的叫黑儿,全紫的叫紫箭,也叫猪血。

猪血们因为羽色单调,所以不值钱,这就容易想到值钱的必是杂色的。杂色的种类多极了,就我所知道的——并且为清楚起见——可以分作下列的四大类:点子、乌、环、玉翅。点子是白身腔,只在头上有手指肚大的一块黑,或紫;尾是随着头上那个点儿,黑或紫。这叫作黑点子和紫点子。乌与点子相近,不过是头上的黑或紫延长到肩与胸部。这叫黑乌或紫乌。这种又有黑翅的或紫翅的,名铁翅乌或铜翅乌——这比单是乌又贵重一些。还有一种,只有黑头或紫头,而尾是白的,叫作黑乌头或紫乌头;比乌的价钱要贱一些。刚才说过了,乌的头部的黑或紫毛是后齐肩,前及胸的。假若黑或紫毛只是由头顶到肩部,而前面仍是白的,这便叫作老虎帽,因为很像廿年前通行的风帽;这种确是非常的好看,因而价值也就很高。在民国初年,兴了一阵子蓝乌和蓝乌头,头尾如乌,而是灰蓝色儿的。这种并不好看,出了一阵子锋头也就拉倒了。

环,简单得很:全白而项上有一黑圈者叫墨环;反之,全黑而项上有白圈者是玉环。此外有紫环,全白而项上有一紫环。"环"这种鸽似乎永远不大高贵。大概可以这么说,白尾的鸽是不易与黑尾或紫尾的相抗,因为白尾的飞起来不大美。

玉翅是白翅边的。全灰而有两白翅是灰玉翅;还有黑玉翅、紫玉翅。所谓白翅,有个讲究:翅上的白翎是左七右八。能够这样,飞起来才正好,白边儿不过宽,也不过窄。能生成就这样的,自然很少,所以鸽贩常常作假,硬插上一两根,或拔去些,是常有的事。这类中又有变种:玉翅而有白尾的,比如一只黑鸽而有左七右八的白翅翎,同时又是白尾,便叫作三块玉。灰的、紫的,也能这样。要是连头也是白的呢便叫作四块玉了。四块玉是较比有些价值的。

在这四大类之外,还有许多杂色的鸽。如鹤袖,如麻背,都有些价值,可不怎么十分名贵。在北平,差不多是以上述的四大类为主。新种随时有,也能时兴一阵,可都不如这四类重要与长远。

就这四大类说,紫的老比别的颜色高贵。紫色儿不容易长到好处,太深了就遭猪血之诮,太浅了又黄不唧的寒酸。况且还容易长"花了"呢,特别是在尾巴上,翎的末端往往露出白来,像一块癣似的,把个尾巴就毁了。

紫以下便是黑,其次为灰。可是灰色如只是一点,如灰头、灰环,便又可贵了。

这些鸽中,以点子和乌为"古典的"。它们的价值似乎永远不变,虽然普通,可是老是鸽群之主。这么说吧,飞起四十只鸽,其中有过半的点子和乌,而杂以别种,便好看。反之,则不好看。要是这四十只都是点子,或都是乌,

或点子与乌,便能有顶好的阵容。你几乎不能飞四十只环或玉翅。想想看吧:点子是全身雪白,而有个黑或紫的尾,飞起来像一群玲珑的白鸥;及至一翻身呢,那黑或紫的尾给这轻洁的白衣一个色彩深厚的裙儿,既轻妙而又厚重。假若是太阳在西边,而东方有些黑云,那就太美了:白翅在黑云下自然分外的白了;一斜身儿呢,黑尾或紫尾——最好是紫尾——迎着阳光闪起一些金光来!点子如是,乌也如是。白尾巴的,无论长得多么体面,飞起来没这种美妙,要不怎么不大值钱呢。铁翅乌或铜翅乌飞起来特别的好看,像一朵花,当中一块白,前后左右都镶着黑或紫,它使人觉得安闲舒适。可是铜翅乌几乎永远不飞,飞不起,贱的也得几十块钱一对儿吧。玩鸽子是满天飞洋钱的事儿,洋钱飞起却是不如在手里牢靠的。

可是,鸽子的讲究儿不专在飞,正如女子出头露脸不专仗着能跑五十米。它得长得俊。先说头吧,平头或峰头(峰读凤;也许就是凤,而不是峰)便决定了身价的高低。所谓峰头或凤头的,是在头上有一撮立着的毛;平头是光葫芦。自然凤头的是更美,也更贵。峰——或凤——不许有杂毛,黑便全黑,紫便全紫,搀着白的便不够派儿。它得大,而且要像个荷包似的向里包包着。鸽贩常把峰的杂毛剔去,而且把不像荷包的收拾得像荷包。这样收拾好的峰,就怕鸽子洗澡,因为那好看的头饰是用胶粘的。

头最怕鸡头,没有脑杓儿,愣头磕脑的不好看。头须像算盘子儿,圆忽忽的,丰满。这样的头,再加上个好峰,便是标准美了。

眼,得先说眼皮。红眼皮的如害着眼病,当然不美。所以要强的鸽子得长白眼皮。宽宽的白眼皮,使眼睛显着大而有神。眼珠也有讲究,豆眼、隔棱眼,都是要不得的。可惜我离开鸽子们已经多年,形容不上来豆眼等是什么样子了;有机会到北平去住几天,我还能把它们想起来,到鸽市去两趟就行了。

嘴也很要紧。无论长得多么体面的鸽,来个长嘴,就算完了事。要不怎么,有的鸽虽然很缺少,而总不能名贵呢;因为这种根本没有短嘴的。鸽得有短嘴!厚厚实实的,小墩子嘴,才好看。

头部以外,就得论羽毛如何了。羽毛的深浅,色的支配,都有一定的。老虎帽的帽长到何处,虎头的黑或紫毛应到胸部的何处,都不能随便。出一个好鸽与出一个美人都是历史的光荣。

身的大小,随鸽而异。羽色单调一些的,像紫箭等,自然是越大越蠢,所以以短小玲珑为贵。像点子与乌什么的,个子大一点也不碍事。不过,嘴儿短,长得娇秀,自然不会发展得很粗大了,所以美丽的鸽往往是小个儿。

小个子的,长嘴儿的,可也有用处。大个子的身强力壮翅子硬,能飞,能尾上戴鸽铃,所以它们是空中的主力军。别的鸽子好看,可供地上玩赏;这些老粗儿们是飞起来才见本事,故而也还被人爱。长翅儿也有用,孵小鸽子

是它们的事：它们的嘴长，"喷"得好——小鸽不会自己吃东西，得由老鸽嘴对嘴的"喷"。再说呢，喷的时候，老的胸部羽毛便糙了；谁也不肯这么牺牲好鸽。好鸽下的蛋，总被人拿来交与丑鸽去孵，丑鸽本来不值钱，身上糙旧一点也没关系。要作鸽就得美呀，不然便很苦了。

有的丑鸽，仿佛知道自己的相貌不扬，便长点特别的本事以与美鸽竞争。有力气戴大鸽铃便是一例。可是有力气还不怎样新奇，所以有的能在空中翻跟头。会翻跟头的鸽在与朋友们一块飞起的时候，能飞着飞着便离群而翻几个跟头，然后再飞上去加入鸽群，然后又独自翻下来。这很好看，假若它是白色的，就好像由蓝空中落下一团雪来似的。这种鸽的身体很小，面貌可不见得美。他有个标帜，即在项上有一小撮毛儿，倒长着。这一撮倒毛儿好像老在那儿说："你瞧，我会翻跟头！"这种鸽还有个特点，脚上有毛儿，像诸葛亮的羽扇似的。一走，便扑喳扑喳的，很有神气。不会翻跟头的可也有时候长着毛脚。这类鸽多半是全灰全白或全黑的。羽毛不佳，可是有本事呢。

为养毛脚鸽，须盖灰顶的房，不要瓦。因为瓦的棱儿往往伤了毛脚而流出血来。

哎呀！我说"先说鸽子"，已经三千多字了，还没说完！好吧，下回接着说鸽子吧，假若有人爱听。我的题目《小动物们》，似乎也有加上个"鸽"的必要了。

（原载1935年3月《人间世》第24期）

中国20世纪名家散文经典

小动物们（鸽）续

养鸽正如养鱼养鸟，要受许多的辛苦。"不苦不乐"算是说对了。不过，养鱼养鸟较比养鸽还和平一些；养鸽是斗气的事儿。是，养鸟也有时候怄气，可鸟儿究竟是在笼子里，跟别的鸟没有直接的接触。鸽子是满天飞的。张家的也飞，李家的也飞，飞到一处而裹乱了是必不可免的。这就得打架。因此，玩别的小玩艺用不着法律，养鸽便得有。这些法律虽不是国家颁布的，可是在玩鸽的人们中间得遵守着。比如说吧，我开始养鸽子，我就得和四邻的"鸽家"们开谈判。交情好的呢，可以规定：彼此谁也不要谁的鸽；假若我的鸽被友家裹了去，他还给我送回来；我对他也这样。这就免去许多战争。假若两家说不来呢，那就对不起了，谁得着是谁的，战争可就无可避免了。有这样的敌人，养鸽等于斗气。你不飞，我也不飞；你的飞起来，我的也马上飞起去，跟你"撞"！"撞"很过瘾，两个鸽阵混成一团，合而复分，分而复合；一会儿我"拉过"你的来，一会儿你又"拉过"我的去，如看拔河一样起劲。谁要是能"得过"一只来，落在自己的房上，便设法用粮食引诱下来，算作自己的战胜品。可是，俘虏是在房上，时时可以飞去；我可就下了毒手，用弩打下来，假若俘虏不受引诱而要逃走。打可得有个分寸，手法要好，讲究恰好打在——用泥弹——鸽的肩头上。肩头受伤，没有性命的危险，可是失了飞翔的能力。于是滚下房来，我用网接住；将养几天，便能好过来。手法笨的，弹中胸部，便一命呜呼；或是弹子虚发，把鸽惊走，是谓泄气。

"撞"实过瘾,可也别扭,我没法训练新鸽与小鸽了。新鸽与小鸽必须有相当的训练才认识自己的家,与见阵不迷头。那么,我每放起鸽去,敌人也必调动人马,那我简直没有训练新军的机会;大胆放出生手,准保叫人家给拉了去。于是,我得早早的起,敛旗息鼓的,一声不出的,去操练新军。敌人也会早起呀,这才真叫怄气!得设法说和了,要不然简直得出人命了。

哼,说和却不容易。比如我只有三十只能征惯战的鸽,而敌人有八十只,他才不和我开和平会议呢。没办法,干脆搬家吧。对这样的敌人,万幸我得过他一只来,我必定拿到鸽市去卖;不为钱,为是羞辱他。他也准知道我必到鸽市去,而托鸽贩或旁人把那只买回去,他自己没脸来和我过话。

即使没这种战争,养鸽也非养气之道;鸽时时使你心跳。这么说吧,我有点事要出门,刚走到巷口,见天上有只鸽,飞得两翅已疲,或是惊惶不定,显系飞迷了头;我不能漏这个空,马上飞跑回家,放起我的鸽来裹住这只宝贝。有天大的事也得放下。其实得到手中,也许是只最老丑的糟货,可是多少是个幸头,不能轻易放过。养鸽的人是"满天飞洋钱,两脚踩狗屎",因为老仰首走路也。

训练幼鸽也是很难放心的事,特别是经自己的手孵出来的。头几次飞,简直没把握,有时候眼看着你自己家中孵出的幼鸽,飞到别家去,其伤心不亚于丢失了儿女。

最难堪的是闹"鸦虎子"。"鸦虎子"是一种小鹰,秋冬之际来驻北平,专欺侮鸽子。在这个时节,养鸽的把鸽铃都撤下来,以免鸦虎闻声而来。在放鸽以前,要登高一望,看空中有无此物。及至鸽已飞起,而神气不对,忽高忽低,不正经着飞,便应马上"垫"起一只,使大家落下,以免危险;大概远处有了那个东西。不幸而鸦虎已到,那只有跺脚,而无办法。鸦虎子捉鸽的方法是把鸽群"托"到顶高,高得几乎像燕子那么小了,它才绕上去,单捉一只。它不忙,在鸽群下打旋,鸽们只好往高处飞了。越飞越高,越飞越乏;然后鸦虎猛的往高处一钻,鸽已失魂,紧跟着它往下一"砸",群鸽屁滚尿流,一直的往下掉。可是鸦虎比它们快。于是空中落下一些羽毛,它捉住一只,找清静地方去享受。其余的幸得逃命,不择地而落,不定都落到哪里去呢!幸而有几只碰运气落在家中的房上,亦只顾喘息,如呆如痴,非常的可怜。这个,从始至终,养鸽的是目不敢瞬的看着;只是看着,一点办法没有!鸦虎已走,养鸽的还得等着,等着失落的鸽们回来。一会儿飞回来一只,又待一会儿又回来一只。可是等来等去,未必都能回来,因惊破了胆的鸽是很容易被别家得去的。检点残军,自叹晦气,堂堂七尺之躯会干不过个小小的鸦虎子!

普通的飞法是每天飞三次,每飞一次叫作"一翅儿"。三次的支配大概是每日的早晚中三时,这随天气的冷暖而变动。夏日太热,早晚为宜,午间即不放鸽;冬日自然以午间为宜,因为暖和些。夏天的鸽阵最好看,高处较

凉一些,鸽喜高飞;而且没有鹞虎什么的,鸽飞得也稳;鹞虎是到别处去避暑了。每要飞一翅儿,是以长竿——竿头拴些碎布或鸡毛——一挥,鸽即飞起。飞起的都是熟鸽,不怕与别家的"撞"。其中最强者,尾系鸽铃,为全军奏乐。飞起来,先擦着房,而后渐次高升,以家中为中心来回的旋转。鸽不在多少,飞起来讲究尾彩配合得好,"盘儿"——即鸽阵——要密,彼此的距离短而旋转得一致。这样有盘儿有精神,悦目。盘儿大而松懈,东一个西一个的乱飞,则招人讥诮。当盘儿飞到相当的时间,则当把生鸽或幼鸽掷于房上,盘儿见此,则往下飞。如欲训练生鸽或幼鸽,即当盘儿下落之际续入,随盘儿飞转几圈,就一齐落于房上,以免丢失。以一鸽或二鸽掷于房上,招盘儿下来,叫作"垫"。

老鸽不限于随盘儿飞,有时被主人携到十数里之外去放,仍能飞回来。有时候卖出去,过一两月还能找到了老家。

养鸽的人家,房脊上摆琉璃瓦两三块,一黄二绿,或二绿一黄,以作标帜。鸽们记得这个颜色与摆法,即不往生地方落。

新鸽买来,用线拢住翅儿,以防飞走。过几天,把翅儿松开些,使能打扑噜而不能高飞,掷之房上,使它认识环境。再过几天,看鸽性是强烈还是温柔而决定松绑的早晚。老鸽绑得日久,幼鸽绑得期短。松绑以后,就可以试着训练了。

鸽食很简单,通常都用高粱。到换毛的时候或极冷的时候才加些料豆儿。每天喂鸽最好有一定的次数。

住处也不须怎么讲究,普通的是用苇扎成个栅子,栅里再砌起窝来,每一窝放一草筐,够一对鸽住的。最要紧的是要干燥和安全。窝门不结实,或砌得不好,黄鼠狼就会半夜来偷鸽吃。窝干燥清洁,鸽不易得病;如得起病来,传染得很快,那可了不得。

该说鸽市。

对于鸽的食水,我没详说,因为在重要的点上大家虽差不多,可是每人都有自己的手法,不能完全相同;既是玩吗,个人总设法证明自己的方法最好。谈到鸽市,规矩可就是普通的了,示奇立异是行不通的。

在我幼时,天天有鸽市。我记得好像是这样:逢一五是在护国寺的后身,二六是在北新桥,三是土地庙,四是花市,七八是西城车儿胡同,九十是隆福寺外。每逢一五,是否在护国寺后身,我不敢说准了;想了半天,也想不起来。

鸽贩是每天必上市的。他们大约可分三种:第一种是阔手,只简单的拿着一个鸽笼,专买卖中上等的鸽子。第二种,挑着好几个笼,好歹不论,有利就买就卖。第三种是专买破鸽雏鸽与鸽蛋——送到饭庄当菜用,我最不喜欢这第三种,鸽子一到他们手里就算无望了。顶可怜是雏鸽,羽毛还没长全,可是已能叫人看出是不成材料的货,便入了死笼。雏鸽哆嗦着,被别的

鸽压在笼底上,极细弱的叫着!再过几点钟便成了盘中的菜了。

此外,还有一种暗中作买卖而不叫别人知道的,这好像是票友使黑杵,虽已拿钱而不明言。这种人可不甚多。

养鸽的人到市上去,若是卖鸽,便也是提笼。若是去买鸽,既不知准能买到与否,自然不必拿着笼去。只去卖一二只鸽,或是买到一二只,既未提笼,就用手绢捆着鸽。

买鸽的时候,不见得准买一对。家中有只雄的,没有伴儿,便去买只雌的;或者相反。因此,卖鸽的总说"公儿欢,母儿消"。所谓"欢"者,就是公鸽正想择配,见着雌的便咕咕的叫着追求。所谓"消"者,是雌鸽正想出嫁,有公鸽向她求爱,她就点头接受。买到欢公或消母,拿到家中即能马上结婚,不必费事。欢与消可以——若是有笼——当面试验。可是市上的鸽未必雄的都欢,雌的都消。况且有时两雄或两雌放在一处而充作一对儿卖。这可就得看买主的眼睛了。你本想去买一只欢公,而市上没有;可是有一只,虽不欢,但是合你的意。那么,也就得买这一只;现在不欢,过几天也许就欢起来。你怎么知道那是个公的呢?为买公鸽而去,却买了只母的回来,岂不窝囊得慌!市上是不甚讲道德的,没眼睛的就要受骗。

看鸽是这样的:把鸽拿在左手中,拢着鸽的翅与腿,用右手去托一托鸽的胸。鸽在此时,如瞪眼,即是公;眨眼的,即是母。头大的是公,头小的是母。除辨别公母,鸽在手中也能觉出挺拔与否。真正的行家,拿起鸽来,还能看出鸽的血统正不正来,有的鸽,外表很好,而来路不正,将来下蛋孵窝,未必还能出好鸽。这个,我可不大深知;我没有多少经验。

看完了头部,要用手捋一捋鸽翅,看翅活动与否,有力没有,与是否有伤——有的鸽是被弩弹打过而翅子僵硬不灵的。对于峰、尾,都要吹一吹,细看看;恐怕是假作的。都看好了,才讲价钱。半日之中,鸽受罪不少。所以真正好鸽,如鸽市上去卖,便放在笼内,只准看,不准动手。这显着硬气,可是鸽子的身份得真高;假如弄只破鸽而这么办,必会被人当笑话说。还有呢,好鸽保养得好,身上有一层白霜,像葡萄霜儿那样好看,经手一摸,便把霜儿蹭了去;所以不许动手。可是好鸽上市,即使不许人动,在笼中究竟要受损失,尾巴是最易磨坏的。所以要出手好鸽往往把买主请到家中来看,根本不到市上去。因此,市上实在见不着什么值钱的鸽子。

关于鸽,我想起这么些儿来,离详尽还远得很呢。就是这一点,恐怕还有说错了的地方;二十多年前的事是不易老记得很清楚的。

现在,粮食贵,有闲的人也少了,恐怕就还有养鸽的也不似先前那样讲究了。可是这也没什么可惜。我只是为述说而述说,倒不提倡什么国鸟国鸽的。

(原载 1935 年 4 月《人间世》第 26 期)

中国 20 世纪名家散文经典

青岛与山大

北中国的景物是由大漠的风与黄河的水得到色彩与情调：荒、燥、寒、旷、灰黄，在这以尘沙为雾，以风暴为潮的北国里，青岛是颗绿珠，好似偶然的放在那黄色地图的边儿上。在这里，可以遇见真的雾，轻轻的在花林中流转，愁人的雾笛仿佛一种特有的鹃声。在这里，北方的狂风还可以袭入，激起的却是浪花；南风一到，就要下些小雨了。在这里，春来的很迟，别处已是端阳，这里刚好成为锦绣的乐园，到处都是春花。这里的夏天根本用不着说，因为青岛与避暑永远是相联的。其实呢，秋天更好：有北方的晴爽，而不显着干燥，因为北方的天气在这里被海给软化了；同时，海上的湿气又被凉风吹散，结果是天与海一样的蓝，湿与燥都不走极端；虽然大雁还是按时候向南飞，可是此地到菊花时节依然是很暖和的。在海边的微风里，看高远深碧的天上飞着雁子，真能使人暂时忘了一切，即使欲有所思，大概也只有赞美青岛吧。冬天可实在不能令人满意，有相当的冷，也有不小的风。但是，这里的房屋不像北平的那样以纸糊窗，街道上也没有尘土，于是冷与风的厉害就减少了一些。再说呢，夏季的青岛是中外有钱有闲的人们的娱乐场所，因为他们与她们都是来享福取乐，所以不惜把壮丽的山海弄成烟酒香粉的世界。到了冬天，他们与她们都另寻出路，把山海自然之美交给我们久住青岛的人。雪天，我们可以到栈桥去望那美若白莲的远岛；风天，我们可以在夜里听着寒浪的击荡。就是不风不雪，街上的行人也不甚多，到处

呈现着严肃的气象,我们也可以吐一口气,说:这是山海的真面目。

一个大学或者正像一个人,它的特色总多少与它所在的地方有些关系。山大虽然成立了不多年,但是它既在青岛,就不能不带些青岛味儿。这也就是常常引起人家误解的地方。一般的说,人们大概会这样想:山大立在青岛恐怕不大合适吧？舞场、咖啡馆、电影院、浴场……在花花世界里能安心读书吗？这种因爱护而担忧的猜想,正是我们所愿解答的。在前面,我们叙述了青岛的四时:青岛之有夏,正如青岛之有冬;可是一般人似乎只知其夏,不知其冬,猜测多半由此而来。说真的,山大所表现的精神是青岛的冬。是呀,青岛忙的时候也是山大忙的时候,学会咧,参观团咧,讲习会咧,有时候同时借用山大作会场或宿舍,热忙非常。但这总是在夏天,夏天我们也放假呀。当我们上课的期间,自秋至冬,自冬至初夏,青岛差不多老是静寂的。春山上的野花,秋海上的晴霞,是我们的,避暑的人们大概连想也没想到过。至于冬日寒风恶月里的寂苦,或者也只有我们的读书声与足球场上的欢笑可与相抗;稍微贪点热闹的人恐怕连一个星期也住不下去。我常说,能在青岛住过一冬的,就有修仙的资格。我们的学生在这里一住就是四冬啊！他们不会在毕业时候都成为神仙——大概也没人这样期望他们——可是他们的静肃态度已经养成了。一个没到过山大的人,也许容易想到,青岛既是富有洋味的地方,当然山大的学生也得洋服唧当的,像些华侨子弟似的。根本没有这一回事。山大的校舍是昔年的德国兵营,虽然在改作学校之后,院中铺满短草,道旁也种上了玫瑰,可是它总脱不了营房的严肃气象。学校的后面左面都是小山,挺立着一些青松,我们每天早晨一抬头就看见山石与松林之美,但不是柔媚的那一种。学校里我们设若打扮得怪漂亮的,即使没人多看两眼,也觉得仿佛有些不得劲儿。整个的严肃空气不许我们漂亮,到学校外去,依然用不着修饰。六七月之间,此处固然是万紫千红,士女如云,好一片摩登景象了。可是过了暑期,海边上连个人影也没有;我们大概用不着花花绿绿的去请白鸥与远帆来看吧？因此,山大虽在青岛,而很少洋味儿,制服以外,蓝布大衫是第二制服。就是在六七月最热闹的时候,我们还是如此,因为朴素成了风气,蓝布大衫一穿大有"众人摩登我独古"的气概。

还有呢,不管青岛是怎样西洋化了的都市,它到底是在山东。"山东"二字满可以用作朴俭静肃的象征,所以山大——虽然学生不都是山东人——不但是个北方大学,而且是北方大学中最带"山东"精神的一个。我们常到崂山去玩,可是我们的眼却望着泰山,仿佛是。这个精神使我们朴素,使我们能吃苦,使我们静默。往好里说,我们是有一种强毅的精神;往坏里讲,我们有点乡下气。不过,即使我们真有乡下气,我们也会自傲的说,我们是在这儿矫正那有钱有闲来此避暑的那种奢华与虚浮的摩登,因为我们是一群"山东儿"——虽然是在青岛,而所表现的是青岛之冬。

至于沿海上停着的各国军舰,我们看见的最多,此地的经济权在谁之手,我们知道的最清楚;这些——还有许多别的呢——时时刻刻刺激着我们,警告着我们,我们的外表朴素,我们的生活单纯,我们却有颗红热的心。我们眼前的青山碧海时时对我们说:国破山河在!于此,青岛与山大就有了很大的意义。

(原载1936年《山大年刊》)

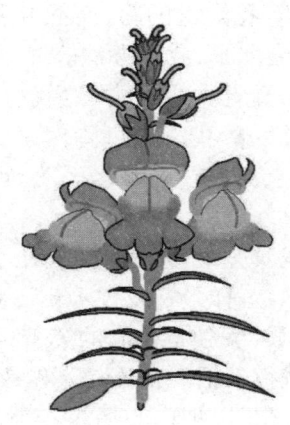

中国20世纪名家散文经典

想北平

设若让我写一本小说,以北平作背景,我不至于害怕,因为我可以拣着我知道的写,而躲开我所不知道的。让我单摆浮搁的讲一套北平,我没办法。北平的地方那么大,事情那么多,我知道的真觉太少了,虽然我生在那里,一直到廿七岁才离开。以名胜说,我没到过陶然亭,这多可笑!以此类推,我所知道的那点只是"我的北平",而我的北平大概等于牛的一毛。

可是,我真爱北平。这个爱几乎是要说而说不出的。我爱我的母亲。怎样爱?我说不出。在我想作一件事讨她老人家喜欢的时候,我独自微微的笑着;在我想到她的健康而不放心的时候,我欲落泪。言语是不够表现我的心情的,只有独自微笑或落泪才足以把内心揭露在外面一些来。我之爱北平也近乎这个。夸奖这个古城的某一点是容易的,可是那就把北平看得太小了。我所爱的北平不是枝枝节节的一些什么,而是整个儿与我的心灵相粘合的一段历史,一大块地方,多少风景名胜,从雨后什刹海的蜻蜓一直到我梦里的玉泉山的塔影,都积凑到一块,每一小的事件中有个我,我的每一思念中有个北平,这只有说不出而已。

真愿成为诗人,把一切好听好看的字都浸在自己的心血里,像杜鹃似的啼出北平的俊伟。啊!我不是诗人!我将永远道不出我的爱,一种像由音乐与图画所引起的爱。这不但是辜负了北平,也对不住我自己,因为我的最初的知识与印象

中国20世纪名家散文经典

都得自北平,它是在我的血里,我的性格与脾气里有许多地方是这古城所赐给的。我不能爱上海与天津,因为我心中有个北平。可是我说不出来!

　　伦敦、巴黎、罗马与堪司坦丁堡①,曾被称为欧洲的四大"历史的都城"。我知道一些伦敦的情形;巴黎与罗马只是到过而已;堪司坦丁堡根本没有去过。就伦敦、巴黎、罗马来说,巴黎更近似北平——虽然"近似"两字要拉扯得很远——不过,假使让我"家住巴黎",我一定会和没有家一样的感到寂苦。巴黎,据我看,还太热闹。自然,那里也有空旷静寂的地方,可是又未免太旷;不像北平那样既复杂而又有个边际,使我能摸着——那长着红酸枣的老城墙!面向着积水潭,背后是城墙,坐在石上看水中的小蝌蚪或苇叶上的嫩蜻蜓,我可以快乐的坐一天,心中完全安适,无所求也无所可怕,像小儿安睡在摇篮里。是的,北平也有热闹的地方,但是它和太极拳相似,动中有静。巴黎有许多地方使人疲乏,所以咖啡与酒是必要的,以便刺激;在北平,有温和的香片茶就够了。

　　论说巴黎的布置已比伦敦罗马匀调得多了,可是比上北平还差点事儿。北平在人为之中显出自然,几乎是什么地方既不挤得慌,又不太僻静:最小的胡同里的房子也有院子与树;最空旷的地方也离买卖街与住宅区不远。这种分配法可以算——在我的经验中——天下第一了。北平的好处不在处处设备得完全,而在它处处有空儿,可以使人自由的喘气;不在有好些美丽的建筑,而在建筑的四围都有空闲的地方,使它们成为美景。每一个城楼,每一个牌楼,都可以从老远就看见。况且在街上还可以看见北山与西山呢!

　　好学的,爱古物的,人们自然喜欢北平,因为这里书多古物多。我不好学,也没钱买古物。对于物质上,我却喜爱北平的花多菜多果子多。花草是种费钱的玩艺,可是此地的"草花儿"很便宜,而且家家有院子,可以花不多的钱而种一院子花,即使算不了什么,可是到底可爱呀。墙上的牵牛,墙根的靠山竹与草茉莉,是多么省钱省事而也足以招来蝴蝶呀!至于青菜、白菜、扁豆、毛豆角、黄瓜、菠菜等等,大多数是直接由城外担来而送到家门口的。雨后,韭菜叶上还往往带着雨时溅起的泥点。青菜摊子上的红红绿绿几乎有诗似的美丽。果子有不少是由西山与北山来的,西山的沙果、海棠,北山的黑枣、柿子,进了城还带着一层白霜儿呀!哼,美国的橘子包着纸;遇到北平的带霜儿的玉李,还不愧杀!

　　是的,北平是个都城,而能有好多自己产生的花、菜、水果,这就使人更接近了自然。从它里面说,它没有像伦敦的那些成天冒烟的工厂;从外面说,它紧连着园林、菜圃与农村。采菊东篱下,在这里,确是可以悠然见南山

---

　　① 通译君士坦丁堡,即伊斯坦布尔,土耳其港市。

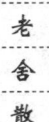

的;大概把"南"字变个"西"或"北",也没有多少了不得的吧。像我这样的一个贫寒的人,或者只有在北平能享受一点清福了。

好,不再说了吧;要落泪了,真想念北平呀!

(原载1936年6月16日《宇宙风》第19期)

中国20世纪名家散文经典

英国人

据我看,一个人即使承认英国人民有许多好处,大概也不会因为这个而乐意和他们交朋友。自然,一个有金钱与地位的人,走到哪里也会受欢迎;不过,在英国也比在别国多些限制。比如以地位说吧,假如一个作讲师或助教的,要是到了德国或法国,一定会有些人称呼他"教授"。不管是出于诚心吧,还是捧场;反正这是承认教师有相当的地位,是很显然的。在英国,除非他真正是位教授,绝不会有人来招呼他。而且,这位教授假若不是牛津或剑桥的,也就还差点劲儿。贵族也是如此,似乎只有英国国产贵族才能算数儿。

至于一个平常人,尽管在伦敦或其他的地方住上十年八载,也未必能交上一个朋友。是的,我们必须先交代明白,在资本主义的社会里,大家一天到晚为生活而奔忙,实在找不出闲工夫去交朋友;欧西各国都是如此,英国并非例外。不过,即使我们承认这个,可是英国人还有些特别的地方,使他们更难接近。一个法国人见着个生人,能够非常的亲热,越是因为这个生人的法国话讲得不好,他才越愿指导他。英国人呢,他以为天下没有会讲英语的,除了他们自己,他干脆不愿答理一个生人。一个英国人想不到一个生人可以不明白英国的规矩,而是一见到生人说话行动有不对的地方,马上认为这个人是野蛮,不屑于再招呼他。英国的规矩又偏偏是那么多!他不能想象到别人可以没有这些规矩,而另有一套;不,英国的是一切;设若别处没有那么多的雾,那根本不能算作真正的天气!

除了规矩而外,英国人还有好多不许说的事:家中的事,个人的职业与收入,通通不许说,除非彼此是极亲近的人。一个住在英国的客人,第一要学会那套规矩,第二要别乱打听事儿,第三别谈政治,那么,大家只好谈天气了,而天气又是那么不得人心。自然,英国人很有的说,假若他愿意:他可以讲论赛马、足球、养狗、高尔夫球等等;可是咱又许不大晓得这些事儿。结果呢,只好对愣着。对了,还有宗教呢,这也最好不谈。每个英国人有他自己开阔的到天堂之路,乘早儿不用惹麻烦。连书籍最好也不谈,一般的说,英国人的读书能力与兴趣远不及法国人。能念几本书的差不多就得属于中等阶级,自然我们所愿与谈论书籍的至少是这路人。这路人比谁的成见都大,那么与他们闲话书籍也是自找无趣的事。多数的中等人拿读书——自然是指小说了——当作一种自己生活理想的佐证。一个普通的少女,长得有个模样,嫁了个驶汽车的;在结婚之夕才证实了,他原来是个贵族,而且承袭了楼上有鬼的旧宫,专是壁上的挂图就值多少百万!读惯这种书的,当然很难想到别的事儿,与他们谈论书籍和捣乱大概没有什么分别。中上的人自然有些识见了,可是很难遇到啊。况且有些识见的英国人,根本在英国就不大被人看得起;他们连拜伦、雪莱和王尔德还都逐出国外去,我们想跟这样人交朋友——即使有机会——无疑的也会被看作成怪物的。

我真想不出,彼此不能交谈,怎能成为朋友。自然,也许有人说:不常交谈,那么遇到有事需要彼此的帮忙,便丁对丁,卯对卯的去办好了;彼此有了这样干脆了当的交涉与接触,也能成为朋友,不是吗?是的,求人帮助是必不可免的事,就是在英国也是如是;不过英国人的脾气还是以能不求人为最好。他们的脾气即是这样,他们不求你,你也就不好意思求他了。多数的英国人愿当鲁滨孙,万事不求人。于是他们对别人也就不愿多伸手管事。况且,他们即使愿意帮忙你,他们是那样的沉默简单,事情是给你办了,可是交情仍然谈不到。当一个英国人答应了你办一件事,他必定给你办到。可是,跟他上火车一样,非到车已要开了,他不露面。你别去催他,他有他的稳当劲儿。等办完了事,他还是不理你,直等到你去谢谢他,他才微笑一笑。到底还是交不上朋友,无论你怎样上前巴结。假若你一个劲儿奉承他或讨他的好,他也许告诉你:"请少来吧,我忙!"这自然不是说,英国就没有一个和气的人。不,绝不是。一个和气的英国人可以说是最有礼貌,最有心路,最体面的人。不过,他的好处只能使你钦佩他,他有好些地方使人不便和他套交情。他的礼貌与体面是一种武器,使人不敢离他太近了。就是顶和气的英国人,也比别人端庄得多;他不喜欢法国式的亲热——你可以看见两个法国男人互吻,可是很少见一个英国人把手放在另一个英国人的肩上,或搂着脖儿。两个很要好的女友在一块儿吃饭,设若有一个因为点儿原故而想把自己的菜让给友人一点,你必会听到那个女友说:"这不是羞辱我吗?"男人

中国 20 世纪名家散文经典

就根本不办这样的傻事。是呀,男人对于让酒让烟是极普遍的事,可是只限于烟酒,他们不会肥马轻裘与友共之。

这样讲,好像英国人太别扭了。别扭,不错,可是他们也有好处。你可以永远不与他们交朋友,但你不能不佩服他们。事情都是两面的。英国人不愿轻易替别人出力,他可也不来讨厌你呀。他的确非常高傲,可是你要是也沉住了气,他便要佩服你。一般的说,英国人很正直。他们并不因为自傲而蛮不讲理。对于一个英国人,你要先估量估量他的身份,再看看你自己的价值,他要是像块石头,你顶好像块大理石;硬碰硬,而你比他更硬。他会承认他的弱点。他能够很体谅人,很大方,但是他不愿露出来;你对他也顶好这样。设若你准知道他要向灯,你就顶好也先向灯,他自然会向火;他喜欢表示自己有独立的意见。他的意见可老是意见,假若你说得有理,到办事的时候他会牺牲自己的意见,而应怎么办就怎么办。你必须知道,他的态度虽是那么沉默孤高,像有心事的老驴似的,可是他心中很能幽默一气。他不轻易向人表示亲热,可也不轻易生气,到他说不过你的时候,他会以一笑了之。这点幽默劲儿使英国人几乎成为可爱的了。他没火气,他不吹牛,虽然他很自傲自尊。

所以,假若英国人成不了你的朋友,他们可是很好相处。他们该办什么就办什么,不必你去套交情;他们不因私交而改变作事该有的态度。他们的自傲使他们对人冷淡,可是也使他们自重。他们的正直使他们对人不客气,可也使他们对事认真。你不能拿他当作吃喝不分的朋友,可是一定能拿他当个很好的公民或办事人。就是他的幽默也不低级讨厌,幽默助成他作个贞脱儿曼,不是弄鬼脸逗笑。他并不老实,可是他大方。

他们不爱着急,所以也不好讲理想。胖子不是一口吃起来的,乌托邦也不是一步就走到的。往坏了说,他们只顾眼前;往好里说,他们不乌烟瘴气。他们不爱听世界大同,四海兄弟,或那顶大顶大的计划。他们愿一步一步慢慢的走,走到哪里算哪里。成功呢,好;失败呢,再干。英国兵不怕打败仗。英国的一切都好像是在那儿敷衍呢,可是他们在各种事业上并不是不求进步。这种骑马找马的办法常常使人以为他们是狡猾,或守旧;狡猾容或有之,守旧也是真的,可是英国人不在乎,他有他的主意。他深信常识是最可宝贵的,慢慢走着瞧吧。萧伯纳可以把他们骂得狗血喷头,可是他们会说:"他是爱尔兰的呀!"他们会随着萧伯纳笑他们自己,但他们到底是他们——萧伯纳连一点办法也没有!

这些,可只是个简单的,大概的,一点由观察得来的印象。一般的说,也许大致不错;应用到某一种或某一个英国人身上,必定有许多欠妥当的地方。概括的论断总是免不了危险的。

(原载 1936 年 9 月《西风》第 1 期)

中国20世纪名家散文经典

我的几个房东

初到伦敦,经艾温士教授的介绍,住在了离"城"有十多英里的一个人家里。房主人是两位老姑娘。大姑娘有点傻气,腿上常闹湿气,所以身心都不大有用。家务统由妹妹操持,她勤苦诚实,且受过相当的教育。

她们的父亲是开面包房的,死后,把面包房给了儿子,给二女一人一处小房子。她们卖出一所,把钱存在银行生息。其余的一所,就由她们合住。妹妹本可以去作,也真作过家庭教师。可是因为姐姐需人照管,所以不出去作事,而把楼上的两间屋子租给单身的男人,进些租金。这给妹妹许多工作,她得给大家作早餐晚饭,得上街买东西,得收拾房间,得给大家洗小衣裳,得记账。这些,已足使任何一个女子累得喘不过气来。可是她于这些工作外,还得答复朋友的信,读一两段圣经和作些针线。

她这种勤苦忠诚,倒还不是我所佩服的。我真佩服她那点独立的精神。她的哥开着面包房,到圣诞节才送给妹妹一块大鸡蛋糕!她决不去求他的帮助,就是对那一块大鸡蛋糕,她也马上还礼,送给她哥一点有用的小物件。当我快回国时去看她,她的背已很弯,发也有些白的了。

自然,这种独立的精神是由资本主义的社会制度逼出来的,可是,我到底不能不佩服她。

在她那里住过一冬,我搬到伦敦的西部去。这回是与一个叫艾支顿的合租一层楼。所以事实上我所要说的是这个艾

中国20世纪名家散文经典

支顿——称他为二房东都勉强一些——而不是真正的房东。我与他一气在那里住了三年。

这个人的父亲是牧师,他自己可不信宗教。当他很年青的时候,他和一个女子由家中逃出来,在伦敦结了婚,生了三四个小孩。他有相当的聪明,好读书。专就文字方面上说,他会拉丁文、希腊文、德文、法文,程度都不坏。英文,他写得非常的漂亮。他作过一两本讲教育的书,即使内容上不怎样,他的文字之美是公认的事实。我愿意同他住在一处,差不多是为学些地道好英文。在大战时,他去投军。因为心脏弱,报不上名。他硬挤了进去。见到了军官,凭他的谈吐与学识,自然不会被叉去帐外。一来二去,他升到中校,差不多等于中国的旅长了。

战后,他拿了一笔不小的遣散费,回到伦敦,重整旧业,他又去教书。为充实学识,还到过维也纳听弗洛衣德的心理学。后来就在牛津的补习学校教书。这个学校是为工人们预备的,仿佛有点像国内的暑期学校,不过目的不在补习升学的功课。作这种学校的教员,自然没有什么地位,可是实利上并不坏:一年只作半年的事,薪水也并不很低。这个,大概是他的黄金"时代"。以身份言,中校;以学识言,有著作;以生活言,有个清闲舒服的事情。

也正是在这个时候,他和一位美国女子发生了恋爱。她出自名家,有硕士的学位。来伦敦游玩,遇上了他。她的学识正好补足他的,她是学经济的;他在补习学校演讲关于经济的问题,她就给他预备稿子。

他的夫人告了。离婚案刚一提到法厅,补习学校便免了他的职。这种案子在牛津与剑桥还是闹不得的!离婚案成立,他得到自由,但须按月供给夫人一些钱。

在我遇到他的时候,他正极狼狈。自己没有事,除了夫妇的花销,还得供给原配。幸而硕士找到了事,两份儿家都由她支持着。他空有学问,找不到事。可是两家的感情渐渐的改善,两位夫人见了面,他每月给第一位夫人送钱也是亲自去,他的女儿也肯来找他。这个,可救不了穷。穷,他还很会花钱。作过几年军官,他挥霍惯了。钱一到他手里便不会老实。他爱买书,爱吸好烟,有时候还得喝一盅。我在东方学院见了他,他到那里学华语;不知他怎么弄到手里几镑钱,便出了这个主意。见到我,他说彼此交换知识,我多教他些中文,他教我些英文,岂不甚好?为学习的方便,顶好是住在一处,假若我出房钱,他就供给我饭食。我点了头,他便找了房。

艾支顿夫人真可怜。她早晨起来,便得作好早饭。吃完,她急忙去作工,拼命的追公共汽车;永远不等车站稳就跳上去,有时把腿碰得紫里蒿青。五点下工,又得给我们作晚饭。她的烹调本事不算高明,我俩一有点不爱吃的表示,她便立刻泪在眼眶里转。有时候,艾支顿卖了一本旧书或一张画,手中摸着点钱,笑着请我们出去吃一顿。有时候我看她太疲乏了,就请他俩吃顿中国饭。在这种时节,她喜欢得像小孩子似的。

他的朋友多数和他的情形差不多。我还记得几位:有一位是个年青的工人,谈吐很好,可是时常失业,一点也不是他的错儿,怎奈工厂时开时闭。他自然的是个社会主义者,每逢来看艾支顿,他俩便粗着脖子红着脸的争辩。艾支顿也很有口才,不过与其说他是为政治主张而争辩,还不如说是为争辩而争辩。还有一位小老头也常来,他顶可爱。德文、意大利文、西班牙文,他都能读能写能讲,但是找不到事作;闲着没事,他只与一家磁砖厂吆喝买卖,拿一点扣头。另一位老者,常上我们这一带来给人家擦玻璃,也是我们的朋友。这个老头是位博士。赶上我们在家,他便一边擦着玻璃,一边和我们讨论文学与哲学。孔子的哲学,泰戈尔的诗,他都读过,不用说西方的作家了。

只提这么三位吧,在他们身上使我感到工商资本主义的社会的崩溃与罪恶。他们都有知识,有能力,可是被那个社会制度捆住了手,使他们抓不到面包。成千论万的人是这样,而且有远不及他们三个的!找个事情真比登天还难!

艾支顿一直闲了三年。我们那层楼的租约是三年为限。住满了,房东要加租,我们就分离开,因为再找那样便宜,和恰好够三个人住的房子,是大不容易的。虽然不在一块儿住了,可是还时常见面。艾支顿只要手里有够看电影的钱,便立刻打电话请我去看电影。即使一个礼拜,他的手中彻底的空空如也,他也会约我到家里去吃一顿饭。自然,我去的时候也老给他们买些东西。这一点上,他不像普通的英国人,他好请朋友,也很坦然的接受朋友的约请与馈赠。有许多地方,他都带出点浪漫劲儿,但他到底是个英国人,不能完全放弃绅士的气派。

直到我回国的时际,他才找到了事——在一家大书局里作顾问,荐举大陆上与美国的书籍,经书局核准,他再找人去翻译或——若是美国的书——出英国版。我离开英国后,听说他已被那个书局聘为编辑员。

离开他们夫妇,我住了半年的公寓,不便细说;房东与房客除了交租金时见一面,没有一点别的关系。在公寓里,晚饭得出去吃,既费钱,又麻烦,所以我又去找房间。这回是在伦敦南部找到一间房子,房东是老夫妇,带着个女儿。

这个老头儿——达尔曼先生——是干什么的,至今我还不清楚。一来我只在那儿住了半年,二来英国人不喜欢谈私事,三来达尔曼先生不爱说话,所以我始终没得机会打听。偶而由老夫妇谈话中听到一两句,仿佛他是木器行的,专给人家设计作家具。他身边常带着尺。但是我不敢说肯定的话。

半年的工夫,我听熟了他三段话——他不大爱说话,但是一高兴就离不开这三段,像留声机片似的,永远不改。第一段是贵族巴来,由非洲弄来的

中国 20 世纪名家散文经典

钻石,一小铁筒一小铁筒的!每一块上都有个记号!第二段是他作过两次陪审员,非常的光荣!第三段是大战时,一个伤兵没能给一个军官行礼,被军官打了一拳。及至看明了那是个伤兵,军官跑得比兔子还快;不然的话,非教街上的人给打死不可!

除了这三段而外,假若他还有什么说的,便是重述《晨报》上的消息与意见。凡是《晨报》所说的都对!

这个老头儿是地道英国的小市民,有房,有点积蓄,勤苦,干净,什么也不知道,只晓得自己的工作是神圣的,英国人是世界上最好的人。

达尔曼太太是女性的达尔曼太太,她的意见不但得自《晨报》,而且是由达尔曼先生口中念出的那几段《晨报》,她没工夫自己去看报。

达尔曼姑娘只看《晨报》上的广告。有一回,或者是因为看我老拿着本书,她向我借一本小说。随手的我给了她一本威尔思的幽默故事。念了一段,她的脸都气紫了!我赶紧出去在报摊上给她找了本六个便士的罗曼司,内容大概是一个女招待嫁了个男招待,后来才发现这个男招待是位伯爵的承继人。这本小书使她对我又有了笑脸。

她没事作,所以在分类广告上登了一小段广告——教授跳舞。她的技术如何,我不晓得,不过她声明愿减收半费教给我的时候,我没出声。把知识变成金钱,是她,和一切小市民的格言。

她有点苦闷,没有男朋友约她出去玩耍,往往吃完晚饭便假装头疼,跑到楼上去睡觉。婚姻问题在那经济不景气的国度里,真是个没法办的问题。我看她恐怕要窝在家里!"房东太太的女儿"往往成为留学生的夫人,这是留什么外史一类小说的好材料;其实,里面的意义并不止是留学生的荒唐呀。

(原载 1936 年 12 月《西风》第 4 期)

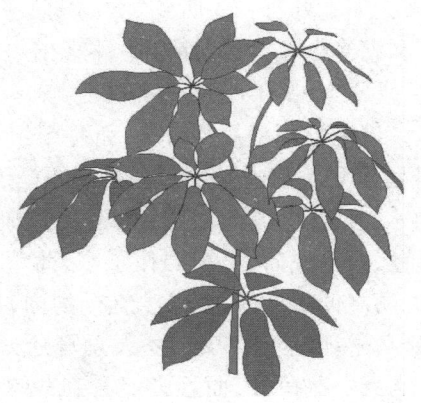

大明湖之春

北方的春本来就不长,还往往被狂风给七手八脚的刮了走。济南的桃李丁香与海棠什么的,差不多年年被黄风吹得一干二净,地暗天昏,落花与黄沙卷在一处,再睁眼时,春已过去了!记得有一回,正是丁香乍开的时候,也就是下午两三点钟吧,屋中就非点灯不可了;风是一阵比一阵大,天色由灰而黄,而深黄,而黑黄,而漆黑,黑得可怕。第二天去看院中的两株紫丁香,花已像煮过一回,嫩叶几乎全破了!济南的秋冬,风倒很少,大概都留在春天刮呢。

有这样的风在这儿等着,济南简直可以说没有春天;那么,大明湖之春更无从说起。

济南的三大名胜,名字都起得好:千佛山、趵突泉、大明湖,都多么响亮好听!一听到"大明湖"这三个字,便联想到春光明媚和湖光山色等等,而心中浮现出一幅美景来。事实上,可是,它既不大,又不明,也不湖。

湖中现在已不是一片清水,而是用坝划开的多少块"地"。"地"外留着几条沟,游艇沿沟而行,即是逛湖。水田不需要多么深的水,所以水黑而不清;也不要急流,所以水定而无波。东一块莲,西一块蒲,土坝挡住了水,蒲苇又遮住了莲,一望无际,只见高高低低的"庄稼"。艇行沟内,如穿高粱地然,热气腾腾,碰巧了还臭气烘烘。夏天总算还好,假若水不太臭,多少总能闻到一些荷香,而且必能看到些绿叶儿。春天,则下有黑汤,旁有破烂的土坝;风又那么野,绿柳新蒲东倒西歪,恰似挣命。所以,它即不大,又不明,也不湖。

话虽如此,这个湖到底得算个名胜。湖之不大与不明,都因为湖已不湖。假若能把"地"都收回,拆开土坝,挖深了湖身,它当然可以马上既大且明起来:湖面原本不小,而济南又有的是清凉的泉水呀。这个,也许一时作不到。不过,即使作不到这一步,就现状而言,它还应当算作名胜。北方的城市,要找有这么一片水的,真是好不容易了。千佛山满可以不算数儿,配作个名胜与否简直没多大关系。因为山在北方不是什么难找的东西呀。水,可太难找了。济南城内据说有七十二泉,城外有河,可是还非有个湖不可。泉、池、河、湖,四者俱备,这才显出济南的特色与可贵。它是北方唯一的"水城",这个湖是少不得的。设若我们游湖时,只见沟而不见湖,请到高处去看看吧,比如在千佛山上往北眺望,则见城北灰绿的一片——大明湖;城外,华鹊二山夹着弯弯的一道灰亮光儿——黄河。这才明白了济南的不凡,不但有水,而且是这样多呀。

况且,湖景若无可观,湖中的出产可是很名贵呀。懂得什么叫作美的人或者不如懂得什么好吃的人多吧,游过苏州的往往只记得此地的点心,逛过西湖的提起来便念叨那里的龙井茶、藕粉与莼菜什么的,吃到肚子里的也许比一过眼的美景更容易记住,那么大明湖的蒲菜、茭白、白花藕,还真许是它驰名天下的重要原因呢。不论怎么说吧,这些东西既都是水产,多少总带着些南国风味;在夏天,青菜挑子上带着一束束的大白莲花骨葖卖,在北方大概只有济南能这么"阔气"。

我写过一本小说——《大明湖》——"在一•二八"与商务印书馆一同被火烧掉了。记得我描写过一段大明湖的秋景,词句全想不起来了,只记得是什么什么秋。桑子中先生给我画过一张油画,也画的是大明湖之秋,现在还在我的屋中挂着。我写的,他画的,都是大明湖,而且都是大明湖之秋,这里大概有点意思。对了,只是在秋天,大明湖才有些美呀。济南的四季,唯有秋天最好,晴暖无风,处处明朗。这时候,请到城墙上走走,俯视秋湖,败柳残荷,水平如镜;唯其是秋色,所以连那些残破的土坝也似乎正与一切景物配合:土坝上偶而有一两截断藕,或一些黄叶的野蔓,配着三五枝芦花,确是有些画意。"庄稼"已都收了,湖显着大了许多,大了当然也就显着明。不仅是湖宽水净,显着明美,抬头向南看,半黄的千佛山就在面前,开元寺那边的"橛子"——大概是个塔吧——静静的立在山头上。往北看,城外的河水很清,菜畦中还生着短短的绿叶。往南往北,往东往西,看吧,处处空阔明朗,有山有湖,有城有河,到这时候,我们真得到个"明"字了。桑先生那张画便

是在北城墙上画的,湖边只有几株秋柳,湖中只有一只游艇,水作灰蓝色,柳叶儿半黄。湖外,他画上了千佛山;湖光山色,联成一幅秋图,明朗,素净,柳梢上似乎吹着点不大能觉出来的微风。

对不起,题目是大明湖之春,我却说了大明湖之秋,可谁教亢德先生出错了题呢!

(原载1937年3月《宇宙风》第37期)

中国 20 世纪名家散文经典

东方学院

从一九二四的秋天,到一九二九的夏天,我一直的在伦敦住了五年。除了暑假寒假和春假中,我有时候离开伦敦几天,到乡间或别的城市去游玩,其余的时间就都消磨在这个大城里。我的工作不许我到别处去,就是在假期里,我还有时候得到学校去。我的钱也不许我随意的去到各处跑,英国的旅馆与火车票价都不很便宜。

我工作的地方是东方学院,伦敦大学的各学院之一。这里,教授远东近东和非洲的一切语言文字。重要的语言都成为独立的学系,如中国语,阿拉伯语等;在语言之外还讲授文学哲学什么的。次要的语言,就只设一个固定的讲师,不成学系,如日本语;假如有人要特意的请求讲授日本的文学或哲学等,也就由这个讲师包办。不甚重要的语言,便连固定的讲师也不设,而是有了学生再临时去请教员,按钟点计算报酬。譬如有人要学蒙古语文或非洲的非英属的某地语文,便是这么办。自然,这里所谓的重要与不重要,是多少与英国的政治、军事、商业等相关联的。

在学系里,大概的都是有一位教授,和两位讲师。教授差不多全是英国人;两位讲师总是一个英国人,和一个外国人——这就是说,中国语文系有一位中国讲师,阿拉伯语文系有一位阿拉伯人作讲师。这是三位固定的教员,其余的多是临时请来的,比如中国语文系里,有时候于固定的讲师外,还有好几位临时的教员,假若赶到有学生要学中国某一种方言的话；这系里的教授与固定讲师都是说官话的，那么要是有人想学厦门话或绍兴话，就非去临时请人来教不可。

　　这里的教授也就是伦敦大学的教授。这里的讲师可不都是伦敦大学的讲师。以我自己说，我的聘书是东方学院发的，所以我只算学院里的讲师，和大学不发生关系。那些英国讲师多数的是大学的讲师，这倒不一定是因为英国讲师的学问怎样的好，而是一种资格问题：有了大学讲师的资格，他们好有升格的希望，由讲师而副教授而教授。教授既全是英国人，如前面所说过的，那么外国人得到了大学的讲师资格也没有多大用处。况且有许多部分，根本不成为学系，没有教授，自然得到大学讲师的资格也不会有什么发展。在这里，看出英国人的偏见来。以梵文、古希伯来文、阿拉伯文等说，英国的人才并不弱于大陆上的各国；至于远东语文与学术的研究，英国显然的追不上德国或法国。设若英国人愿意，他们很可以用较低的薪水去到德法等国聘请较好的教授。可是他们不肯。他们的教授必须是英国人，不管学问怎样。就我所知道的，这个学院里的中国语文学系的教授，还没有一位真正有点学问的。这在学术上是吃了亏，可是英国人自有英国人的办法，决不会听别人的。幸而呢，别的学系真有几位好的教授与讲师，好歹一背拉，这个学院的教员大致的还算说得过去。况且，于各系的主任教授而外，还有几位学者来讲专门的学问，像印度的古代律法、巴比伦的古代美术等等，把这学院的声价也提高了不少。在这些教员之外，另有位音韵学专家，教给一切学生以发音与辨音的训练与技巧，以增加学习语言的效率。这倒是个很好的办法。

　　大概的说，此处的教授们并不像牛津或剑桥的教授们那样只每年给学生们一个有系统的讲演，而是每天与讲师们一样的教功课。这就必须说一说此处的学生了。到这里来的学生，几乎没有任何的限制。以年龄说，有的是七十岁的老夫或老太婆，有的是十几岁的小男孩或女孩。只要交上学费，便能入学。于是，一人学一样，很少有两个学生恰巧学一样东西的。拿中国语文系说吧，当我在那儿的时候，学生中就有两位七十多岁的老人：一位老人是专学中国字，不大管它们都念作什么，所以他指定要英国的讲师教他。另一位老人指定要跟我学，因为他非常注重发音；他对语言很有研究，古希腊、拉丁、希伯来，他都会，到七十多岁了，他要听听华语是什么味儿；学了些日子华语，他又选上了日语。这两个老人都很用功，头发虽白，心却不笨。这一对老人而外，还有许多学生：有的学言语，有的念书，有的要在伦敦大学得学位而来预备论文，有的念元曲，有的念《汉书》，有的是要往中国去，所以先来学几句话，有的是已在中国住过十年八年而想深造……总而言之，他们学的功课不同，程度不同，上课的时间不同，所要的教师也不同。这样，一个人一班，教授与两个讲师便一天忙到晚了。这些学生中最小的一个才十二岁。

因此，教授与讲师都没法开一定的课程，而是兵来将挡，学生要学什么，他们就得教什么；学院当局最怕教师们说："这我可教不了。"于是，教授与讲师就很不易当。还拿中国语文系说吧，有一回，一个英国医生要求教他点中国医学。我不肯教，教授也瞪了眼。结果呢，还是由教授和他对付了一个学期。我很佩服教授这点对付劲儿；我也准知道，假若他不肯敷衍这个医生，大概院长那儿就更难对付。由这一点来说，我很喜欢这个学院的办法，来者不拒，一人一班，完全听学生的。不过，要这样办，教员可得真多，一系里只有两三个人，而想使个个学生满意，是作不到的。

成班上课的也有：军人与银行里的练习生。军人有时候一来就是一拨儿，这一拨儿分成几组，三个学中文，两个学日文，四个学土耳其文……既是同时来的，所以可以成班。这是最好的学生。他们都是小军官，又差不多都是世家出身，所以很有规矩，而且很用功。他们学会了一种语言，不管用得着与否，只要考试及格，在饷银上就有好处。据说会一种语言的，可以每年多关一百镑钱。他们在英国学一年中文，然后就可以派到中国来。到了中国，他们继续用功，而后回到英国受试验。试验及格便加薪俸了。我帮助考过他们，考题很不容易，言语，要能和中国人说话；文字，要能读大报纸上的社论与新闻，和能将中国的操典与公文译成英文。学中文的如是，学别种语文的也如是。厉害！英国的秘密侦探是著名的，军队中就有这么多，这么好的人才呀：和哪一国交战，他们就有会哪一国言语文字的军官。我认得一个年青的军官，他已考及格过四种言语的初级试验，才二十三岁！想打倒帝国主义么，啊，得先充实自己的学问与知识，否则喊哑了嗓子只有自己难受而已。

最坏的学生是银行的练习生们。这些都是中等人家的子弟——不然也进不到银行去——可是没有军人那样的规矩与纪律，他们来学语言，只为马马虎虎混个资格，考试一过，马上就把"你有钱，我吃饭"忘掉。考试及格，他们就有被调用到东方来的希望，只是希望，并不保准。即使真被派遣到东方来，如新加坡、香港、上海等处，他们早知道满可以不说一句东方语言而把事全办了。他们是来到这个学院预备资格，不是预备言语，所以不好好的学习。教员们都不喜欢教他们，他们也看不起教员，特别是外国教员。没有比英国中等人家的二十上下岁的少年再讨厌的了，他们有英国人一切的讨厌，而英国人所有的好处他们还没有学到，因为他们是正在刚要由孩子变成大人的时候，所以比大人更讨厌。

班次这么多，功课这么复杂，不能不算是累活了。可是有一样好处：他们排功课表总设法使每个教员空闲半天。星期六下午照例没有课，再加上每周当中休息半天，合起来每一星期就有两天的休息。再说呢，一年分为三学期，每学期只上十个星期的课，一年倒可以有五个月的假日，还算不坏。

不过,假期中可还有学生愿意上课;学生愿意,先生自然也得愿意,所以我不能在假期中一气离开伦敦许多天。这可也有好处,假期中上课,学费便归先生要。

学院里有个很不错的图书馆,专藏关于东方学术的书籍,楼上还有些中国书。学生在上课前,下课后,不是在休息室里,便是到图书馆去,因为此外别无去处。这里没有运动场等等的设备,学生们只好到图书馆去看书,或在休息室里吸烟,没别的事可作。学生既多数的是一人一班,而且上课的时间不同,所以不会有什么团体与运动。每一学期至多也不过有一次茶话会而已。这个会总是在图书馆里开,全校的人都被约请。没有演说,没有任何仪式,只有茶点,随意的吃。在开这个会的时候,学生才有彼此接谈的机会,老幼男女聚在一处,一边吃茶一边谈话。这才看出来,学生并不少;平日一个人一班,此刻才看到成群的学生。

假期内,学院里清静极了,只有图书馆还开着,读书的人可也并不甚多。我的《老张的哲学》、《赵子曰》与《二马》,大部分是在这里写的,因为这里清静啊。那时候,学院是在伦敦城里。四外有好几个火车站,按说必定很乱,可是在学院里并听不到什么声音。图书馆靠街,可是正对着一块空地,有些花木,像个小公园。读完了书,到这个小公园去坐一下,倒也方便。现在,据说这个学院已搬到大学里去,图书馆与课室——一个友人来信这么说——相距很远,所以馆里更清静了。哼,希望多咱有机会再到伦敦去,再在这图书馆里写上两本小说!

(原载 1937 年 3 月《西风》第 7 期)

中国20世纪名家散文经典

无题（因为没有故事）

　　人是为明天活着的，因为记忆中有朝阳晓露；假若过去的早晨都似的狱那么黑暗丑恶，盼明天干吗呢？是的，记忆中也有痛苦危险，可是希望会把过去的恐怖裹上一层糖衣，像看着一出悲剧似的，苦中有些甜美。无论怎说吧，过去的一切都不可移动；实在，所以可靠；明天的渺茫全仗昨天的实在撑持着，新梦是旧事的拆洗缝补。

　　对了，我记得她的眼。她死了好多年了，她的眼还活着，在我的心里。这对眼睛替我看守着爱情。当我忙得忘了许多事，甚至于忘了她，这两只眼会忽然在一朵云中，或一汪水里，或一瓣花上，或一线光中，轻轻的一闪，像归燕的翅儿，只须一闪，我便感到无限的春光。我立刻就回到那梦境中，哪一件小事都凄凉、甜美，如同独自在春月下踏着落花。

　　这双眼所引起的一点爱火，只是极纯的一个小火苗，像心中的一点晚霞，晚霞的结晶。它可以烧明了流水远山，照明了春花秋叶，给海浪一些金光，可是它恰好的也能在我心中，照明了我的泪珠。

　　它们只有两个神情：一个是凝视，极短极快，可是千真万确的是凝视。只微微的一看，就看到我的灵魂，把一切都无声的告诉了给我。凝视，一点也不错，我知道她只须极短极快的一看，看的动作过去了，极快的过去了，可是，她心里看着我呢，不定看多么久呢；我到底得管这叫作凝视，不论它是多么快，多么短。一切的诗文都用不着，这一眼道尽了"爱"所会说

的与所会作的。另一个是眼珠横着一移动,由微笑移动到微笑里去,在处女的尊严中笑出一点点被爱逗出的轻佻,由热情中笑出一点点无法抑止的高兴。

我没和她说过一句话,没握过一次手,见面连点头都不点。可是我的一切,她知道;她的一切,我知道。我们用不着看彼此的服装,用不着打听彼此的身世,我们一眼看到一粒珍珠,藏在彼此的心里;这一点点便是我们的一切,那些七零八碎的东西都是配搭,都无须注意。看我一眼,她低着头轻快的走过去,把一点微笑留在她身后的空气中,像太阳落后还留下一些明霞。

我们彼此躲避着,同时彼此愿马上搂抱在一处。我们轻轻的哀叹;忽然遇见了,那么凝视一下,登时欢喜起来,身上像减了分量,每一步都走得轻快有力,像要跳起来的样子。

我们极愿意过一句话,可是我们很怕交谈,说什么呢?哪一个日常的俗字能道出我们的心事呢?让我们不开口,永不开口吧!我们的对视与微笑是永生的,是完全的,其余的一切都是破碎微弱,不值得一作的。

我们分离有许多年了,她还是那么秀美,那么多情,在我的心里。她将永远不老,永远只向我一个人微笑。在我的梦中,我常常看见她,一个甜美的梦是最真实、最纯洁、最完美的。多少多少人生中的小困苦小折磨使我丧气,使我轻看生命。可是,那个微笑与眼神忽然的从哪儿飞来,我想起唯有"人面桃花相映红"差可托拟的一点心情与境界,我忘了困苦,我不再丧气,我恢复了青春;无疑的,我在她的洁白的梦中,必定还是个美少年呀。

春在燕的翅上,把春光颤得更明了一些,同样,我的青春在她的眼里,永远使我的血温暖,像土中的一颗子粒,永远想发出一个小小的绿芽。一粒小豆那么小的一点爱情,眼珠一移,嘴唇一动,日月都没有了作用,无论到什么时候,我们总是一对刚开开的春花。

不要再说什么,不要再说什么!我的烦恼也是香甜的呀,因为她那么看过我!

(原载1937年6月10日《谈风》第16期)

五月的青岛

因为青岛的节气晚,所以樱花照例是在四月下旬才能盛开。樱花一开,青岛的风雾也挡不住草木的生长了。海棠、丁香、桃、梨、苹果、藤萝、杜鹃都争着开放,墙角路边也都有了嫩绿的叶儿。五月的岛上,到处花香,一清早便听见卖花声。公园里自然无须说了,小蝴蝶花与桂竹香们都在绿草地上用它们的娇艳的颜色结成十字,或绣成几团;那短短的绿树篱上也开着一层白花,似绿枝上挂了一层春雪。就是路上两旁的人家也少不得有些花草:围墙既矮,藤萝往往顺着墙把花穗儿悬在院外,散出一街的香气;那双樱、丁香,都能在墙外看到,双樱的明艳与丁香的素丽,真是足以使人眼明神爽。

山上有了绿色,嫩绿,所以把松柏们比得发黑了一些。谷中不但填满了绿色,而且颇有些野花,有一种似紫荆而色儿略略发蓝的,折来很好插瓶。

青岛的人怎能忘下海呢。不过,说也奇怪,五月的海就仿佛特别的绿,特别的可爱,也许是因为人们心里痛快吧?看一眼路旁的绿叶,再看一眼海,真的,这才明白了什么叫作"春深似海"。绿,鲜绿,浅绿,深绿,黄绿,灰绿,各种的绿色,联接着,交错着,变化着,波动着,一直绿到天边,绿到山脚,绿到渔帆的外边去。风不凉,浪不高,船缓缓的走,燕低低的飞,街上的花香与海上的咸味混到一处,浪漾在空中,水在面前,而绿意无限,可不是,春深似海!欢喜,要狂歌,要跳入水中去,可是只能默默无言,心好像飞到天边上那将将能看到的小岛上

去,一闭眼仿佛还看见一些桃花。人面桃花相映红,必定是在那小岛上。

这时候,遇上风与雾便还须穿上棉衣,可是有一天忽然响晴,夹衣就正合适。但无论怎说吧,人们反正都放了心——不会大冷了,不会。妇女们最先知道这个,早早的就穿出利落的新装,而且决定不再脱下去。海岸上,微风吹动少女们的发与衣,何必再去到电影院中找那有画意的景儿呢!这里是初春浅夏的合响,风里带着春寒,而花草山水又似初夏,意在春而景如夏,姑娘们总先走一步,迎上前去,跟花们竞争一下,女性的伟大几乎不是颓废诗人所能明白的。

人似乎随着花草都复活了,学生们特别的忙:换制服,开运动会,到崂山丹山旅行,服劳役。本地的学生忙,别处的学生也来参观,几个,几十,几百,打着旗子来了,又成着队走开,男的,女的,先生,学生,都累得满头是汗,而仍不住的向那大海丢眼。学生以外,该数小孩最快活,笨重的衣服脱去,可以到公园跑跑了;一冬天不见猴子了,现在又带着花生去喂猴子,看鹿;拾花瓣,在草地上打滚;妈妈说了,过几天还有大红樱桃吃呢!

马车都新油饰过,马虽依然清瘦,而车辆体面了许多,好作一夏天的买卖呀。新油过的马车穿过街心,那专作夏天的生意的咖啡馆、酒馆、旅社、饮冰室,也找来油漆匠,扫去灰尘,油饰一新。油漆匠在交手上忙,路旁也增多了由各处来的舞女。预备呀,忙碌呀,都红着眼等着那避暑的外国战舰与各处的阔人。多咱浴场上有了人影与小艇,生意便比花草还茂盛呀。到那时候,青岛几乎不属于青岛的人了,谁的钱多谁更威风,汽车的眼是不会看山水的。

那么,且让我们自己尽量的欣赏五月的青岛吧!

(原载1937年6月16日《宇宙风》第43期)

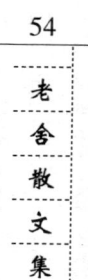

吊济南

从民国十九年七月到二十三年秋初,我整整的在济南住过四载。在那里,我有了第一个小孩,即起名为"济"。在那里,我交下不少的朋友:无论什么时候我从那里过,总有人笑脸的招呼我;无论我到何处去,那里总有人惦念着我。在那里,我写成了《大明湖》《猫城记》《离婚》《牛天赐传》和收在《赶集》里的那十几个短篇。在那里,我努力的创作,快活的休息……四年虽短,但是一气住下来,于是事与事的联系,人与人的交往,快乐与悲苦的代换,便显明的在这一生里自成一段落,深深的印划在心中;时短情长,济南就成了我的第二故乡。

它介乎北平与青岛之间。北平是我的故乡,可是这七年来,我不是住济南,便是住青岛。在济南住呢,时常想念北平;及至到了北平的老家,便又不放心济南的新家。好在道路不远,来来往往,两地都有亲爱的人,熟悉的地方;它们都使我依依不舍,几乎分不出谁重谁轻。在青岛住呢,无论是由青去平,还是自平返青,中途总得经过济南。车到那里,不由得我便要停留一两天。趵突泉、大明湖、千佛山等名胜,闭了眼也曾想出来,可是重游一番总是高兴的:每一角落,似乎都存着一些生命的痕迹;每一小小的变迁,都引起一些感触;就是一风一雨也仿佛含着无限的情意似的。

讲富丽堂皇,济南远不及北平;讲山海之胜,也跟不上青岛。可是除了北平青岛,要在华北找个有山有水,交通方便,既不十分闭塞,而生活程度又不过高的城市,恐怕就得属济南了。况且，它虽是个大都市，可是还能看到朴素的乡民，一群群的来此卖货或买东西，不像上海与汉口那样完全洋化。它似乎真是稳立在中国的文化上，城墙并不足拦阻住城与乡的交往；以善作洋奴自夸的人物与神情，在这里是不易找到的。这使人心里觉得舒服一些。一个不以跳舞开香槟为理想的生活的人，到了这里自自然然会感到一些平淡而可爱的滋味。

济南的美丽来自天然，山在城南，湖在城北。湖山而外，还有七十二泉，泉水成溪，穿城绕郭。可惜这样的天然美景，和那座城市结合到一处，不但没得到人工的帮助而相得益彰，反而因市设的敷衍而淹没了丽质。大路上灰尘飞扬，小巷里污秽杂乱，虽然天色是那么清明，泉水是那么方便，可是到处老使人憋得慌。近来虽修成几条柏油路，也仍旧显不出怎么清洁来。至于那些名胜，趵突泉左右前后的建筑破烂不堪，大明湖的湖面已化作水田，只剩下几道水沟。有人说，这种种的败陋，并非因为当局不肯努力建设，而是因为他们爱民如子，不肯把老百姓的钱都化费在美化城市上。假若这是可靠的话，我们便应当看见老百姓的钱另有出路，在国防与民生上有所建设。这个，我们却没有看见。这笔账该当怎么算呢？况且，我们所要求的并不是高楼大厦，池园庭馆，而是城市应有的卫生与便利。假若在城市卫生上有相当的设施，到处注意秩序与清洁，这座城既有现成的山水取胜，自然就会美如画图，用不着浪费人工财力。

这倒并非专为山水喊冤，而是借以说明许多别的事。济南的多少事情都与此相似，本来可以略加调整便有可观，可是事实上竟废弛委弃，以至一切的事物上都罩着一层灰土。这层灰土下蠕蠕微动着一群可好可坏的人，隐覆着一些似有若无的事；不死不生，一切灰色。此处没有崭新的东西，也没有彻底旧的东西，本来可以令人爱护，可是又使人无法不伤心。什么事都在动作，什么可也没照着一定的计划作成。无所拒绝，也不甘心接受，不易见到有何主张的人，可也不易见到很讨厌的人，大家都那么和气一团，敷敷衍衍，不易捉摸，也没什么大了不起。有电灯而无光，有马路而拥挤不堪，什么都有，什么也都没有，恰似暮色微茫，灰灰的一片。

按理说，这层灰色是不应当存到今日的，因为五卅惨案的血还鲜红的在马路上，城根下，假若有记性的人会闭目想一会儿。我初到济南那年，那被敌人击破的城楼还挂着"勿忘国耻"的破布条在那儿含羞的立着。不久，城楼拆去，国耻布条也被撤去，同被忘掉。拆去城楼本无不可，但是别无建设或者就是表示着忘去烦恼最为简便；结果呢，敌人今日就又在那里唱凯歌了。

在我写《大明湖》的时候，就写过一段：在千佛山上北望济南全城，城河带柳，远水生烟，鹊华对立，夹卫大河，是何等气象。可是市声隐隐，尘雾微茫，房贴着房，巷联着巷，全城笼罩在灰色之中。敌人已经在山巅投过重炮，

中国 20 世纪名家散文经典

轰过几昼夜了,以后还可以随时的重演一次;第一次的炮火既没能打破那灰色的大梦,那么总会有一天全城化为灰烬,冲天的红焰赶走了灰色,烧完了梦中人灰色的城,灰色的人,一切是统制,也就是因循,自己不干,不会干,而反倒把要干与会干的人的手捆起来;这是死城!此书的原稿已在上海随着"一·二八"的毒火殉了难,不过这一段的大意还没有忘掉,因为每次由市里到山上去,总会把市内所见的灰色景象带在心中,而后登高一望,自然会起了忧思。湖山是多么美呢,却始终被灰色笼罩着,谁能不由爱而畏,由失望而颤抖呢?

再说,破碎的城楼可以拆去,而敌人并未曾退出;眼不见心不烦,可是小鬼们就在眼前,怎能疏忽过去,视而不见呢?敌人的医院、公司、铺户、旅馆,分散在商埠各处。哪一个买卖也带"白面",即使不是专售,也多少要预备一些,余利作为妇女与孩子们的零钱。大批的劣货垄断着市场,零整批发的吗啡白面毒化着市民,此外还不时的暗放传染病的毒菌,甚至于把他们国内穿残的破裤烂袄也整船的运来销卖。这够多么可怕呢?可是我们有目无睹,仍旧逍遥自在;等因奉此是唯一的公事,奉命唯谨落个好官,我自为之,别无可虑。人家以经济吸尽我们的血,我们只会加捐添税再抽断老百姓的筋。对外讲亲善,故无抵制;对内讲爱民,而以大家不出声为感戴。敌人的炮火是厉害的,敌人的经济侵略是毒辣的,可是我们的捆束百姓的政策就更可怕。济南是久已死去,美丽的湖山只好默然蒙羞了!

平日对敌人的经济侵略不加防范,还可以用有心无力或事关全国为词。及至敌军已深入河北,而大家依旧安闲自在,就太可怪了。山东的富力为江北各省之冠,人民既善于经营,又强壮耐苦。有这样的财力与人力,假若稍有准备,即使不能把全省防御得如铜墙铁壁至少也得教敌人吃很大的苦头,方能攻入。可是,济南是省会,既系灰色,别处就更无可说的了。济南为全省的脑府,而实际上只是空空的一个壳儿,并无脑子。这个空壳子响一响便是政治,四面低低的回应便算办了事情。计划、科学、文化、人才,都是些可疑的名词,因为它们不是那空壳子所能了解的。反之,随便响一响,从心所欲正好见出权威。济南是必须死的,而且必不可免的累及全省。

这里一点无意去攻击任何人;追悔不如更新,我们且揭过这一页去吧。灰色的济南,可爱的济南,已被敌人的炮火打碎。可是湖山难改,我们且去用血把它刷新重建个美丽庄严的新都市。别矣济南!那是一场恶梦!再会面时,你将是清醒的合理的,以人民的力量筑成而归人民享用的。我将看到那城河更多一些绿柳,柳荫下有白石的小凳,任人休息。我将看见破旧的城墙变为宽坦的马路,把乡郊与城市打成一家;在城里可望见南山的果林,在乡间可以知道城内的消息。我将看到大明湖还田为湖,有十顷白莲。我将看见趵突泉改为浴场,游泳着健壮的青年男女。我将看见马鞍山前后有千

百烟囱,用着博山的煤,把胶东的烟叶制成金丝,鲁北的棉花织成细布,泰山的樱桃,莱阳的梨,肥城的蜜桃,制成精美的罐头;烟台的葡萄与苹果酿成美酒,供给全国的同胞享用。还有那已具雏型的造钟制钢、玻璃磁器、绵绸花边等等工业,都能合理的改进发展,富国裕民。我希望济南成为全省真正的脑府,用多少条公路,几条河流,和火车电话,把它的智慧热诚的清醒的串送到东海之滨与泰山之麓。挣扎吧,济南! 失去一城,无关于最后的胜负。今日之泪是悔认昨日之非;有此觉悟,便能打好明日的主意。济南,今日之死是脱胎换骨,取得新的生命;那明湖上的新蒲绿柳自会有我们重来欣赏啊!

(原载1938年1月《大时代》3号)

中国20世纪名家散文经典

一封信

亢德兄：

由家出来已四个月了。我怎样不放心家小，是你可以想象得到的；因为你现在也把眷属放在了孤岛上，而独自出来挣扎。我的唯一武器是我这枝笔，我不肯教它休息。你的心血是全费在你的刊物上，你当然不肯教它停顿。为了这笔与刊物，我们出来；能作出多少成绩？谁知道呢！也许各尽其力的往前干就好吧？

这四个月来，最难过的时候是每晚十时左右。你知道，我素日生活最有规律，夜间十点前后，必须去睡。在流亡中，我还不肯放弃了这个好习惯。可是，一见表针指到该就寝的时刻，我不由得便难过起来。不错，我差不多是连星期日也不肯停笔，零七八碎的真赶出不少的东西来；但是，这到底有多大用处呢？笔在手里的时节，偶而得到一两句满意的文章，我的确感到快乐，并且渺茫的想到这一两句也许能在我的读众心中发生一些好的作用；及至一放下笔，再看纸上那些字，这点自慰与自傲便立时变为失望与惭愧。眼看着院内的黑影或月光，我仿佛听见了前线的炮声，仿佛看见了火影与血光。多少健儿，今晚丧掉了生命！此刻有多少家庭都拆散，多少城市被轰平！这一夜有多少妇孺变成了寡妇孤儿！全民族都在血腥里，炮火下，到处有最辛酸的患难，与最悲壮的牺牲。我，我只能写一些字！即使我的文字能有一点点用处，可是又到了该睡的时候了；一天的工作——且承认它有些用——不过是那么一点点呀！我不能安心去睡，又不能不去睡，在去铺放被子的时候，我觉得自己不过是个无知的小动物，又须到窝穴里藏起头来，白白的费去七八小时了！这种难过，是我以前所未曾有过的。我简直怕见天黑了，黄昏的暮色晚烟，使我心中凝成一个黑团！我不知怎样才好，而日月轮还，黑夜又绝对不能变成白天！不管我是怎样的想努力，我到底不能不放下笔去睡，把心神交与若续若断的恶梦！

身体太坏。有心无力，勇气是支持不住肉体的疲惫的。作到了一日间所能作的那一些，就像皮球已圆到了容纳空气的限度，再多打一点气就会爆裂。这是毕生的恨事，在这大家都当拼命卖力气，共赴国难的期间，便越发使人苦恼。由这点自恨力短，便不由得想到了一般文人的瘦弱单薄。文人们，因生活的窘迫，因工作的勤苦，不易得到健壮的身体；咬牙努力，适足以呕血丧命。可是他们又是多么不服软，爱要强的人呢。他们越穷越弱，他们越不肯屈服，连自己体质的薄弱也像自欺似的加以否认或忽略。衰病或夭折是常有的当然结果，文学史上有多少"不幸短命死矣"的嗟悼呢！他们这样的不幸，自有客观的，无可避免的条件，并非他们自甘丧弃了生命。不过，在这国家危急存亡之秋，我不愿细细的述说这些客观的条件与因由，而替文人们呼冤。反之，我却愿他们以极度的热心，把不平之鸣改作自励自策，希望他们也都顾及身体的保养与锻炼。文人们，你们必须有铁一般的身儿，才能使你们的笔像枪炮一样的有力呀！注意你们的身体，你们才能尽所能的发挥才力，成为百战不挠的勇士。于此，我特别要诚恳的对年青的文艺界朋友们说——或者不惜用"警告"这个字：要成个以笔为武器的战士，可先别忽略了战士应有的铜筋铁臂啊。"白面"书生是含有些轻视的形容。深夜里狂吸着纸烟，或由激愤而过着浪漫的生活，以致减低了写作的能力，这岂但有欠严肃，而且近乎自杀呀！日本军人每日在各处整批的屠杀我们，我们还要自杀么？我们应当反抗！战士，我们既是战士，便应当敏捷矫健，生龙活虎的冲锋陷阵。我们强壮的身体支持着我们坚定的意志。笔粗拳头大，气足心才热烈。我们都该自爱自惜。成为铁血文人，在这到处是血腥与炮火的时候，我们才能发出怒吼。惭愧，我到时候非去休息不可，因为身体弱；我是怎样的期待着那大时代锻炼出来的文艺生力军，以严肃的生活，雄美的体格，把"白面"与"文弱"等等可耻的形容词从此扫刷了去，而以粗莽英武的姿态为新中国高唱前进的战歌呢！浪漫，为什么不可以呢？！然而我们的浪漫必是上马杀敌，下马为文的那种磊落豪放的气概与心胸，必是坚苦卓绝，以牺牲为荣，为正义而战的那种伟大的英雄主义。以玫瑰色的背心，或披及肩项的卷发，为浪漫的象征，是死与无心肝的象征啊。

自恨使我睡不熟，不由得便想起了妻儿。当学校初一停课，学生来告别的时候，我的泪几乎终日在眼圈里转。"先生！我们去流亡！"出自那些年青的朋友之口，多么痛心呢！有家，归去不得。学校，难以存身。家在北，而身向南，前途茫茫，确切可靠的事只有沿途都有敌人的轰炸与扫射！啊，不久便轮到

了我，我也必得走出来呀！妻小没法出来，我得向她们告别！我是家长，现在得把她们交给命运。我自己呢，谁知道能走到哪里去呢！我只是一个影子，对家属全没了作用，而自己也不知自己的明日如何。小儿女们还帮着我收拾东西呢！

我没法不狠心。我不能把自己关在亡城里。妻明白这个，她也明白，跟我出来，即使可能，也是我的累赘。我照应她们，便不能尽量作我能作与所要作的事。她也狠了心。只有狠心才能互相割舍，只有狠心才见出互相谅解。她不是非与丈夫揽臂而行不可的那种妇女，她平日就不以领着我去看电影为荣，所以今天可以放了我，使我在这四个月间还能勤苦的动我的笔。

假若——呕，我真不敢这样想！——她是那从电影中学得一套虚伪娇贵的妇女，必定要同我出来，在逃难的时候，还穿着高跟鞋，我将怎办呢？我亲眼看见，在汉口最阔绰的饭店与咖啡馆中，摆着一些向她们的丈夫演着影戏的妇女。她们据说是很喜爱文艺呀。她们的丈夫们是否文艺家，我不晓得；我只不放心，假若她们的丈夫确是作者，他们能否在伺候太太而外，还有工夫去写文章呢？假若在半夜由咖啡馆回到家中，他还须去写作，她能忍受在天明的时节，看到他的苦相——与男明星绝对相反的气度与姿态吗？

我想念我的妻与儿女，我觉得太对不起她们，可是在无可奈何之中，我感谢她，我必须拼命的去作事，好对得起她。由悬念而自励，一个有欠摩登的妇人，是怎样的能帮助像我这样的人哪！严肃的生活，来自男女彼此间的彻底谅解，互助互成。国难期间，男女间的关系，是含泪相誓，各自珍重，为国效劳。男儿是兵，女子也是兵，都须把最崇高的情绪生活献给这血雨刀山的大时代。夫不属于妻，妻不属于夫，他与她都属于国家。香艳温柔的生活只足以对得起好莱坞的苦心，只足以使汉口香港畸形的繁荣；而真正的汉奸所期望的也并不与这个相差甚远吧？

现在，又十点钟了！空袭警报刚解除不久。在探射灯的交插处，我看见八架，六架，银色的铁鹰；远处起了火！我必须去睡。谁知道明日见得着太阳与否呢？但是今天我必作完今天的事，明天再作明天的事。生与死都不算什么，只求生便生在，死便死在，各尽其力，民族必能于复兴的信念中。去睡呀，明日好早起。今天或者不再难以入梦了，我的忧思与感触已写在了这里一些；对老友谈心，或者能有定心静气的功效的。假若你以为这封信被别人看到，也能有些好处，那就不妨把它发表，代替你要我写的短文吧。

《大风》已收到，谢谢！希望它更硬一些。

全国文艺界抗敌协会拟在本月下旬开成立大会，希望简公们都入会。你若能来赴会，更好！祝

安！

老舍　武昌，二十七，三，十五夜

（原载 1938 年 5 月《宇宙风》第 67 期）

宗月大师

在我小的时候,我因家贫而身体很弱。我九岁才入学。因家贫体弱,母亲有时候想叫我去上学,又怕我受人家的欺侮,更因交不上学费,所以一直到九岁我还不识一个字。说不定,我会一辈子也得不到读书的机会。因为母亲虽然知道读书的重要,可是每月间三四吊钱的学费,实在让她为难。母亲是最喜脸面的人。她迟疑不决,光阴又不等待着任何人,荒来荒去,我也许就长到十多岁了。一个十多岁的贫而不识字的孩子,很自然的去作个小买卖——弄个小筐,卖些花生、煮豌豆,或樱桃什么的。要不然就是去学徒。母亲很爱我,但是假若我能去作学徒,或提篮沿街卖樱桃而每天赚几百钱,她或者就不会坚决的反对。穷困比爱心更有力量。

有一天刘大叔偶然的来了。我说"偶然的",因为他不常来看我们。他是个极富的人,尽管他心中并无贫富之别,可是他的财富使他终日不得闲,几乎没有工夫来看穷朋友。一进门,他看见了我。"孩子几岁了?上学没有?"他问我的母亲。他的声音是那么洪亮(在酒后,他常以学喊俞振庭的《金钱豹》自傲),他的衣服是那么华丽,他的眼是那么亮,他的脸和手是那么白嫩肥胖,使我感到我大概是犯了什么罪。我们的小屋,破桌凳,土炕,几乎禁不住他的声音的震动。等我母亲回答完,刘大叔马上决定:"明天早上我来,带他上学,学钱、书籍,大姐你都不必管!"我的心跳起多高,谁知道上学是怎么一回事呢!

中国20世纪名家散文经典

第二天,我像一条不体面的小狗似的,随着这位阔人去入学。学校是一家改良私塾,在离我的家有半里多地的一座道士庙里。庙不甚大,而充满了各种气味:一进山门先有一股大烟味,紧跟着便是糖精味(有一家熬制糖球糖块的作坊),再往里,是厕所味,与别的臭味。学校是在大殿里。大殿两旁的小屋住着道士,和道士的家眷。大殿里很黑、很冷。神像都用黄布挡着,供桌上摆着孔圣人的牌位。学生都面朝西坐着,一共有三十来人。西墙上有一块黑板——这是"改良"私塾。老师姓李,一位极死板而极有爱心的中年人。刘大叔和李老师"嚷"了一顿,而后教我拜圣人及老师。老师给了我一本《地球韵言》和一本《三字经》。我于是,就变成了学生。

自从作了学生以后,我时常的到刘大叔的家中去。他的宅子有两个大院子,院中几十间房屋都是出廊的。院后,还有一座相当大的花园。宅子的左右前后全是他的房屋,若是把那些房子齐齐的排起来,可以占半条大街。此外,他还有几处铺店。每逢我去,他必招呼我吃饭,或给我一些我没有看见过的点心。他绝不以我为一个苦孩子而冷淡我,他是阔大爷,但是他不以富傲人。

在我由私塾转入公立学校去的时候,刘大叔又来帮忙。这时候,他的财产已大半出了手。他是阔大爷,他只懂得花钱,而不知道计算。人们吃他,他甘心教他们吃;人们骗他,他付之一笑。他的财产有一部分是卖掉的,也有一部分是被人骗了去的。他不管;他的笑声照旧是洪亮的。

到我在中学毕业的时候,他已一贫如洗,什么财产也没有了,只剩了那个后花园。不过,在这个时候,假若他肯用用心思,去调整他的产业,他还能有办法教自己丰衣足食,因为他的好多财产是被人家骗了去的。可是,他不肯去请律师。贫与富在他心中是完全一样的。假若在这时候,他要是不再随便花钱,他至少可以保住那座花园,和城外的地产。可是,他好善。尽管他自己的儿女受着饥寒,尽管他自己受尽折磨,他还是去办贫儿学校、粥厂、等等慈善事业。他忘了自己。就是在这个时候,我和他过往得最密。他办贫儿学校,我去作义务教师。他施舍粮米,我去帮忙调查及散放。在我的心里,我很明白:放粮放钱不过只是延长贫民的受苦难的日期,而不足以阻拦住死亡。但是,看刘大叔那么热心,那么真诚,我就顾不得和他辩论,而只好也出点力了。即使我和他辩论,我也不会得胜,人情是往往能战败理智的。

在我出国以前,刘大叔的儿子死了。而后,他的花园也出了手。他入庙为僧,夫人和小姐入庵为尼。由他的性格来说,他似乎势必走入避世学禅的一途。但是由他的生活习惯上来说,大家总以为他不过能念念经,布施布施僧道而已,而绝对不会受戒出家。他居然出了家。在以前,他吃的是山珍海味,穿的是绫罗绸缎。他也嫖也赌。现在,他每日一餐,入秋还穿着件夏布道袍。这样苦修,他的脸上还是红红的,笑声还是洪亮的。对佛学,他有多

63

么深的认识,我不敢说。我却真知道他是个好和尚,他知道一点便去作一点,能作一点便作一点。他的学问也许不高,但是他所知道的都能见诸实行。

出家以后,他不久就作了一座大寺的方丈。可是没有好久就被驱除出来。他是要作真和尚,所以他不惜变卖庙产去救济苦人。庙里不要这种方丈。一般的说,方丈的责任是要扩充庙产,而不是救苦救难的。离开大寺,他到一座没有任何产业的庙里作方丈。他自己既没有钱,他还须天天为僧众们找到斋吃。同时,他还举办粥厂等等慈善事业。他穷,他忙,他每日只进一顿简单的素餐,可是他的笑声还是那么洪亮。他的庙里不应佛事,赶到有人来请,他便领着僧众给人家去唪真经,不要报酬。他整天不在庙里,但是他并没忘了修持;他持戒越来越严,对经义也深有所获。他白天在各处筹钱办事,晚间在小室里作工夫。谁见到这位破和尚也不曾想到他曾是个在金子里长起来的阔大爷。

去年,有一天他正给一位圆寂了的和尚念经,他忽然闭上了眼,就坐化了。火葬后,人们在他的身上发现许多舍利。

没有他,我也许一辈子也不会入学读书。没有他,我也许永远想不起帮助别人有什么乐趣与意义。他是不是真的成了佛?我不知道。但是,我的确相信他的居心与言行是与佛相近似的。我在精神上物质上都受过他的好处,现在我的确愿意他真的成了佛,并且盼望他以佛心引领我向善,正像在三十五年前,他拉着我去入私塾那样!

他是宗月大师。

(原载1940年1月23日《华西日报》)

诗人

设若有人问我：什么是诗？我知道我是回答不出的。把诗放在一旁，而论诗人，犹之不讲英雄事业，而论英雄其人，虽为二事，但密切相关，而且也许能说得更热闹一些，故论诗人。

好像记得古人说过，诗人是中了魔的人。什么魔？什么是魔？我都不晓得。由我的揣猜大概有两点可注意的：（一）诗人在举动上是有异于常人的，最容易看到的是诗人囚首垢面，有的爱花或爱猫狗如命，有的登高长啸，有的海畔行吟，有的老在闹恋爱或失恋，有的挥金如土，有的狂醉悲歌……在常人的眼中，这些行动都是有失正统的，故每每呼诗人为怪人、为狂士、为败家子。可是，这些狂士（或什么什么怪物）却能写出标准公民与正人君子所不能写的诗歌。怪物也许倾家荡产，冻饿而死，但是他的诗歌永远存在，为国家民族的珍宝。这是怎一回事呢？

一位英国的作家仿佛这样说过：写家应该是有女性的人。这句话对不对？我不敢说。我只能猜到，也许本着这位写家自己的经验，他希望写家们要心细如发，像女人们那样精细。我之所以这样猜想者，也许表示了我自己也愿写家们对事物的观察特别详密。诗人的心细，只是诗人应具备的条件之一。不过，仅就这一个条件来说，也许就大有出入，不可不辨。诗人要怎样的心细呢？是不是像看财奴一样，到临死的时候还不放心床畔的油灯是点着一根灯草呢，还是两根？多费一根灯草，足使看财奴伤心落泪，不算奇怪。假若一个诗人也这样办呢？呵，我想天下大概没有这样的诗人！一个人的才力是长于此，则短于彼的。一手打着算盘，一手写着诗，大概是不可能。诗人——也许因为体质的与众人不同，也许因天才与常人有异，也许因为所注意的不是油盐酱醋之类的东西——总有所长，也有所短，有的地方极注意，有的地方极不注意。有人说，诗人是长着四只眼的，所以他能把一团飞絮看成了老翁，能在一粒砂中看见个世界。至于这种眼睛能否辨别钞票的真假，便没有听说过了。他的眼要看真理，要看山川之美；他的心要世界进步，要人人幸福。他的居心与圣哲相同，恐怕就不屑于，或来不及，再管衣衫的破烂，或见人必须作揖问好了。所以他被称为狂士、为疯子。这狂士对那些小小的举动可以因无关宏旨而忽略，对大事可就一点也不放松，在别人正兴高采烈，歌舞升平的时节，他会极不得人心的来警告大家。人家笑得正欢，他会痛哭流涕。及至社会上真有了祸患，他会以身谏，他投水，他殉难！正如他平日的那些小举动被视为疯狂，他的这种舍身救世的大节也还是被认为疯狂的表现而结果。即使他没有舍身全节的机会，他也会因不为五斗米而折腰，或不肯赞谀什么权要，而死于贫困。他什么也没有，只有一些诗。诗，救不了他的饥寒，却使整个的民族有些永远不灭的光荣。诗人以饥寒为苦么？那倒也未必，他是中了魔的人！

说不定，我们也许能发现一个诗人，他既爱财如命，也还能写出诗来。这就可以提出第（二）来了：诗人在创作的时候确实有点发狂的样子。所谓灵感者也许就是中魔的意思吧。看，当诗人中了魔（或者有了灵感），他或碰倒醋瓮，或绕床疾走，或到庙门口去试试应当用"推"还是"敲"，或喝上斗酒，真是天翻地覆。他喝茶也吟，睡眠也唱，能够几天几夜，废寝忘食。这时候，他把全部精力全拿出来，每一道神经都在颤动。他忘了钱——假使他平日爱钱——忘了饮食，忘了一切，而把意识中，连下意识中的那最崇高的、最善美的，都拿了出来！把最好的字，最悦耳的音，都配备上去。假使他平日爱钱，到这时节便顾不得钱了！在这时候而有人跟他来算账，他的诗兴便立刻消逝，没法挽回。当作诗的时候，诗人能把他最喜爱的东西推到一边去，什么贵重的东西也比不上诗。诗是他自己的，别的都是外来之物。诗人与看财奴势不两立，至于忘了洗脸，或忘了应酬，就更在情理中了。所以，诗人在平时就有点像疯子；在他作诗的时候，即使平日不疯，也必变成疯子——最快活、最苦痛、最天真、最崇高、最可爱、最伟大的疯子！

皮毛的去学诗人的囚首垢面，或破鞋敝衣，是容易的，没什么意义的。要成为诗人须中魔啊。要掉了头，牺牲了命，而必求真理至善之阐明，与美丽幸福之揭示，才是诗人啊。眼光如豆，心小如鼠，算了吧，你将永远是向诗人投掷石头的，还要作诗么？——写于诗人节

（原载1941年5月30日《新蜀报》）

中国20世纪名家散文经典

敬悼许地山先生

地山是我的最好的朋友。以他的对种种学问好知喜问的态度,以他的对生活各方面感到的趣味,以他的对朋友的提携辅导的热诚,以他的对金钱利益的淡薄,他绝不像个短寿的人。每当我看见他的笑脸,握住他的柔软而戴着一个翡翠戒指的手,或听到他滔滔不断的讲说学问或故事的时候,我总会感到他必能活到八九十岁,而且相信若活到八九十岁,他必定还能像年青的时候那样有说有笑,还能那样说干什么就干什么,永不驳回朋友的要求,或给朋友一点难堪。

地山竟自会死了——才将快到五十的边儿上吧。

他是我的好友。可是,我对于他的身世知道的并不十分详细。不错,他确是告诉过我许多关于他自己的事情;可是,大部分都被我忘掉了。一来是我的记性不好;二来是当我初次看见他的时候,我就觉得"这是个朋友",不必细问他什么;即使他原来是个强盗,我也只看他可爱;我只知道面前是个可爱的人,就是一点也不晓得他的历史,也没有任何关系!况且,我还深信他会活到八九十岁呢。让他讲那些有趣的故事吧,让他说些对种种学术的心得与研究方法吧;至于他自己的历史,忙什么呢?等他老年的时候再说给我听,也还不迟啊!

可是,他已经死了!

我知道他是福建人。他的父亲作过台湾的知府——说不定他就生在台湾。他有一位舅父,是个很有才而后来作了不十分规矩的和尚的。由这位舅父,他大概自幼就接近了佛说,

读过不少的佛经。还许因为这位舅父的关系,他曾在仰光一带住过,给了他不少后来写小说的资料。他的妻早已死去,留下一个小女孩。他手上的翡翠戒指就是为纪念他的亡妻的。从英国回到北平,他续了弦。这位太太姓周,我曾在北平和青岛见到过。

以上这一点:事实恐怕还有说得不十分正确的地方,我的记性实在太坏了!记得我到牛津去访他的时候,他告诉了我为什么老戴着那个翡翠戒指;同时,他说了许许多多关于他的舅父的事。是的,清清楚楚的我记得他由述说这位舅父而谈到禅宗的长短,因为他老人家便是禅宗的和尚。可是,除了这一点,我把好些极有趣的事全忘得一干二净;后悔没把它们都笔记下来!

我认识地山,是在二十年前了。那时候,我的工作不多,所以常到一个教会去帮忙,作些"社会服务"的事情。地山不但常到那里去,而且有时候住在那里,因此我认识了他。我呢,只是个中学毕业生,什么学识也没有。可是地山在那时候已经在燕大毕业而留校教书,大家都说他是个很有学问的青年。初一认识他,我几乎不敢希望能与他为友,他是有学问的人哪!可是,他有学问而没有架子,他爱说笑话,村的雅的都有;他同我去吃八个铜板十只的水饺,一边吃一边说,不一定说什么,但总说得有趣。我不再怕他了。虽然不晓得他有多大的学问,可是的确知道他是个极天真可爱的人了。一来二去,我试着去问他一些书本上的事;我生怕他不肯告诉我,因为我知道有些学者是有这样脾气的:他可以和你交往,不管你是怎样的人;但是一提到学问,他就不肯开口了,不是他不肯把学问白白送给人,便是不屑于与一个没学问的人谈学问——他的神态表示出来,跟你来往已是降格相从,至于学问之事,哈哈……但是,地山绝对不是这样的人。他愿意把他所知道的告诉人,正如同他愿给人讲故事。他不因为我向他请教而轻视我,而且也并不板起面孔表示他有学问。和谈笑话似的,他知道什么便告诉我什么,没有矜持,没有厌倦,教我佩服他的学识,而仍认他为好友。学问并没有毁坏了他的为人,像那些气焰千丈的"学者"那样,他对我如此,对别人也如此;在认识他的人中,我没有听到过背地里指摘他,说他不够个朋友的。

不错,朋友们也有时候背地里讲究他;谁能没有些毛病呢。可是,地山的毛病只使朋友们又气又笑的那一种,绝无损于他的人格。他不爱写信。你给他十封信,他也未见得答复一次;偶而回答你一封,也只是几个奇形怪状的字,写在一张随手拾来的破纸上。我管他的字叫作鸡爪体,真是难看。这也许是他不愿写信的原因之一吧?另一毛病是不守时刻。口头的或书面的通知,何时开会或何时集齐,对他绝不发生作用。只要他在图书馆中坐下,或和友人谈起来,就不用再希望他还能看看钟表。所以,你设若不亲自拉他去赴会约约,那就是你的过错;他是永远不记着时刻的。

一九二四年初秋,我到了伦敦,地山已先我数日来到。他是在美国得了

中国20世纪名家散文经典

硕士学位,再到牛津继续研究他的比较宗教学的;还未开学,所以先在伦敦住几天,我和他住在了一处。他正用一本中国小商店里用的粗纸账本写小说,那时节,我对文艺还没有发生什么兴趣,所以就没大注意他写的是哪一篇。几天的工夫,他带着我到城里城外玩耍,把伦敦看了一个大概。地山喜欢历史,对宗教有多年的研究,对古生物学有浓厚的兴趣。由他领着逛伦敦,是多么有趣、有益的事呢!同时,他绝对不是"月亮也是外国的好"的那种留学生。说真的,他有时候过火的厌恶外国人。因为要批判英国人,他甚至于连英国人有礼貌,守秩序,和什么喝汤不准出响声,都看成愚蠢可笑的事。因此,我一到伦敦,就借着他的眼睛看到那古城的许多宝物,也看到它那阴暗的一方面,而不至糊糊涂涂的断定伦敦的月亮比北平的好了。

不久,他到牛津去入学。暑假寒假中,他必到伦敦来玩几天。"玩"这个字,在这里,用得很妥当,又不很妥当。当他遇到朋友的时候,他就忘了自己:朋友们说怎样,他总不驳回。去到东伦敦买黄花木耳,大家作些中国饭吃?好!去逛动物园?好,玩扑克牌?好!他似乎永远没有忧郁,永远不会说"不"。不过,最好还是请他闲扯。据我所知道的,除各种宗教的研究而外,他还研究人学、民俗学、文学、考古学;他认识古代钱币,能鉴别古画,学过梵文与巴利文。请他闲扯,他就能——举个例说——由男女恋爱扯到中古的禁欲主义,再扯到原始时代的男女关系。他的故事多书本上的佐证也丰富。他的话一会儿低降到贩夫走卒的俗野,一会儿高飞到学者的深刻高明。他谈一整天并不倦容,大家听一天也不感疲倦。

不过,你不要让他独自溜出去。他独自出去,不是到博物院,必是入图书馆。一进去,他就忘了出来。有一次,在上午八九点钟,我在东方学院的图书馆楼上发现了他。到吃午饭的时候,我去唤他,他不动。一直到下午五点,他才出来,还是因为图书馆已到关门的时间的原故。找到了我,他不住的喊"饿",是啊,他已饿了十点钟。在这种时节,"玩"字是用不得的。

牛津不承认他的美国的硕士学位,所以他须花二年的时光再考硕士。他的论文是法华经的介绍,在预备这本论文的时候,他还写了一篇相当长的文章,在世界基督教大会(?)上去宣读。这篇文章的内容是介绍道教。在一般的浮浅传教士心里,中国的佛教与道教不过是与非洲黑人或美洲红人所信的原始宗教差不多。地山这篇文章使他们闻所未闻,而且得到不少宗教学学者的称赞。

他得到牛津的硕士。假若他能继续住二年,他必能得到文学博士——最荣誉的学位。论文是不成问题的,他能于很短的期间预备好。但是,他必须再住二年;校规如此,不能变更。他没有住下去的钱,朋友们也不能帮助他。他只好以硕士为满意,而离开英国。

在他离英以前,我已试写小说。我没有一点自信心,而他又没工夫替我看看。我只能抓着机会给他朗读一两段。听过了几段,他说"可以,往下写吧!"这,增多了我的勇气。他的文艺意见,在那时候,仿佛是偏重于风格与情调;他自己的作品都多少有些传奇的气息,他所喜爱的作品也差不多都是浪漫派的。他的家世,他的在南洋的经验,他的旧文学的修养,他的喜研究学问而又不忍放弃文艺的态度,和他自己的生活方式,我想,大概都使他倾向着浪漫主义。

单说他的生活方式吧。我不相信他有什么宗教的信仰,虽然他对宗教有深刻的研究,可是,我也不敢说宗教对他完全没有影响。他的言谈举止都像个诗人。假若把"诗人"按照世俗的解释从他的生活中发展起来,他就应当有很古怪奇特的行动与行为。但是,他并没作过什么怪事。他明明知道某某人对他不起,或是知道某某人的毛病,他仍然是一团和气,以朋友相待。他不会发脾气。在他的嘴里,有时候是乱扯一阵,可是他的私生活是很严肃的,他既是诗人,又是"俗"人。为了读书,他可以忘了吃饭。但一讲到吃饭,他却又不惜花钱。他并不孤高自赏。对于衣食住行他都有自己的主张,可是假若别人喜欢,他也不便固执己见。他能过很苦的日子。在我初认识他的几年中,他的饭食与衣服都是极简单俭仆。他结婚后,我到北平去看他,他的住屋衣服都相当讲究了。也许是为了家庭间的和美,他不便于坚持己见吧。虽然由破夏布褂子换为整齐的绫罗大衫,他的脱口而出的笑话与戏谑还完全是他,一点也没改。穿什么,吃什么,他仿佛都能随遇而安,无所不可。在这里和在其他的好多地方,他似乎受佛教的影响较基督教的为多,虽然他是在神学系毕业,而且也常去作礼拜。他像个禅宗的居士,而绝不能成为一个清教徒。

不但亲戚朋友能影响他,就是不相识而偶然接触的人也能临时的左右他。有一次,我在"家"里,他到伦敦城里去干些什么。日落时,他回来了,进门便笑,而且不住的摸他的刚刚刮过的脸。我莫名其妙。他又笑了一阵。"教理发匠挣去两镑多!"我吃了一惊。那时候,在伦敦理发普通是八个便士,理发带刮脸也不过是一个先令,"怎能花两镑多呢?"原来是理发匠问他什么,他便答应什么,于是用香油香水洗了头,电气刮了脸,还不得用两镑多么?他绝想不起那样打扮自己,但是理发匠的钱罐是不能驳回的!

自从他到香港大学任事,我们没有会过面,也没有通过信;我知道他不喜欢写信,所以也就不写给他。抗战后,为了香港文协分会的事,我不能不写信给他了,仍然没有回信。可是,我准知道,信虽没来,事情可是必定办了。果然,从分会的报告和友人的函件中,我晓得了他是极热心会务的一员。我不能希望他按时回答我的信,可是我深信他必对分会卖力气,他是个极随便而又极不随便的人,我知道。

我自己没有学问,不能妥切的道出地山在学术上的成就何如。我只知

中国20世纪名家散文经典

道,他极用功,读书很多,这就值得钦佩,值得效法。对文艺,我没有什么高明的见解,所以不敢批评地山的作品。但是我晓得,他向来没有争过稿费,或恶意的批评过谁。这一点,不但使他能在香港文协分会以老大哥的身份德望去推动会务,而且在全国文艺界的团结上也有重大的作用。

是的,地山的死是学术界文艺界的极重大的损失!至于谈到他与我私人的关系,我只有落泪了;他既是我的"师",又是我的好友!

啊,地山!你记得给我开的那张"佛学入门必读书"的单子吗?你用功,也希望我用功;可是那张单子上的六十几部书,到如今我一部也没有读啊!

你记得给我打电报,叫我到济南车站去接周校长①吗?多么有趣的电报啊!知道我不认识她,所以你教她穿了黑色旗袍,而电文是:"×日×时到站接黑衫女!"当我和妻接到黑衫女的时候,我们都笑得闭不上口啊。朋友,你托好友作一件事,都是那样有风趣啊!啊,昔日的趣事都变成今日的泪源。你怎可以死呢!

不能再往下写了……

(原载1941年8月17日《大公报》)

---

① 周校长,即许地山夫人的妹妹。

滇行短记

（一）

总没学会写游记。这次到昆明住了两个半月，依然没学会写游记，最好还是不写。但友人嘱寄短文，并以滇游为题。友情难违；就想起什么写什么。另创一格，则吾岂敢，聊以塞责，颇近似之，惭愧得紧！

（二）

八月二十六日早七时半抵昆明。同行的是罗莘田先生。他是我的幼时同学，现在已成为国内有数的音韵学家。老朋友在久别之后相遇，谈些小时候的事情，都快活得要落泪。

他住昆明青云街靛花巷，所以我也去住在那里。

住在靛花巷的，还有郑毅生先生，汤老先生①，袁家骅先生，许宝騄先生，郁泰然先生。

毅生先生是历史家，我不敢对他谈历史，只能说些笑话。汤老先生是哲学家，精通佛学，我偷偷的读他的魏晋六朝佛教史，没有看懂，因而也就没敢向他老人家请教。家骅先生在西南联大教授英国文学，一天到晚读书，我不敢多打扰他，只在

---

① 汤老先生，即汤用彤先生，著名哲学家，已故。

他泡好了茶的时候，搭讪着进去喝一碗，赶紧告退。他的夫人钱晋华女士常来看我。到吃饭的时候每每是大家一同出去吃价钱最便宜的小馆。宝骡先生是统计学家，年青，瘦瘦的，聪明绝顶。我最不会算术，而他成天的画方程式。他在英国留学毕业后，即留校教书，我想，他的方程式必定画得不错！假若他除了统计学，别无所知，我只好闭口无言，全没办法。可是，他还会唱三百多出昆曲。在昆曲上，他是罗莘田先生与钱晋华女士的"老师"。罗先生学昆曲，是要看看制曲与配乐的关系，属于那声的字容或有一定的谱法，虽腔调万变，而不难找出个作谱的原则。钱女士学昆曲，因为她是个音乐家。我本来学过几句昆曲，到这里也想再学一点。可是，不知怎的一天一天的度过去，天天说拍曲，天天一拍也未拍，只好与许先生约定：到抗战胜利后，一同回北平去学，不但学，而且要彩唱！郁先生在许多别的本事而外，还会烹调。当他有工夫的时候，便作一二样小菜，沽四两市酒，请我喝两杯。这样，靛花巷的学者们的生活，并不寂寞。当他们用功的时候，我就老鼠似的藏在一个小角落里读书或打盹；等他们离开书本的时候，我也就跟着"活跃"起来。

此外，在这里还遇到杨今甫、闻一多、沈从文、卞之琳、陈梦家、朱自清、罗膺中、魏建功、章川岛……诸位文坛老将，好像是到了"文艺之家"。关于这些位先生的事，容我以后随时报告。

（三）

靛花巷是条只有两三人家的小巷，又狭又脏。可是，巷名的雅美，令人欲忘其陋。

昆明的街名，多半美雅。金马碧鸡等用不着说了，就是靛花巷附近的玉龙堆、先生坡，也都令人欣喜。

靛花巷的附近还有翠湖，湖没有北平的三海那么大，那么富丽，可是，据我看：比什刹海要好一些。湖中有荷蒲，岸上有竹树，颇清秀。最有特色的是猪耳菌，成片的开着花。此花叶厚，略似猪耳，在北平，我们管它叫作凤眼兰，状其花也；花瓣上有黑点，像眼珠。叶翠绿，厚而有光；花则粉中带蓝，无论在日光下，还是月光下，都明洁秀美。

云南大学与中法大学都在靛花巷左右，所以湖上总有不少青年男女，或读书，或散步，或划船。昆明很静，这里最静；月明之夕，到此，谁仿佛都不愿出声。

（四）

昆明的建筑最似北平，虽然楼房比北平多，可是墙壁的坚厚，椽柱的雕饰，都似"京派"。

花木则远胜北平。北平讲究种花，但夏天日光过烈，冬天风雪极寒，不易把花养好。昆明终年如春，即使不精心培植，还是到处有花。北平多树，但日久不雨，则叶色如灰，令人不快。昆明的树多且绿，而且树上时有松鼠跳动！入眼浓绿，使人心静，我时时立在楼上远望，老觉得昆明静秀可喜；其实呢，街上的车马并不比别处少。

至于山水，北平也得有愧色，这里，四面是山，滇池五百里——北平的昆明湖才多么一点点呀！山土是红的，草木深绿，绿色盖不住的地方露出几块红来，显出一些什么深厚的力量，教昆明城外到处使人感到一种有力的静美。

四面是山，围着平坝子，稻田万顷。海田之间，相当宽的河堤有许多道，都有几十里长，满种着树木。万顷稻，中间画着深绿的线，虽然没有怎样了不起的特色，可也不是怎的总看着像画图。

（五）

在西南联大讲演了四次。

第一次讲演，闻一多先生作主席。他谦虚的说：大学里总是作研究工作，不容易产出活的文学来……我答以：抗战四年来，文艺写家们发现了许多文艺上的问题，诚恳的去讨论。但是，讨论的第二步，必是研究，否则不易得到结果；而写家们忙于写作，很难静静的坐下去作研究；所以，大学里作研究工作，是必要的，是帮着写家们解决问题的。研究并不是崇古鄙今，而是供给新文艺以有益的参考，使新文艺更坚实起来。譬如说：这两年来，大家都讨论民族形式问题，但讨论的多半是何谓民族形式，与民族形式的源泉何在；至于其中的细腻处，则必非匆匆忙忙的所能道出，而须一项一项的细心研究了。近来，罗莘田先生根据一百首北方俗曲，指出民间诗歌用韵的活泼自由，及十三辙的发展，成为小册。这小册子虽只谈到了民族形式中的一项问题，但是老老实实详详细细的述说，绝非空论。看了这小册子，至少我们会明白十三辙已有相当长久的历史，和它怎样代替了官样的诗韵；至少我们会看出民间文艺的用韵是何等活动，何等大胆——也就增加了我们写作时的勇气。罗先生是音韵学家，可是他的研究结果就能直接有助于文艺的写作，我愿这样的例子一天比一天多起来。

（六）

正是雨季，无法出游。讲演后，即随莘田下乡——龙泉村。村在郊北，距城约二十里，北大文科研究所在此。冯芝生、罗膺中、钱端升、王了一、陈梦家诸教授都在村中住家。教授们上课去，须步行二十里。

研究所有十来位研究生，生活至苦，用功极勤。三餐无肉，只炒点"地蛋"丝当作菜。我既佩服他们苦读的精神，又担心他们的健康。莘田患恶性摆子，几位学生终日伺候他，犹存古时敬师之道，实为难得。

莘田病了，我就写剧本。

（七）

研究所在一个小坡上——村人管它叫"山"。在山上远望，可以看见蟠龙江。快到江外的山坡，一片松林，是黑龙潭。晚上，山坡下的村子都横着一些轻雾；驴马带着铜铃，顺着绿堤，由城内回乡。

冯芝生先生领我去逛黑龙潭，徐旭生先生住在此处。此处有唐梅宋柏；旭老的屋后，两株大桂正开着金黄花。唐梅的干甚粗，但活着的却只有二三细枝——东西老了也并不一定好看。

坐在石凳上，旭老建议：中秋夜，好不好到滇池去看月；包一条小船，带着乐器与酒果，泛海竟夜。商议了半天，毫无结果。（一）船价太贵。（二）走到海边，已须步行二十里，天亮归来，又须走二十里，未免太苦。（三）找不到会玩乐器的朋友。看滇池月，非穷书生所能办到的呀！

（八）

中秋。莘田与我出了点钱，与研究所的学员们过节。吴晓铃先生掌灶，大家帮忙，居然作了不少可口的菜。饭后，在院中赏月，有人唱昆曲。午间，我同两位同学去垂钓，只钓上一二条寸长的小鱼。

（九）

莘田病好了一些。我写完了话剧《大地龙蛇》的前二幕。约了膺中、了一和众研究生，来听我朗读。大家都给了些很好的意见，我开始修改。

对文艺，我实在不懂得什么，就是愿意学习，最快活的，就是写得了一些东西，对朋友们朗读，而后听大家的批评。一个人的脑子，无论怎样的缜密，

也不能教作品完全没有漏隙,而旁观者清,不定指出多少窟窿来。

(十)

从文和之琳约上呈贡——他们住在那里,来校上课须坐火车。莘田病刚好,不能陪我去,只好作罢。我继续写剧本。

(十一)

岗头村距城八里,也住着不少的联大的教职员。我去过三次,无论由城里去,还是由龙泉村去,路上都很美。走二三里,在河堤的大树下,或在路旁的小茶馆,休息一下,都使人舍不得走开。

村外的小山上,有涌泉寺,和其他的云南的寺院一样,庭中有很大的梅树和桂树。桂树还有一株开着晚花,满院都是香的。庙后有泉,泉水流到寺外,成为小溪;溪上盛开着秋葵和说不上名儿的香花,随便折几枝,就够插瓶的了。我看到一两个小女学生在溪畔端详哪枝最适于插瓶——涌泉寺里是南菁中学。

在南菁中学对学生说了几句话。我告诉他们:各处缠足的女子怎样在修路、抬土,作着抗建的工作。章川岛先生的小女儿下学后,告诉她爸爸:"舒伯伯挖苦了我们的脚!"

(十二)

离龙泉村五六里,为凤鸣山。山上有庙,庙有金殿——一座小殿,全用铜筑。山与庙都没什么好看,倒是遍山青松,十分幽丽。

云南的松柏结果都特别的大。松塔大如菠萝,柏实大如枣。松子几乎代替了瓜子,闲着没事的时候,大家总是买些松子吃着玩,整船的空的松塔运到城中;大概是作燃料用,可是凤鸣山的青松并没松塔儿,也许是另一种树吧,我叫不上名字来。

(十三)

在龙泉村,听到了古琴。相当大的一个院子,平房五六间。顺着墙,丛丛绿竹。竹前,老梅两株,瘦硬的枝子伸到窗前。巨杏一株,荫遮半院。绿荫下,一案数椅,彭先生弹琴,查先生吹箫;然后,查先生独奏大琴。

在这里,大家几乎忘了一切人世上的烦恼!

这小村多么污浊呀,路多年没有修过,马粪也数月没有扫除过,可是在这有琴音梅影的院子里,大家的心里却发出了香味。

查阜西先生精于古乐。虽然他与我是新识,却一见如故,他的音乐好,为人也好。他有时候也作点诗——即使不作诗,我也要称他为诗人啊!

与他同院住的是陈梦家先生夫妇,梦家现在正研究甲骨文。他的夫人,会几种外国语言,也长于音乐,正和查先生学习古琴。

(十四)

在昆明两月,多半住在乡下,简直的没有看见什么。城内与郊外的名胜几乎都没有看到。战时,古寺名山多被占用;我不便为看山访古而去托人情,连最有名的西山,也没有能去。在城内靛花巷住着的时候,每天我必倚着楼窗远望西山,想象着由山上看滇池,应当是怎样的美丽。山上时有云气往来,昆明人说:"有雨无雨看西山。"山峰被云遮住,有雨,峰还外露,虽别处有云,也不至有多大的雨。此语,相当的灵验。西山,只当了我的阴晴表,真面目如何,恐怕这一生也不会知道了;哪容易再得到游昆明的机会呢!

到城外中法大学去讲演了一次,本来可以顺脚去看筇竹寺的五百罗汉塑像。可是,据说也不能随便进去,况且,又落了雨。

连城内的园通公园也只可游览一半,不过,这一半确乎值得一看。建筑的大方,或较北平的中山公园还好一些;至于石树的幽美,则远胜之,因为中山公园太"平"了。

同查阜西先生逛了一次大观楼。楼在城外湖边,建筑无可观,可是水很美。出城,坐小木船。在稻田中间留出来的水道上慢慢的走。稻穗黄,芦花已白,田坝旁边偶而还有几穗凤眼兰。远处,万顷碧波,缓动着风帆——到昆阳去的水路。

大观楼在公园内,但美的地方却不在园内,而在园外。园外是滇池,一望无际。湖的气魄,比西湖与颐和园的昆明池都大得多了。在城市附近,有这么一片水,真使人狂喜。湖上可以划船,还有鲜鱼吃。我们没有买舟,也没有吃鱼,只在湖边坐了一会看水。天上白云,远处青山,眼前是一湖秋水,使人连诗也懒得作了。作诗要去思索,可是美景把人心融化在山水风花里,像感觉到一点什么,又好像茫然无所知,恐怕坐湖边的时候就有这种欣悦吧?在此际还要寻词觅字去作诗,也许稍微笨了一点。

(十五)

剧本写完,今年是我个人的倒霉年。春初即患头晕,一直到夏季,几乎

连一个字也没有写。没想到,在昆明两月,倒能写成这一点东西——好坏是另一问题,能动笔总是件可喜的事。

(十六)

剧本既已写成,就要离开昆明,多看一些地方。从文与之琳约上呈贡,因为莘田病初好,不敢走路,没有领我去,只好延期。我很想去,一来是听说那里风景很好,二来是要看看之琳写的长篇小说!——已经写了十几万字,还在继续的写。

(十七)

查阜西先生愿陪我去游大理。联大的友人们虽已在昆明二三年,还很少有到过大理的。大家都盼望我俩的计划能实现。于是我们就分头去接洽车子。

有几家商车都答应了给我们座位,我们反倒难于决定坐哪一家的了。最后,决定坐吴晓铃先生介绍的车,因为一行四部卡车,其中的一位司机是他的弟弟。兄弟俩一定教我们坐那部车,而且先请我们吃了饭,吃饭的时候,我笑着说:"这回,司机可叫黄鱼给吃了!"

(十八)

一上了滇缅公路,便感到战争的紧张;在那静静的昆明城里,除了有空袭的时候,仿佛并没有什么战争与患难的存在。在我所走过的公路中,要算滇缅公路最忙了,车,车,车,来的,去的,走着的,停着的,大的,小的,到处都是车!我们所坐的车子是商车,这种车子可以搭一两个客,客人按公路交通车车价十分之二买票。短途搭脚的客人,只乘三五十里,不经过检查站,便无须打票,而作黄鱼;这是司机车的一笔"外找"。官车有押车的人,黄鱼不易上去;这批买卖多半归商车作。商车的司机薪水既高,公物安全的到达,还有奖金;薪水与奖金凑起来,已近千元,此外且有外找,差不多一月可以拿到两三千元。因为人款多,所以他们开车极仔细可靠。同时,他们也敢享受。公家车子的司机待遇没有这么高;而到处物价都以商车司机的阔气为标准,所以他们开车便理直气壮。据说,不久的将来,沿途都要为司机们设立招待所,以低廉的取价,供给他们相当舒适的食宿,使他们能饱食安眠,得到一些安慰。我希望这计划能早早实现!

第一天,到晚八时余,我们才走了六十三公里!我们这四部车没有押车

的,因为押车的既没法约束司机,跟来是自讨无趣,而且时时耽误了工夫——一与司机冲突,则车不能动——一到时候交不上货去。押车员的地位,被司机的班长代替了,而这位班长绝对没有办事的能力。已走出二十公里,他忘记了交货证;回城去取。又走了数里,他才想起,没有带来机油,再回去取来!商车,假若车主不是司机出身,只有赔钱!

六十三公里的地方,有一家小饭馆,一位广东老人,不会说云南话,也不会说任何异于广东话的言语,作着生意。我很替他着急,他却从从容容的把生意作了;广东人的精神!

没有旅馆,我们住在一家人家里。房子很大,院中极脏。又赶上落了一阵雨,到处是烂泥,不幸而滑倒,也许跌到粪堆里去。

(十九)

第二天一早动身,过羊老哨,开始领略出滇缅路的艰险。司机介绍,从此到下关,最险的是圾山坡和天子庙,一上一下都有二十多公里。不过,这样远都是小坡,真正危险的地方还须过下关才能看到;有的地方,一上要一整天,一下又要一整天!

山高弯急,比川陕与西兰公路都更险恶。说到这里,也就难怪司机们要享受一点了,这是玩命的事啊!我们的司机,真谨慎:见迎面来车,马上停住让路;听后面有响声,又立刻停住让路;虽然他开车的技巧很好,可是一点也不敢大意。遇到大坡,车子一步一哼,不肯上去,他探着身(他的身量不高),连眼皮似乎都不敢眨一眨。我看得出来,到下午三四点钟的时候,他已经有点支持不住了。

在禄丰打尖,开铺子的也多是广东人。县城距公路还有二三里路,没有工夫去看。打尖的地方是在公路旁新辟的街上。晚上宿在镇南城外一家新开的旅舍里,什么设备也没有,可是住满了人。

(二十)

第三天经过圾山坡及天子庙两处险坡。终日在山中盘旋。山连山,看不见村落人烟。有的地方,松柏成林;有的地方,却没有多少树木。可是,没有树的地方,也是绿的,不像北方大山那样荒凉。山大都没有奇峰,但浓翠可喜;白云在天上轻移,更教青山明媚。高处并不冷,加以车子越走越热,反倒要脱去外衣了。

晚上九点,才到下关车站。几乎找不到饭吃,因为照规矩须在日落以前赶到,迟到的便不容易找到东西吃了。下关在高处,车子都停在车站。站上的旅舍饭馆差不多都是新开的,既无完好的设备,价钱又高,表示出"专为赚钱,不管别的"的心理。

公路局设有招待所,相当的洁净,可是很难有空房。我们下了一家小旅舍,门外没有灯,门内却有一道臭沟,一进门我就掉在沟里!楼上一间大屋,设床十数架,头尾相连,每床收钱三元。客人们要有两人交谈的,大家便都需陪着不睡,因为都在一间屋子里。

这样的旅舍要三元一铺,吃饭呢,至少须花十元以上,才能吃饱。司机者的花费,即使是绝对规规矩矩,一天也要三四十元咧。

(二十一)

下关的风,上关的花,苍山的雪,洱海的月,为大理四景。据说下关的风虽多,而不进屋子。我们没遇上风,不知真假。我想,不进屋子的风恐怕不会有,也许是因这一带多地震,墙壁都造得特别厚,所以屋中不大受风的威胁吧。

早晨,车子都开了走,下关便很冷静;等到下午五六点钟的时候,车子都停下,就又热闹起来。我们既不愿白日在旅馆里呆坐,也不喜晚间的嘈杂,便马上决定到喜洲镇去。

由下关到大理是三十里,由大理到喜洲镇还有四十五里。看苍山,以在大理为宜;可是喜洲镇有我们的朋友,所以决定先到那里去。我们雇了两乘滑竿。

这里抬滑竿的多数是四川人。本地人是不愿卖苦力气的。

离开车站,一拐弯便是下关。小小的一座城,在洱海的这一端,城内没有什么可看的。穿出城,右手是洱海,左手是苍山,风景相当的美。可惜,苍山上并没有雪;按轿夫说,是几天没下雨,故山上没有雪,——地上落雨,山上就落雪,四季皆然。

到处都有流水,是由苍山流下的雪水。缺雨的时候,即以雪水灌田,但是须向山上的人购买;钱到,水便流过来。

沿路看到整齐坚固的房子,一来是因为防备地震,二来是石头方便。

在大理城内打尖。长条的一座城,有许多家卖大理石的铺子。铺店的牌匾也有用大理石作的,圆圆的石块,嵌在红木上,非常的雅致。城中看不出怎样富庶,也没有多少很体面的建筑,但是在晴和的阳光下,大家从从容容的作着事情,使人感到安全静美。谁能想到,这就是杜文秀抵抗清兵十八年的地方啊!

太阳快落了,才看到喜洲镇。在路上,被日光晒得出了汗;现在,太阳刚被山峰遮住,就感到凉意。据说,云南的天气是一岁中的变化少,一月中的变化多。

中国20世纪名家散文经典

（二十二）

洱海并不像我们想象的那么美。海长百里，宽二十里，是一个长条儿，长而狭便一览无余，缺乏幽远或苍茫之气；它像一条河，不像湖。还有，它的四面都是山，可是山——特别是紧靠湖岸的——都不很秀，都没有多少树木。这样，眼睛看到湖的彼岸，接着就是些平平的山坡了；湖的气势立即消散，不能使人凝眸伫视——它不成为景！

湖上的渔帆也不多。

喜洲镇却是个奇迹。我想不起，在国内什么偏僻的地方，见过这么体面的市镇，远远的就看见几所楼房，孤立在镇外，看样子必是一所大学校。我心中暗喜：到喜洲来，原为访在华中大学的朋友们；假若华中大学有这么阔气的楼房，我与查先生便可以舒舒服服的过几天了。及仔细一打听，才知道那是五台中学，地方上士绅捐资建筑的，花费了一百多万，学校正对着五台高峰，故以五台名。

一百多万！是的，这里的确有出一百多万的能力。看，镇外的牌坊，高大，美丽，通体是大理石的，而且不止一座呀！

进到镇里，仿佛是到了英国的剑桥，街旁到处流着活水：一出门，便可以洗菜洗衣，而污浊立刻随流而逝。街道很整齐，商店很多。有图书馆，馆前立着大理石的牌坊，字是贴金的！有警察局。有像王宫似的深宅大院，都是雕梁画柱。有许多祠堂，也都金碧辉煌。

不到一里，便是洱海。不到五六里便是高山。山水之间有这样的一个镇市，真是世外桃源啊！

（二十三）

华中大学却在文庙和一所祠堂里。房屋又不够用，有的课室只像卖香烟的小棚子。足以傲人的，是学校有电灯。校车停驶，即利用车中的马达磨电。据说，当电灯初放光明的时节，乡人们"不远千里而来""观光"。用不着细说，学校中一切的设备，都可以拿这样的电灯作象征——设尽方法，克服困难。

教师们都分住在镇内，生活虽苦，却有好房子住。至不济，还可以租住阔人们的祠堂——即连壁上都嵌着大理石的祠堂。

四年前，我离家南下，到武汉便住在华中大学。隔别三载，朋友们却又在喜洲相见，是多么快活的事呀！住了四天，天天有人请吃鱼：洱海的鱼拿到市上还欢跳着。"留神破产呀！"客人发出警告。可是主人们说："谁能想到你会来呢?!破产也要痛快一下呀!"

我给学生们讲演了三个晚上,查先生讲了一次。五台中学也约去讲演,我很怕小学生们不懂我的言语,因为学生们里有的是讲民家话的。民家话属于哪一语言系统,语言学家们还正在讨论中。在大理城中,人们讲官话,城外便要说民家话了。到城里作事和卖东西的,多数的人只能以官话讲价钱,和说眼前的东西的名称,其余的便说不上来了。所谓"民家"者,对官家军人而言,大概在明代南征的时候,官吏与军人被称为官家与军家,而原来的居民便成了民家。

民家人是谁?民家语是属于哪一系统?都有人正在研究。民家人的风俗、神话、历史,也都有研究的价值。云南是学术研究的宝地,人文而外,就单以植物而言,也是兼有温带与寒带的花木啊。

(二十四)

游了一回洱海,可惜不是月夜。湖边有不少稻田,也有小小的村落。阔人们在海中建起别墅别有天地。这些人是不是发国难财的,就不得而知了。

也游了一次山,山上到处响着溪水,东一个西一个的好多水磨。水比山还好看!苍山的积雪化为清溪,水浅绿,随处在石块左右,翻起白花,水的声色,有点像瑞士的。

山上有罗刹阁。菩萨化为老人,降伏了恶魔罗刹父子,压于宝塔之下。这类的传说,显然是佛教与本土的神话混合而成的。经过分析,也许能找出原来的宗教信仰,与佛教输入的情形。

(二十五)

此地,妇女们似乎比男人更能干。在田里下力的是妇女,在场上卖东西的是妇女,在路上担负粮柴的也是妇女。妇女,据说,可以养着丈夫,而丈夫可以在家中安闲的享福。

妇女的装束略同汉人,但喜戴些零七八碎的小装饰。很穷的小姑娘老太婆,尽管衣裙破旧,也戴着手镯。草帽子必缀上两根红绿的绸带。她们多数是大足,但鞋尖极长极瘦,鞋后跟钉着一块花布,表示出也近乎缠足的意思。

听说她们很会唱歌,但是我没有听见一声。

中国 20 世纪名家散文经典

（二十六）

由喜洲回下关，并没在大理停住，虽然华中的友人给了我们介绍信，在大理可以找到住处。大理是游苍山的最合适的地方。我们所以直接回下关者，一来因为不愿多打扰生朋友，二来是车子不好找，须早为下手。

回到下关，范会连先生来访，并领我们去洗温泉。云南这一带温泉很多，而且水很热。我们洗澡的地方，安有冷水管，假若全用泉水，便热得下不去脚了。泉下，一个很险要的地方，两面是山，中间是水，有一块碑，刻着汉诸葛武侯擒孟获处。碑是光绪年间立的，不知以前有没有？

范先生说有小车子回昆明，教我们乘搭。在这以前，我们已交涉好滇缅路交通车，即赶紧辞退，可是，路局的人员约我去演讲一次。他们的办公处，在湖边上，一出门便看见山水之胜。小小的一个俱乐部，里面有些书籍。职员之中，有些很爱好文艺的青年。他们还在下关演过话剧。他们的困难是找不到合适的剧本。他们的人少，服装道具也不易置办，而得到的剧本，总嫌用人太多，场面太多，无法演出。他们的困难，我想，恐怕也是各地方的热心戏剧宣传者的困难吧，写剧的人似乎应当注意及此。

讲演的时候，门外都站满了人。他们不易得到新书，也不易听到什么，有朋自远方来，当然使他们兴奋。

在下关旅舍里，遇见一位新由仰光回来的青年，他告诉我：海外是怎样的需要文艺宣传。有位"常任侠"——不是中大的教授——声言要在仰光等处演戏，需钱去接来演员。演员们始终没来一个，而常君自己已骗到手十多万！

（二十七）

小车子一天赶了四百多公里，早六时半出发，晚五时就开到了昆明。

预备作件事：一件是看看滇戏，一件是上呈贡。滇戏没看到，因为空袭的关系，已很久没有彩唱，而只有"坐打"。呈贡也没去成。预定十一月十四日起身回渝，十号左右可去呈贡，可是忽然得到通知，十号可以走，破坏了预定计划。

十日，恋恋不舍的辞别了众朋友。

（原载 1941 年 11 月 22 日至 1942 年 1 月 7 日《扫荡报》）

青蓉略记

今年八月初,陈家桥一带的土井已都干得滴水皆无。要水,须到小河湾里去"挖"。天既奇暑,又没水喝,不免有些着慌了。很想上缙云山去"避难",可是据说山上也缺水。正在这样计无从出的时候,冯焕章先生来约同去灌县与青城。这真是福自天来了!

八月九日晨出发。同行者还有赖亚力与王冶秋二先生,都是老友,路上颇不寂寞。在来凤驿遇见一阵暴雨,把行李打湿了一点,临时买了一张席子遮在车上。打过尖,雨已晴,一路平安的到了内江。内江比二三年前热闹得多了,银行和饭馆都新增了许多家。傍晚,街上挤满了人和车。次晨七时又出发,在简阳吃午饭。下午四时便到了成都。天热,又因明晨即赴灌县,所以没有出去游玩。夜间下了一阵雨。

十一日早六时向灌县出发,车行甚缓,因为路上有许多小渠。路的两旁都有浅渠,流着清水;渠旁便是稻田;田埂上往往种着薏米,一穗穗的垂着绿珠。往西望,可以看见雪山。近处的山峰碧绿,远处的山峰雪白,在晨光下,绿的变为明翠,白的略带些玫瑰色,使人想一下子飞到那高远的地方去。还不到八时,便到了灌县。城不大,而处处是水,像一位身小而多乳的母亲,滋养着川西坝子的十好几县。住在任觉五先生的家中。孤零零的一所小洋房,两面都是雪浪激流的河,把房子围住,门前终日几乎没有一个行人,除了水声也没有别的声音。门外有些静静的稻田,稻子都有一人来高。远望便见到

大面青城雪山,都是绿的。院中有一小盆兰花,时时放出香味。

青年团正在此举行夏令营,一共有千名以上的男女学生,所以街上特别的显着风光。学生和职员都穿汗衫短裤(女的穿短裙),赤脚着草鞋,背负大草帽,非常的精神。张文白将军与易君左先生都来看我们,也都是"短打扮",也就都显着年青了好多。夏令营本部在公园内,新盖的礼堂,新修的游泳池;原有一块不小的空场,即作为运动和练习骑马的地方。女学生也练习马术,结队穿过街市的时候,使居民们都吐吐舌头。

灌县的水利是世界闻名的。在公园后面的一座大桥上,便可以看到滚滚的雪水从离堆流进来。在古代,山上的大量雪水流下来,非河身所能容纳,故时有水患。后来,李冰父子把小山硬凿开一块,水乃分流——离堆便在凿开的那个缝子的旁边。从此双江分灌,到处划渠,遂使川西平原的十四五县成为最富庶的区域——只要灌县的都江堰一放水,这十几县便都不下雨也有用不完的水了。城外小山上有二王庙,供养的便是李冰父子。在庙中高处可以看见都江堰的全景。在两江未分的地方,有驰名的竹索桥。距桥不远,设有鱼嘴,使流水分家,而后一江外行,一江入离堆,是为内外江。到冬天,在鱼嘴下设阻碍,把水截住,则内江干涸,可以淘滩。春来,撤去阻碍,又复成河。据说,每到春季开水的时候,有多少万人来看热闹。在二王庙的墙上,刻着古来治水的格言,如深淘滩,低作堰等。细细玩味这些格言,再看着江堰上那些实际的设施,便可以看出来,治水的诀窍只有一个字——"软"。水本力猛,遇阻则激而决溃,所以应低作堰,使之轻轻漫过,不至出险。水本急流而下,波涛汹涌,故中设鱼嘴,使分为二,以减其力;分而又分,江乃成渠,力量分散,就有益而无损了。作堰的东西只是用竹编的篮子,盛上大石卵。竹有弹性,而石卵是活动的,都可以用"四两破千斤"的劲儿对付那惊涛骇浪。用分化与软化对付无情的急流,水便老实起来,乖乖的为人们灌田了。

竹索桥最有趣。两排木柱,柱上有四五道竹索子,形成一条窄胡同儿。下面再用竹索把木板编在一处,便成了一座悬空的,随风摇动的大桥。我在桥上走了走,虽然桥身有点动摇,虽然木板没有编紧,还看得到下面的急流,——看久了当然发晕——可是绝无危险,并不十分难走。

治水和修构竹索桥的方法,我想,不定是经过多少年代的试验与失败,而后才得到成功的。而所谓文明者,我想,也不过就是能用尽心智去解决切身的问题而已。假若不去下一番功夫,而任着水去泛滥,或任着某种自然势力兴灾作祸,则人类必始终是穴居野处,自生自灭,以至灭亡。看到都江堰的水利与竹索桥,我们知道我们的祖先确有不甘屈服而苦心焦虑的去克服困难的精神。可是,在今天,我们还时时听到看到各处不是闹旱便是闹水,甚至于一些蝗虫也能教我们去吃树皮草根。可怜,也可耻呀!我们连切身的衣食问题都不去设法解决,还谈什么文明与文化呢?

灌县城不大,可是东西很多。在街上,随处可以看到各种的水果,都好看好吃。在此处,我看到最大的鸡卵与大蒜大豆。鸡蛋虽然已卖到一元二角一个,可是这一个实在比别处的大着一倍呀。雪山的大豆要比胡豆还大。雪白发光,看着便可爱!药材很多,在随便的一家小药店里,便可以看到雷震子、贝母、虫草、熊胆、麝香,和多少说不上名儿来的药物。看到这些东西,使人想到西边的山地与草原里去看一看。啊,要能到山中去割几脐麝香,打几匹大熊,够多威武而有趣呀!

物产虽多,此地的物价可也很高。只有吃茶便宜,城里五角一碗,城外三角,再远一点就卖二角了。青城山出茶,而遍地是水,故应如此。等我练好辟谷的功夫,我一定要搬到这一带来住,不吃什么,只喝两碗茶,或者每天只写二百字就够生活的了。

在灌县住了十天,才到青城山去。山在县城西南,约四十里。一路上,渠溪很多,有的浑黄,有的清碧:浑黄的大概是上游刚下了大雨。溪岸上往往有些野花,在树荫下幽闲的开着。山口外有长生观,今为荫堂中学校舍;秋后,黄碧野先生即在此教书。入了山,头一座庙是建福宫,没有什么可看的。由此拾阶而前,行五里,为天师洞——我们即住于此。由天师洞再往上走,约三四里,即到上清宫。天师洞上清宫是山中两大寺院,都招待游客,食宿概有定价,且甚公道。

从我自己的一点点旅行经验中,我得到一个游山玩水的诀窍:"风景好的地方,虽然古迹,也值得来,风景不好的地方,纵有古迹,大可以不去。"古迹,十之八九,是会使人失望的。以上清宫和天师洞两大道院来说吧,它们都有些古迹,而一无足观。上清宫里有鸳鸯井,也不过是一井而有二口,一方一圆,一干一湿;看它不看,毫无关系。还有麻姑池,不过是一小方池浊水而已。天师洞里也有这类的东西,比如洗心池吧,不过是很小的一个水池;降魔石呢,原是由山崖裂开的一块石头,而硬说是被张天师用剑劈开的。假若没有这些古迹,这两座庙子的优美自然一点也不减少。上清宫在山头,可以东望平原,青碧千顷;山是青的,地也是青的,好像山上的滴翠慢慢流到人间去了的样子。在此,早晨可以看日出,晚间可以看圣灯;就是白天没有什么特景可观的时候,登高远眺,也足以使人心旷神怡。天师洞,与上清宫相反,是藏在山腰里,四面都被青山环抱着,掩护着。我想把它叫作"抱翠洞",也许比原名更好一些。

不过,不管庙宇如何,假若山林无可观,就没有多大意思,因为庙以庄严整齐为主,成不了什么很好的景致。青城之值得一游,正在乎山的本身也好;即使它无一古迹,无一大寺,它还是值得一看的名山。山的东面倾斜,所以长满了树木,这占了一个"青"字。山的西面,全是峭壁千丈,如城垣,这占

了一个"城"字。山不厚,由"青"的这一头转到"城"的那一面,只须走几里路便够了。山也不算高。山脚至顶不过十里路。既不厚,又不高,按说就必平平无奇了。但是不然。它"青",青得出奇,它不像深山老峪中那种老松凝碧的深绿,也不像北方山上的那种东一块西一块的绿,它的青色是包住了全山,没有露着山骨的地方;而且,这个笼罩全山的青色是竹叶、楠叶的嫩绿,是一种要滴落的,有些光泽的,要浮动的,淡绿。这个青色使人心中轻快,可是不敢高声呼唤,仿佛怕把那似滴未滴,欲动未动的青翠惊坏了似的。这个青色是使人吸到心中去的,而不是只看一眼,夸赞一声便完事的。当这个青色在你周围,你便觉出一种恬静,一种说不出,也无须说出的舒适。假若你非去形容一下不可呢,你自然的只会找到一个字——幽。所以,吴稚晖先生说:"青城天下幽。"幽得太厉害了,便使人生畏;青城山却正好不太高,不太深,而恰恰不大不小的使人既不畏其旷,也不嫌它窄;它令人能体会到"悠然见南山"的那个"悠然"。

山中有报更鸟,每到晚间,即梆梆的呼叫,和柝声极相似,据道人说,此鸟不多,且永不出山。那天,寺中来了一队人,拿着好几枝猎枪,我很为那几只会击柝的小鸟儿担心。这种鸟儿有个缺欠,即只能打三更——梆,梆梆——无论是傍晚还是深夜,它们老这么叫三下。假若能给它们一点训练,教它们能从一更报到五更,有多么好玩呢!

白日游山,夜晚听报更鸟,"悠悠"的就过了十几天。寺中的桂花开始放香,我们恋恋不舍的离别了道人们。

返灌县城,只留一夜,即回成都。过郫县,我们去看了看望丛祠;没有什么好看的,地方可是很清幽,王法勤委员即葬于此。

成都的地方大,人又多,若把半个多月的旅记都抄写下来,未免太麻烦了。拣几项来随便谈谈吧。

(一)成都文协分会:自从川大迁开,成都文协分会因短少了不少会员,会务曾经有过一个时期不大旺炽。此次过蓉,分会全体会员举行茶会招待,到会的也还有四十多人,并不太少。会刊——《笔阵》——也由几小页扩充到好十几页的月刊,虽然月间经费不过才有百元钱。这样的努力,不能不令人钦佩!可惜,开会时没有见到李劼人先生,他上了乐山。《笔阵》所用的纸张,据说是李先生设法给捐来的;大家都感谢他;有了纸,别的就容易办得多了,会上也没有见到圣陶先生,可是过了两天,在开明分店见到。他的精神很好,只是白发已满了头。他的少爷们,他告诉我,已写了许多篇小品文,预备出个集子,想找我作序,多么有趣的事啊!郭子杰先生陶雄先生都约我吃饭,牧野先生陪着我游看各处,还有陈翔鹤、车瘦舟诸先生约我聚餐——当然不准我出钱——都在此致谢。瞿冰森先生和中央日报的同仁约我吃真正

成都味的酒席,更是感激不尽。

(二)看戏:吴先忧先生请我看了川剧,及贾瞎子的竹琴,德娃子的洋琴,这是此次过蓉最快意的事。成都的川剧比重庆的好得多,况且我们又看的是贾佩之、肖楷成、周慕莲、周企何几位名手,就更觉得出色了。不过,最使我满意的,倒还是贾瞎子的竹琴。乐器只有一鼓一板,腔调又是那么简单,可是他唱起来仿佛每一个字都有些魔力,他越收敛,听者越注意静听,及至他一放音,台下便没法不喝彩了。他的每一个字像一个轻打梨花的雨点,圆润轻柔;每一句是有声有色的一小单位;真是字字有力,句句含情。故事中有多少人,他要学多少人,忽而大嗓,忽而细嗓,而且不只变嗓,还要咬音吐字各尽其情;这真是点本领!希望再有上成都去的机会。多听他几次!

(三)看书:在蓉,住在老友侯宝璋大夫家里。虽是大夫,他却极喜爱字画。有几块闲钱,他便去买破的字画;这样,慢慢的他已收集了不少四川先贤的手迹。这样,他也就与西玉龙街一带的古玩铺及旧书店都熟识了。他带我去游玩,总是到这些旧纸堆中来。成都比重庆有趣就在这里——有旧书摊儿可逛。买不买的且不去管,就是多摸一摸旧纸陈篇也是快事啊。真的,我什么也没买,书价太高。可是,饱了眼福也就不虚此行。一般的说,成都的日用品比重庆的便宜一点,因为成都的手工业相当的发达,出品既多,同业的又多在同一条街上售货,价格当然稳定一些。鞋、袜、牙刷、纸张什么的,我看出来,都比重庆的相因着不少。旧书虽贵,大概也比重庆的便宜,假若能来往贩卖,也许是个赚钱的生意。不过,我既没发财的志愿,也就不便多此一举,虽然贩卖旧书之举也许是俗不伤雅的吧。

(四)归来:因下雨,过至中秋前一日才动身返渝。中秋日下午五时到陈家桥,天还阴着。夜间没有月光,马马虎虎的也就忘了过节。这样也好,省得看月思乡,又是一番难过!

(原载1942年10月10日《大公报》)

我的母亲

母亲的娘家是北平德胜门外,土城儿外边,通大钟寺的大路上的一个小村里。村里一共有四五家人家,都姓马。大家都种点不十分肥美的地,但是与我同辈的兄弟们,也有当兵的,作木匠的,作泥水匠的,和当巡察的。他们虽然是农家,却养不起牛马,人手不够的时候,妇女便也须下地作活。

对于姥姥家,我只知道上述的一点。外公外婆是什么样子,我就不知道了,因为他们早已去世。至于更远的族系与家史,就更不晓得了;穷人只能顾眼前的衣食,没有工夫谈论什么过去的光荣;"家谱"这字眼,我在幼年就根本没有听说过。

母亲生在农家,所以勤俭诚实,身体也好。这一点事实却极重要,因为假若我没有这样的一位母亲,我以为我恐怕也就要大大的打个折扣了。

母亲出嫁大概是很早,因为我的大姐现在已是六十多岁的老太婆,而我的大外甥女还长我一岁啊。我有三个哥哥,四个姐姐,但能长大成人的,只有大姐、二姐、三姐、三哥与我。我是"老"儿子。生我的时候,母亲已有四十一岁,大姐二姐已都出了阁。

由大姐与二姐所嫁人的家庭来推断,在我生下之前,我的家里,大概还马马虎虎的过得去。那时候定婚讲究门当户对,而大姐丈是作小官的,二姐丈也开过一间酒馆,他们都是相当体面的人。

可是,我,我给家庭带来了不幸:我生下来,母亲晕过去半夜,才睁眼看见她的老儿子——感谢大姐,把我揣在怀中,致未冻死。

一岁半,我把父亲"克"死了。

兄不到十岁,三姐十二三岁,我才一岁半,全仗母亲独力抚养了。父亲的寡姐跟我们一块儿住,她吸鸦片,她喜摸纸牌,她的脾气极坏。为我们的衣食,母亲要给人家洗衣服、缝补或裁缝衣裳。在我的记忆中,她的手终年是鲜红微肿的。白天,她洗衣服,洗一两大绿瓦盆。她作事永远丝毫也不敷衍,就是屠户们送来的黑如铁的布袜,她也给洗得雪白。晚间,她与三姐抱着一盏油灯,还要缝补衣服,一直到半夜。她终年没有休息,可是在忙碌中她还把院子屋中收拾得清清爽爽。桌椅都是旧的,柜门的铜活久已残缺不全,可是她的手老使破桌面上没有尘土,残破的铜活发着光。院中,父亲遗留下的几盆石榴与夹竹桃,永远会得到应有的浇灌与爱护,年年夏天开许多花。

哥哥似乎没有同我玩耍过。有时候,他去读书;有时候,他去学徒;有时候,他也去卖花生或樱桃之类的小东西。母亲含着泪把他送走,不到两天,又含着泪接他回来。我不明白这都是什么事,而只觉得与他很生疏。与母亲相依为命的是我与三姐。因此,她们作事,我老在后面跟着。她们浇花,我也张罗着取水;她们扫地,我就撮土……从这里,我学得了爱花,爱清洁,守秩序。这些习惯至今还被我保存着。

有客人来,无论手中怎么窘,母亲也要设法弄一点东西去款待。舅父与表哥们往往是自己掏钱买酒肉食,这使她脸上羞得飞红,可是殷勤的给他们温酒作面,又给她一些喜悦。遇上亲友家中有喜丧事,母亲必把大褂洗得干干净净,亲自去贺吊——份礼也许只是两吊小钱。到如今如我的好客的习性,还未全改,尽管生活是这么清苦,因为自幼儿看惯了的事情是不易改掉的。

姑母常闹脾气。她单在鸡蛋里找骨头。她是我家中的阎王。直到我入了中学,她才死去,我可是没有看见母亲反抗过。"没受过婆婆的气,还不受大姑子吗?命当如此!"母亲在非解释一下不足以平服别人的时候,才这样说。是的,命当如此。母亲活到老,穷到老,辛苦到老,全是命当如此。她最会吃亏。给亲友邻居帮忙,她总跑在前面:她会给婴儿洗三——穷朋友们可以因此少花一笔"请姥姥"钱——她会刮痧,她会给孩子们剃头,她会给少妇们绞脸……凡是她能作的,都有求必应。但是吵嘴打架,永远没有她。她宁吃亏,不逗气。当姑母死去的时候,母亲似乎把一世的委屈都哭了出来,一直哭到坟地。不知道哪里来的一位侄子,声称有承继权,母亲便一声不响,教他搬走那些破桌子烂板凳,而且把姑母养的一只肥母鸡也送给他。

可是,母亲并不软弱。父亲死在庚子闹"拳"的那一年。联军入城,挨家搜索财物鸡鸭,我们被搜两次。母亲拉着哥哥与三姐坐在墙根,等着"鬼子"

进门,街门是开着的。"鬼子"进门,一刺刀先把老黄狗刺死,而后入室搜索。他们走后,母亲把破衣箱搬起,才发现了我。假若箱子不空,我早就被压死了。皇上跑了,丈夫死了,鬼子来了,满城是血光火焰,可是母亲不怕,她要在刺刀下,饥荒中,保护着儿女。北平有多少变乱啊,有时候兵变了,街市整条的烧起,火团落在我们院中。有时候内战了,城门紧闭,铺店关门,昼夜响着枪炮。这惊恐,这紧张,再加上一家饮食的筹划,儿女安全的顾虑,岂是一个软弱的老寡妇所能受得起的?可是,在这种时候,母亲的心横起来,她不慌不哭,要从无办法中想出办法来。她的泪会往心中落!这点软而硬的个性,也传给了我。我对一切人与事,都取和平的态度,把吃亏看作当然的。但是,在作人上,我有一定的宗旨与基本的法则,什么事都可将就,而不能超过自己划好的界限。我怕见生人,怕办杂事,怕出头露面;但是到了非我去不可的时候,我便不得不去,正像我的母亲。从私塾到小学,到中学,我经历过起码有廿位教师吧,其中有给我很大影响的,也有毫无影响的,但是我的真正的教师,把性格传给我的,是我的母亲。母亲并不识字,她给我的是生命的教育。

当我在小学毕了业的时候,亲友一致的愿意我去学手艺,好帮助母亲。我晓得我应当去找饭吃,以减轻母亲的勤劳困苦。可是,我也愿意升学。我偷偷的考入了师范学校——制服、饭食、书籍、宿处,都由学校供给。只有这样,我才敢对母亲提升学的话。入学,要交十元的保证金。这是一笔巨款!母亲作了半个月的难,把这巨款筹到,而后含泪把我送出门去。她不辞劳苦,只要儿子有出息。当我由师范毕业,而被派为小学校校长,母亲与我都一夜不曾合眼。我只说了句:"以后,您可以歇一歇了!"她的回答只有一串串的眼泪。我入学之后,三姐结了婚。母亲对儿女是都一样疼爱的,但是假若她也有点偏爱的话,她应当偏爱三姐,因为自父亲死后,家中一切的事情都是母亲和三姐共同撑持的。三姐是母亲的右手。但是母亲知道这右手必须割去,她不能为自己的便利而耽误了女儿的青春。当花轿来到我们的破门外的时候,母亲的手就和冰一样的凉,脸上没有血色——那是阴历四月,天气很暖。大家都怕她晕过去。可是,她挣扎着,咬着嘴唇,手扶着门框,看花轿徐徐的走去。不久,姑母死了。三姐已出嫁,哥哥不在家,我又住学校,家中只剩母亲自己。她还须自晓至晚的操作,可是终日没人和她说一句话。新年到了,正赶上政府倡用阳历,不许过旧年。除夕,我请了两小时的假。由拥挤不堪的街市回到清炉冷灶的家中。母亲笑了。及至听说我还须回校,她愣住了。半天,她才叹出一口气来。到我该走的时候,她递给我一些花生:"去吧,小子!"街上是那么热闹,我却什么也没看见,泪遮迷了我的眼。今天,泪又遮住了我的眼,又想起当日孤独的过那凄惨的除夕的慈母。可是慈母不会再候盼着我了,她已入了土!

儿女的生命是不依顺着父母所设下的轨道一直前进的,所以老人总免不了伤心。我廿三岁,母亲要我结了婚,我不要。我请来三姐给我说情,老母含泪点了头。我爱母亲,但是我给了她最大的打击。时代使我成为逆子。廿七岁,我上了英国。为了自己,我给六十多岁的老母以第二次打击。在她七十大寿的那一天,我还远在异域。那天,据姐姐们后来告诉我,老太太只喝了两口酒,很早的便睡下。她想念她的幼子,而不便说出来。

七七抗战后,我由济南逃出来。北平又像庚子那年似的被鬼子占据了,可是母亲日夜惦念的幼子却跑到西南来。母亲怎样想念我,我可以想象得到,可是我不能回去。每逢接到家信,我总不敢马上拆看,我怕,怕,怕,怕有那不祥的消息。人,即使活到八九十岁,有母亲便可以多少还有点孩子气。失了慈母便像花插在瓶子里,虽然还有色有香,却失去了根。有母亲的人,心里是安定的。我怕,怕,怕家信中带来不好的消息,告诉我已是失了根的花草。

去年一年,我在家信中找不到关于老母的起居情况。我疑虑,害怕。我想象得到,如有不幸,家中念我流亡孤苦,或不忍相告。母亲的生日是在九月,我在八月半写去祝寿的信,算计着会在寿日之前到达。信中嘱咐千万把寿日的详情写来,使我不再疑虑。十二月二十六日,由文化劳军的大会上回来,我接到家信。我不敢拆读。就寝前,我拆开信,母亲已去世一年了!

生命是母亲给我的。我之能长大成人,是母亲的血汗灌养的。我之能成为一个不十分坏的人,是母亲感化的。我的性格、习惯,是母亲传给的。她一世未曾享过一天福,临死还吃的是粗粮。唉!还说什么呢?心痛!心痛!

(原载1943年4月《半月文萃》第1卷第9、10期合刊)

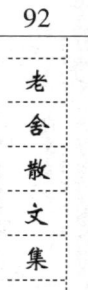

中国20世纪名家散文经典

北京的春节

按照北京的老规矩,过农历的新年(春节),差不多在腊月的初旬就开头了。"腊七腊八,冻死寒鸦。"这是一年里最冷的时候。可是,到了严冬,不久便是春天,所以人们并不因为寒冷而减少过年与迎春的热情。在腊八那天,人家里,寺观里,都熬腊八粥。这种特制的粥是祭祖祭神的,可是细一想,它倒是农业社会的一种自傲的表现——这种粥是用所有的各种的米,各种的豆,与各种的干果(杏仁、核桃仁、瓜子、荔枝肉、莲子、花生米、葡萄干、菱角米……)熬成的。这不是粥,而是小型的农业展览会。

腊八这天还要泡腊八蒜。把蒜瓣在这天放到高醋里,封起来,为过年吃饺子用的。到年底,蒜泡得色如翡翠,而醋也有了些辣味,色味双美,使人要多吃几个饺子。在北京,过年时,家家吃饺子。

从腊八起,铺户中就加紧的上年货,街上加多了货摊子——卖春联的、卖年画的、卖蜜供的、卖水仙花的等等都是只在这一季节才会出现的。这些赶年的摊子都教儿童们的心跳得特别快一些。在胡同里,吆喝的声音也比平时更多更复杂起来,其中也有仅在腊月才出现的,像卖宪书的、松枝的、薏仁米的、年糕的等等。

在有皇帝的时候,学童们到腊月十九日就不上学了,放年假一月。儿童们准备过年,差不多第一件事是买杂拌儿。这是用各种干果(花生、胶枣、榛子、栗子等)与蜜饯掺合成的,普

通的带皮,高级的没有皮——例如:普通的用带皮的榛子,高级的用榛瓤儿。儿童们喜吃这些零七八碎儿,即使没有饺子吃,也必须买杂拌儿。他们的第二件大事是买爆竹,特别是男孩子们。恐怕第三件事才是买玩艺儿——风筝、空竹、口琴等——和年画儿。

　　儿童们忙乱,大人们也紧张。他们须预备过年吃的使的喝的一切。他们也必须给儿童赶快作新鞋新衣,好在新年时显出万象更新的气象。

　　二十三日过小年,差不多就是过新年的"彩排"。在旧社会里,这天晚上家家祭灶王,从一擦黑儿鞭炮就响起来,随着炮声把灶王的纸像焚化,美其名叫送灶王上天。在前几天,街上就有多少多少卖麦芽糖与江米糖的,糖形或为长方块或为大小瓜形。按旧日的说法:用糖粘住灶王的嘴,他到了天上就不会向玉皇报告家庭中的坏事了。现在,还有卖糖的,但是只由大家享用,并不再粘灶王的嘴了。

　　过了二十三,大家就更忙起来,新年眨眼就到了啊。在除夕以前,家家必须把春联贴好,必须大扫除一次,名曰扫房。必须把肉、鸡、鱼、青菜、年糕什么的都预备充足,至少足够吃用一个星期的——按老习惯,铺户多数关五天门,到正月初六才开张。假若不预备下几天的吃食,临时不容易补充。还有,旧社会里的老妈妈论,讲究在除夕把一切该切出来的东西都切出来,省得在正月初一到初五再动刀,动刀剪是不吉利的。这含有迷信的意思,不过它也表现了我们确是爱和平的人,在一岁之首连切菜刀都不愿动一动。

　　除夕真热闹。家家赶作年菜,到处是酒肉的香味。老少男女都穿起新衣,门外贴好红红的对联,屋里贴好各色的年画,哪一家都灯火通宵,不许间断,炮声日夜不绝。在外边作事的人,除非万不得已,必定赶回家来,吃团圆饭,祭祖。这一夜,除了很小的孩子,没有什么人睡觉,而都要守岁。

　　元旦的光景与除夕截然不同:除夕,街上挤满了人;元旦,铺户都上着板子,门前堆着昨夜燃放的爆竹纸皮,全城都在休息。

　　男人们在午前就出动,到亲戚家、朋友家去拜年。女人们在家中接待客人。同时,城内城外有许多寺院开放,任人游览,小贩们在庙外摆摊,卖茶、食品和各种玩具。北城外的大钟寺,西城外的白云观,南城的火神庙(厂甸)是最有名的。可是,开庙最初的两三天,并不十分热闹,因为人们还正忙着彼此贺年,无暇及此。到了初五六,庙会开始风光起来,小孩们特别热心去逛,为的是到城外看看野景,可以骑毛驴,还能买到那些新年特有的玩具。白云观外的广场上有赛轿车赛马的;在老年间,据说还有赛骆驼的。这些比赛并不争取谁第一谁第二,而是在观众面前表演骡马与骑者的美好姿态与技能。

　　多数的铺户在初六开张,又放鞭炮,从天亮到清早,全城的炮声不绝。虽然开了张,可是除了卖吃食与其他重要日用品的铺子,大家并不很忙,铺

中国20世纪名家散文经典

中的伙计们还可以轮流着去逛庙、逛天桥和听戏。

元宵（汤圆）上市，新年的高潮到了——元宵节（从正月十三到十七）。除夕是热闹的，可是没有月光；元宵节呢，恰好是明月当空。元旦是体面的，家家门前贴着鲜红的春联，人们穿着新衣裳，可是它还不够美。元宵节，处处悬灯结彩，整条的大街像是办喜事，火炽而美丽。有名的老铺都要挂出几百盏灯来，有的一律是玻璃的，有的清一色是牛角的，有的都是纱灯；有的各形各色，有的通通彩绘全部《红楼梦》或《水浒传》故事。这，在当年，也就是一种广告；灯一悬起，任何人都可以进到铺中参观；晚间灯中都点上烛，观者就更多。这广告可不庸俗。干果店在灯节还要作一批杂拌儿生意，所以每每独出心裁的，制成各样的冰灯，或用麦苗作成一两条碧绿的长龙，把顾客招来。

除了悬灯，广场上还放花合。在城隍庙里并且燃起火判，火舌由判官的泥像的口、耳、鼻、眼中伸吐出来。公园里放起天灯，像巨星似的飞到天空。

男男女女都出来踏月、看灯、看焰火；街上的人拥挤不动。在旧社会里，女人们轻易不出门，她们可以在灯节里得到些自由。

小孩子们买各种花炮燃放，即使不跑到街上去淘气，在家中照样能有声有光的玩耍。家中也有灯：走马灯——原始的电影——宫灯、各形各色的纸灯，还有纱灯，里面有小铃，到时候就叮叮的响。大家还必须吃汤圆呀。这的确是美好快乐的日子。

一眨眼，到了残灯末庙，学生该去上学，大人又去照常作事，新年在正月十九结束了。腊月和正月，在农村社会里正是大家最闲在的时候，而猪牛羊等也正长成，所以大家要杀猪宰羊，酬劳一年的辛苦。过了灯节，天气转暖，大家就又去忙着干活了。北京虽是城市，可是它也跟着农村社会一齐过年，而且过得分外热闹。

在旧社会里，过年是与迷信分不开的。腊八粥、关东糖、除夕的饺子，都须先去供佛，而后人们再享用。除夕要接神；大年初二要祭财神，吃元宝汤（馄饨），而且有的人要到财神庙去借纸元宝，抢烧头股香。正月初八要给老人们顺星、祈寿。因此那时候最大的一笔浪费是买香蜡纸马的钱。现在，大家都不迷信了，也就省下这笔开销，用到有用的地方去。特别值得提到的是现在的儿童只快活的过年，而不受那迷信的熏染，他们只有快乐，而没有恐惧——怕神怕鬼。也许，现在过年没有以前那么热闹了，可是多么清醒健康呢。以前，人们过年是托神鬼的庇佑，现在是大家劳动终岁，大家也应当快乐的过年。

（原载1951年1月《新观察》第2卷第2期）

猫

猫的性格实在有些古怪。说它老实吧,它的确有时候很乖。它会找个暖和地方,成天睡大觉,无忧无虑。什么事也不过问。可是,赶到它决定要出去玩玩,就会走出一天一夜,任凭谁怎么呼唤,它也不肯回来。说它贪玩吧,的确是呀,要不怎么会一天一夜不回家呢?可是,及至它听到点老鼠的响动啊,它又多么尽职,闭息凝视,一连就是几个钟头,非把老鼠等出来不拉倒!

它要是高兴,能比谁都温柔可亲:用身子蹭你的腿,把脖儿伸出来要求给抓痒,或是在你写稿子的时候,跳上桌来,在纸上踩印几朵小梅花。它还会丰富多腔的叫唤,长短不同,粗细各异,变化多端,力避单调。在不叫的时候,它还会咕噜咕噜的给自己解闷。这可都凭它的高兴。它若是不高兴啊,无论谁说多少好话,它一声也不出,连半个小梅花也不肯印在稿纸上!它倔强得很!

是,猫的确是倔强。看吧,大马戏团里什么狮子、老虎、大象、狗熊甚至于笨驴,都能表演一些玩艺儿,可是谁见过耍猫呢?(昨天才听说:苏联的某马戏团里确有耍猫的,我当然还没亲眼见过。)

这种小动物确是古怪。不管你多么善待它,它也不肯跟着你上街去逛逛。它什么都怕,总想藏起来。可是它又那么勇猛,不要说见着小虫和老鼠,就是遇上蛇也敢斗一斗。它的嘴往往被蜂儿或蝎子螫的肿起来。

赶到猫儿们一讲起恋爱来,那就闹得一条街的人们都不能安睡。它们的叫声是那么尖锐刺耳,使人觉得世界上若是没有猫啊,一定会更平静一些。

可是,及至女猫生下两三个棉花团似的小猫啊,你又不恨它了。它是那么尽责的看护儿女,连上房兜兜风也不肯去了。

郎猫可不那么负责,它丝毫不关心儿女。它或睡大觉,或上屋去乱叫,有机会就和邻居们打一架,身上的毛儿滚成了毡,满脸横七竖八都是伤痕,看起来实在不大体面。好在它没有照镜子的习惯,依然昂首阔步,大喊大叫,它匆忙的吃两口东西,就又去挑战开打。有时候,它两天两夜不回家,可是当你以为它可能已经远走高飞了,它却瘸着腿大败而归,直入厨房要东西吃。

过了满月的小猫们真是可爱,腿脚还不甚稳,可是已经学会淘气。妈妈的尾巴,一根鸡毛,都是它们的好玩具,耍上没结没完。一玩起来,它们不知要摔多少跟头,但是跌倒即马上起来,再跑再跌。它们的头撞在门上、桌腿上,和彼此的头上。撞疼了也不哭。

它们的胆子越来越大,逐渐开辟新的游戏场所。它们到院子里来了。院中的花草可遭了殃。它们在花盆里摔跤,抱着花枝打秋千,所过之处,枝折花落。你不肯责打它们,它们是那么生气勃勃,天真可爱呀。可是,你也爱花。这个矛盾就不易处理。

现在,还有新的问题呢:老鼠已差不多都被消灭了,猫还有什么用处呢?而且,猫既吃不着老鼠,就会想办法去偷捉鸡雏或小鸭什么的开开斋。这难道不是问题么?

在我的朋友里颇有些位爱猫的。不知他们注意到这些问题没有?记得二十年前在重庆住着的时候,那里的猫很珍贵,须花钱去买。在当时,那里的老鼠是那么猖狂,小猫反倒须放在笼子里养着,以免被老鼠吃掉。据说,目前在重庆已很不容易见到老鼠。那么,那里的猫呢?是不是已经不放在笼子里,还是根本不养猫了呢?这须打听一下,以备参考。

也记得三十年前,在一艘法国轮船上,我吃过一次猫肉。事前,我并不知道那是什么肉,因为不识法文,看不懂菜单。猫肉并不难吃,虽不甚香美,可也没什么怪味道。是不是该把猫都送往法国轮船上去呢?我很难作出决定。

猫的地位的确降低了,而且发生了些小问题。可是,我并不为猫的命运多耽什么心思。想想看吧,要不是灭鼠运动得到了很大的成功,消除了巨害,猫的威风怎会减少了呢?两相比较,灭鼠比爱猫更重要得多,不是吗?我想,世界上总会有那么一天,一切都机械化了,不是连驴马也会有点问题吗?可是,谁能因耽忧驴马没有事作而放弃了机械化呢?

(原载1959年8月《新观察》第16期)

到了济南

（一）

到济南来，这是头一遭。挤出车站，汗流如浆，把一点小伤风也治好了，或者说挤跑了；没秩序的社会能治伤风，可见事儿没绝对的好坏；那么，"相对论"大概就是这么琢磨出来的吧？

挑选一辆马车。"挑选"在这儿是必要的。马车确是不少辆，可是稍有聪明的人便会由观察而疑惑，到底那里有多少匹马是应当雇八个脚夫抬回家去？有多少匹可以勉强负拉人的责任？自然，刚下火车，决无意去替人家抬马，虽然这是善举之一；那么，找能拉车与人的马自是急需。然而这绝对不是容易的事儿，因为：第一，那仅有的几匹颇带"马"的精神的马，已早被手急眼快的主顾雇了去。第二，那些"略"带"马气"的马，本来可以将就，哪怕是只请他拉着行李——天下还有比"行李"这个字再不顺耳，不得人心，惹人头皮疼的？而我和赶车的在辕子两边担任扶持、指导、劝告、鼓励、（如还不走）拳打脚踢之责呢。这凭良心说，大概不能不算善于应付环境，具有东方文化的妙处吧？可是，"马"的问题刚要解决，"车"的问题早又来到：即使马能走三里五里，坚持到底不摔跟头；或者不幸跌了一交，而能爬起来再接再厉；那车，那车，那车，是否能装着行李而车底儿不哗啦啦掉下去呢？又一个问题，确乎成问题!假使走到中途,车底哗啦啦,还是我扛着行李(赶车的当然不负这个责任),在马旁同行呢?还是叫马背着行李,我再背着马呢?自然是,三人行必有我师,陪着御者与马走上一程,也是有趣的事;可是,花了钱雇车,而自扛行李,单为证明"三人行必有我师",是否有点发疯?至于马背行李,我再负马,事属非常,颇有古代故事中巨人的风度,是!可有一层,我要是被压而死,那马是否能把行李送到学校去?我不算什么,行李是不能随便掉失的!不为行李,起初又何必雇车呢?小资产阶级的逻辑,不错;但到底是逻辑呀!

第三,别看马与车各有问题,马与车合起来而成的"马车"是整个的问题,敢情还有惊人的问题呢——车价。一开首我便得罪了一位赶车的,我正在向那些马国之鬼,和那堆车之骨骼发呆之际,我的行李突然被一位御者抢去了。我并没生气,反倒感谢他的热心张罗。当他把行李往车上一放的时候,一点不冤人,我确乎听见哗啦一声响,确乎看见连车带马向左右摇动者三次,向前后进退者三次。"行啊?"我低声的问御者。"行?"他十足的瞪了我一眼。"行?从济南走到德国去都行!"我不好意思再怀疑他,只好以他的话作我的信仰;心里想:"有信仰便什么也不怕!"为平他的气,赶快问:"到——大学,多少钱?"他说了一个数儿。我心平气和的说:"我并不是要买贵马与尊车。"心里还想:"假如弄这么一份财产,将来不幸死了,遗嘱上给谁承受呢?"正在这么想,也不知怎的,我的行李好像被魔鬼附体,全由车中飞出来了。再一看,那怒气冲天的御者一扬鞭,那瘦病之马一掀后蹄,便轧着我的皮箱跑过去。皮箱一点也没坏,只是上边落着一小块车轮上的胶皮;为避免麻烦,我也没敢叫回御者告诉他,万一他叫"我"赔偿呢!同时,心中颇不自在,怨自己"以貌取马",哪知人家居然能掀起后蹄而跑数步之遥呢。

幸而××来了,带来一辆马车。这辆车和车站上的那些差不多。马是白色的,虽然事实上并不见得真白,可是用"白马之白"的抽象观念想起来,到底不是黑的、黄的,更不能说一定准是灰色的。马的身上不见得肥,因此也很老实。缰、鞍、肚带,处处有麻绳帮忙维系,更显出马之稳练驯良。车是黑色的,配起白马,本应黑白分明,相得益彰;可是不知济南的太阳光为何这等特别,叫黑白的相配,更显得暗淡灰丧。

行李,××和我,全上了车。赶车的把鞭儿一扬,吆喝了一声,车没有动。我心里说:"马大概是睡着了。马是人们最好的朋友,多少带点哲学性,睡一会儿是常有的事。"赶车的又喊了一声,车微动。只动了一动,就又停住;而那匹马确是走出好几步远。赶车的不喊了,反把马拉回来。他好像老太婆缝补袜子似的,在马的周身上下细腻而安稳的找那些麻绳的接头,慢慢的一个一个的接好,大概有三十多分钟吧,马与车又发生关系。又是一声喊,这回马是毫无可疑的拉着车走了。倒叫我怀疑:马能拉着车走,是否一个奇迹呢?

一路之上，总算顺当。左轮的皮带掉了两次，随掉随安上，少费些时间，无关重要。马打了三个前失，把我的鼻子碰在车窗上一次，好在没受伤。跟××顶了两回牛儿，因为我们俩是对面坐着的，可是顶牛儿更显着亲热；设若没有这个机会，两个三四十的老小伙子，又焉肯脑门顶脑门的玩耍呢。因此，到了大学的时候，我摹仿着西洋少女，在瘦马脸上吻了一下，表示感谢他叫我们得以顶牛的善意。

（二）

上次谈到济南的马车，现在该谈洋车。

济南的洋车并没有什么特异的地方。坐在洋车上的味道可确是与众不同。要领略这个味道，顶好先检看济南的道路一番；不然，屈骂了车夫，或诬蔑济南洋车构造不良，都不足使人心服。

检看道路的时候，请注意，要先看胡同里的；西门外确有宽而平的马路一条，但不能算作国粹。假如这检查的工作是在夜里，请别忘了拿个灯笼，踏一脚黑泥事小，把脚腕拐折至少也不甚舒服。

胡同中的路，差不多是中间垫石，两旁铺土的。土，在一个中国城市里，自然是黑而细腻，晴日飞扬，阴雨和泥的，没什么奇怪。提起那些石块，只好说一言难尽吧。假如你是个地质学家，你不难想到：这些石是否古代地层变动之时，整批的由地下翻上来，直至今日，始终原封没动；不然，怎能那样不平呢？但是，你若是个考古家，当然张开大嘴哈哈笑，济南真会保存古物哇！看，看哪一块石头没有多少年的历史！社会上一切都变了，只有你们这群老石还在这儿镇压着济南的风水！

浪漫派的文人也一定喜爱这些石路，因为块块石头带着慷慨不平的气味，且满有幽默。假如第一块屈了你的脚尖，哼，刚一迈步，第二块便会咬住你的脚后跟。左脚不幸被石洼囚住，留神吧，右脚会紧跟着滑溜出多远，早有一块中间隆起，棱而腻滑的等着你呢。这样，左右前后，处处是埋伏，有变化；假如那位浪漫派写家走过一程，要是幸而不晕过去，一定会得到不少写传奇的启示。

无论是谁，请不要穿新鞋。鞋坚固呢，脚必磨破。脚结实呢，鞋上必来个窟窿。二者必居其一。那些小脚姑娘太太们，怎能不一步一跌，真使人糊涂而惊异！

在这种路上坐汽车，咱没这经验，不能说是舒服与否。只看见过汽车中的人们，接二连三的往前蹿，颇似练习三级跳远。推小车子也没有经验，只能理想到：设若我去推一回，我敢保险，不是我——多半是我——就是小车子，一定有一个碎了的。

洋车,咱坐过。从一上车说吧。车夫拿起"把"来,也许是往前走,也许是往后退,那全凭石头叫他怎样他便得怎样。济南的车夫是没有自由意志的。石头有时一高兴,也许叫左轮活动,而把右轮抓住不放;这样,满有把坐车的翻到下面去,而叫车坐一会儿人的希望。

坐车的姿式也请留心研究一番。你要是充正气君子,挺着脖子正着身,好啦:为维持脖子的挺立,下车以后,你不变成歪脖儿柳就算万幸。你越往直里挺,它们越左右的筛摇;济南的石路专爱打倒挺脖子、显正气的人们!反之,你要是缩着脖子,懈松着劲儿,请要留神,车子忽高忽低之际,你也许有鬼神暗佑还在车上,也许完全摇出车外,脸与道旁黑土相吻。从经验中看,最好的办法是不挺不缩,带着弹性。像百码决赛预备好,专候枪声时的态度,最为相宜。一点不松懈,一点不忽略,随高就高,随低就低,车左亦左,车右亦右,车起须如据鞍而立,车落应如鲤鱼入水。这样,虽然麻烦一些,可是实在安全,而且练习惯了,以后可以不晕船。

坐车的时间也大有研究的必要,最适宜坐车的时候是犯肠胃闭塞病之际。不用吃泄药,只须在饭前,喝点开水,去坐半小时上下的洋车,其效如神。饭后坐车是最冒险的事,接连坐过三天,设若不生胃病,也得长盲肠炎。要是胃口像林黛玉那么弱的人,以完全不坐车为是,因没有一个时间是相宜的。

末了,人们都说济南洋车的价钱太贵,动不动就是两三毛钱。但是,假如你自己去在这种石路上拉车,给你五块大洋,你干得了干不了?

(三)

由前两段看来,好像我不大喜欢济南似的。不,不,有大不然者!有幽默的人爱"看",看了,能不发笑吗?天下可有几件事,几件东西叫你看完而不发笑的?不信,闭上一只眼,看你自己的鼻子,你不笑才怪;先不用说别的。有的人看什么也不笑,也对呀,喜悲剧的人不替古人落泪不痛快,因为他好"觉";设身处地的那么一"觉",世界上的事儿便少有不叫泪腺要动作作的。噢,原来如此!

济南有许多好的事儿,随便说几种吧:葱好,这是公认的吧,不是我造谣生事。听说,犹太人少有得肺病的,因为吃鱼吃的;山东人是不是因为多嚷大葱而不患肺病呢?这倒值得调查一下,好叫吃完葱的士女不必说话怪含羞的用手掩着嘴:假如调查结果真是山西河南广东因肺病而死的比山东多着七八十来个(一年多七八十,一万年要多若干?),而其主因确是因为口中的葱味使肺病菌倒退四十里。

在小曲儿里,时常用葱尖比美妇人的手指,这自然是春葱,决不会是山

东的老葱,设若美妇人的十指都和老葱一般儿粗(您晓得山东老葱的直径是多少寸),一旦妇女革命,打倒男人,一个嘴巴子还不把男人的半个脸打飞!这决不是济南的老葱不美,不是。葱花自然没有什么美丽,葱叶也比不上蒲叶那样挺秀、竹叶那样清劲,连蒜叶也比不上,因为蒜叶至少可以假充水仙。不要花,不看叶,单看葱白儿,你便觉得葱的伟丽了。看运动家,别看他或她的脸,要先看那两条完美的腿,看葱亦然。(运动家注意。这里一点污辱的意思没有;我自己的腿比蒜苗还细,焉敢攀高比诸葱哉!)济南的葱白起码有三尺来长吧;粗呢,总比我的手腕粗着一两圈儿——有愿看我的手腕者,请纳参观费大洋二角。这还不算什么,最美是那个晶亮,含着水,细润,纯洁的白颜色。这个纯洁的白色好像只有看见过古代希腊女神的乳房者才能明白其中的奥妙,鲜、白,带着滋养生命的乳浆!这个白色叫你舍不得吃它,而拿在手中颠着,赞叹着,好像对于宇宙的伟大有所领悟。由不得把它一层层的剥开,每一层落下来,都好似油酥饼的折叠;这个油酥饼可不是"人"手烙成的。一层层上的长直纹儿,一丝不乱的,比画图用的白绢还美丽。看见这些纹儿,再看看馍馍,你非多吃半斤馍馍不可。人们常说——带着讽刺的意味——山东人吃得多,是不知葱之美者也!

反对吃葱的人们总是说:葱虽好,可是味道有不得人心之处。其实这是一面之词,假若大家都吃葱,而且时常开个"吃葱竞赛会",第一名赠以重二十斤金杯一个,你看还敢有人反对否!

记得,在新加坡的时候,街上有卖枯莲者,味臭无比,可是土人和华人久住南洋者都嗜之若命。并且听说,英国维克陶利亚女皇①吃过一切果品,只是没有尝过枯莲,引为憾事。济南的葱,老实的讲,实在没有奇怪味道,而且确是甜津津。假如你不信呢,吃一棵尝尝。

(原载1930年10月至1931年2月
《齐大月刊》第1卷第1、2、4期)

---

① 现通译维多利亚女皇。

中国20世纪名家散文经典

一天

闹钟应当,而且果然,在六点半响了。睁开半只眼,日光还没射到窗上;把对闹钟的信仰改为崇拜太阳,半只眼闭上了。

八点才起床。赶快梳洗,吃早饭,饭后好写点文章。

早饭吃过,吸着第一枝香烟,整理笔墨。来了封快信,好友王君路过济南,约在车站相见。放下笔墨,一手扣纽,一手戴帽,跑出去,门口没有一辆车;不要紧,紧跑几步,巷口总有车的。心里想着:和好友握手是何等的快乐;最好强迫他下车,在这儿住哪怕是一天呢,痛快的谈一谈。到了巷口,没一个车影,好像修车夫都怕拉我似的。

又跑了半里多路才遇上了一辆,急忙坐上去,津浦站!车走得很快,决定误不了,又想象着好友的笑容与语声,和他怎样在月台上东张西望的盼我来。

怪不得巷口没车,原来都在这儿挤着呢,一眼望不到边,街上挤满了车,谁也不动。西边一家绸缎店失了火。心中马上就决定好,改走小路,不要在此死等,谁在这儿等着谁是傻瓜,马上告诉车夫绕道儿走,显出果断而聪明。

车进了小巷。这才想起在街上的好处:小巷里的车不但是挤住,而且无论如何再也迟不出。马上就又想好主意,给了车夫一毛钱,似猿猴一样的轻巧跳下去。挤过这一段,再抓上一辆车,还可以不误事,就是晚也晚不过十来分钟。

棉袄的底襟挂在小车子上,用力扯,袍子可以不要,见好友的机会不可错过！袍子扯下一大块，用力过猛，肘部正好碰着在娘怀中的小儿。娘不加思索，冲口而成，凡是我不爱听的都清清楚楚的送到耳中，好像我带着无线广播的耳机似的。孩子哭得奇，嘴张得像个火山口；没有一滴眼泪，说好话是无用的；凡是在外国可以用"对不起"了之的事，在中国是要长期抵抗的。四围的人——五个巡警，一群老头儿，两个女学生，一个卖糖的，二十多小伙子，一只黄狗——把我围得水泄不通；没有说话的，专门能看哭骂，笑嘻嘻的看着我挨雷。幸亏卖糖的是圣人，向我递了个眼神，我也心急手快，抓了一大把糖塞在小孩的怀中；火山口立刻封闭，四围的人皆大失望。给了糖钱，我见缝就钻，杀出重围。

到了车站，遇见中国旅行社的招待员。老那么和气而且眼睛那么尖，其实我并不常到车站，可是他能记得我，"先生取行李吗？"

"接人！"这是多余说，已经十点了，老王还没有叫火车晚开一个钟头的势力。

越想头皮越疼，几乎想要自杀。

出了车站，好像把自杀的念头遗落在月台上了。也好吧，赶快归去写文章。

到了家，小猫上了房；初次上房，怎么也下不来了。老田是六十多了，上台阶都发晕，自然婉谢不敏，不敢上墙。就看我的本事了，当仁不让，上墙！敢情事情都并不简单，你看，上到半腰，腿不晓得怎的会打起转来。不是颤而是公然的哆嗦。老田的微笑好像是恶意的，但是我还不能不仗着他扶我一把儿。

往常我一叫"球"，小猫就过来用小鼻子闻我，一边闻一边咕噜。上了房的"球"和地上的大不相同了，我越叫"球"，"球"越往后退。我知道，我要是一直的向前赶，"球"会迟到房脊那面去，而我将要变成"球"。我的好话说多了，语气还是学着妇女的："来，啊，小球，快来，好宝贝，快吃肝来……"无效！我急了，开始恫吓，没用。

磨烦了一点来钟，二姐来了，只叫了一声"球"，"球"并没理我，可是拿我的头作桥，一跳跳到了墙头，然后拿我的脊背当梯子，一直跳到二姐的怀中。

兄弟姐妹之间，二姐是我最好的朋友。她第一个好处便是不阻碍我的工作。每逢看见我写字，她连一声都不出；我只要一客气，陪她谈几句，她立刻就搭讪着走出去。

"二姐，和球玩会儿，我去写点字。"我极亲热的说。

"你先给我写几个字吧，你不忙啊？"二姐极亲热的说。

当然我是不忙，二姐向来不讨人嫌。偶而求我写几个字，还能驳回？

二姐是求我写封信。这更容易了。刚由墙上爬下来，正好先试试笔，稳稳腕子。

　　二姐的信是给她婆母的外甥女的干姥姥的姑舅兄弟的侄女婿的。二姐与我先决定了半点多钟怎样称呼他。在讨论的进程中,二姐把她婆母的、婆母的外甥女的、干姥姥的、姑舅兄弟的性格与相互的关系略微说明了一下,刚说到干姥姥怎么在光绪二十八年掉了一个牙,老田说吃午饭得了。

　　吃过午饭,二姐说先去睡个小盹,醒后再告诉我怎样写那封信。

　　我是心中搁不下事的,打算把干姥姥放在一旁而去写文章,一定会把莎士比亚写成外甥女婿。好在二姐只是去打一个小盹。

　　二姐的小盹打到三点半才醒,她很亲热的道歉,昨夜多打了四圈小牌。不管怎着吧,先写信。二姐想起来了,她要是到东关李家,去,一定会见着那位侄女婿的哥哥,就不要写信了。

　　二姐走了。我开始从新整理笔墨,并且告诉老田泡一壶好茶,以便把干姥姥们从心中给刺激走。

　　老田把茶拿来,说,外边调查户口,问我几月的生日。"正月初一!"我告诉老田。

　　凡是老田认为不可信的事,他必要和别人讨论一番。他告诉巡警:他对我的生日颇有点怀疑,他记得是三月;不论如何也不能是正月初一。巡警起了疑,登时觉得有破获共产党机关的可能,非当面盘问我不可。我自然没被他们盘问短,我说正月与三月不过是阴阳历的差别,并且告诉他们我是属狗的。巡警一听到戌狗亥猪,当然把共产党忘了;又耽误了我一刻多钟。

　　整四点。忘了,图画展览会今天是末一天!但是,为写文章,牺牲了图画吧。又拿起笔来。只要许我拿起笔来,就万事亨通,我不怕在多么忙乱之后,也能安心写作。

　　门铃响了,信,好几封。放着信不看,信会闹鬼。第一封:创办老人院的捐启。第二封:三舅问我买洋水仙不买?第三封:地址对,姓名不对,是否应当打开?想了半天,看了信皮半天,笔迹,邮印,全细看过,加以福尔摩斯的判断法;没结果,放在一旁。第四封:新书目录,从头至尾看了一遍,没有我要看的书。第五封:友人求找事,急待答复。赶紧写回信,信和病一样,越耽误越难办。信写好,邮票不够了,只欠一分。叫老田,老田刚刚出去。自己跑一遭吧,反正邮局不远。

　　发了信,天黑了。饭前不应当写字,看看报吧。

　　晚饭后,吃了两个梨,为是有助于消化,好早些动手写文章。

　　刚吃完梨,老牛同着新近结婚的夫人来了。

　　老牛的好处是天生来的没心没肺。他能不管你多么忙,也不管你的脸长到什么尺寸,他要是谈起来,便把时间观念完全忘掉。不过,今天是和新妇同来,我想他决不会坐那么大的工夫。

　　牛夫人的好处,恰巧和老牛一样,是天生来的没心没肺。我在八点半的时候就看明白了:大概这二位是在我这里度蜜月。我的方法都使尽了:看我的稿纸,打个假造的哈欠,造谣言说要去看朋友,叫老田上钟弦,问他们什么时候安寝,顺手看看手表……老牛和牛夫人决定赛开了谁是更没心没肺。十点了,两位连半点要走的意思都没有。

"咱们到街上走走,好不好?我有点头疼。"我这么提议,心里计划着:陪他们走几步,回来还可以写个两千多字,夜静人稀更写得快:我是向来不悲观的。

随着他们走了一程,回来进门就打喷嚏,老田一定说我是着了凉,马上就去倒开水,叫我上床,好吃阿司匹灵。老田的命令是不能违抗的,我要是一定不去睡,他登时就会去请医生。也好吧,躺在床上想好了主意明天天一亮就起来写。"老田,把闹钟上到五点!"

老田又笑了,不好和老人闹气,不然的话,真想打他两个嘴巴。

身上果然有点发僵,算了吧,什么也不要想了,快睡!两眼闭死,可是不困,数一二三四,越数越有精神。大概有十一点了,老田已经停止了咳嗽。他睡了,我该起来了,反正是睡不着,何苦瞎耗光阴。被窝怪暖和的,忍一会儿再说,只忍五分钟,起来就写。肚里有点发热,阿司匹灵的功效,还倒舒服。似乎老牛又回来了,二姐,小球……

"起吧,八点了。"老田在窗外叫。

"没上闹钟吗?没告诉你上在五点上吗?"我在被窝里发怒。

"谁说没上呢,把我闹醒了;您大概是受了点寒,发烧,耳朵不大灵,哦!"

生命似乎是不属于自己的,我叹了口气。稿子应该就发出了,还一个字没有呢!

"老田,报馆没来人催稿子吗?"

"来了,说请您不必忙了,报馆昨晚被巡警封了门。"

(原载1933年1月1日《论说》第8期)

中国 20 世纪名家散文经典

当幽默变成油抹

小二小三玩腻了:把落花生的尖端咬开一点,夹住耳唇当坠子,已经不能再作,因为耳坠不晓得是怎回事,全到了他们肚里去;还没有人能把花生吃完再拿它当耳坠!《儿童世界》上的插图也全看完了,没有一张满意的,因为据小二看,画着王家小五是王八的才能算好画,可是插画里没有这么一张。小二和王家小五前天打了一架,什么也不因为,并且一点不是小二的错,一点也不是小五的错;谁的错呢?没人知道。"小三,你当马吧?"小三这时节似乎什么也愿意干,只是不愿意当马。"再不然,咱们学狗打架玩?"小二又出了主意。"也好,可是得真咬耳朵?"小三愿事先问好,以免咬了小二的耳朵而去告诉妈妈。咬了耳朵还怎么再夹上花生当耳坠呢?小二不愿意。唱戏吧?好,唱戏。但是,先看看爸和妈干什么呢。假如爸不在家,正好偷偷的翻翻他那些杂志,有好看的图画可以撕下一两张来;然后再唱戏。

爸和妈都在书房里。爸手里拿着本薄杂志,可是没看;妈手里拿着些毛绳,可是没织;他们全笑呢。小二心里说大人也是好玩呀,不然,爸为什么拿着书不看,妈为什么拿着线不织?

爸说:"真幽默,哎呀,真幽默!"爸嘴上的笑纹几乎通到耳根上去。

这几天爸常拿着那么一薄本米色皮的小书喊幽默。

小二小三自然是不懂什么叫幽默,而听成了油抹;可是油抹有什么可笑呢?小三不是为把油抹在袖口上挨过一顿打

吗!大人油抹就不挨打而嘻嘻,不公道!

爸念了,一边念一边嘻嘻,眼睛有时候像要落泪,有时候一句还没念完,嘴里便哈哈哈。妈也跟着嘻嘻嘻。念的什么子路——小三听成了紫鹿——又是什么三民主义,而后嘻嘻嘻——一点也不可笑,而爸与妈偏嘻嘻嘻!

决定过去看看那小本是什么。爸不叫他们看:"别这儿捣乱,一边儿玩去!"妈也说:"玩去,等爸念完再来!"好像这个小薄本比什么都重要似的!也许爸和妈都吃多了;妈常说小孩子吃多了就胡闹,爸与妈也是如此。

念了半天,爸看了看表,然后把小本折好了一页,极小心的放在写字台的抽屉里:"晚上再念;得出门了。"

"再念一段!"妈这半天连一针活也没作,还说再念一段呢,真不害羞!小三心里的小手指头直在脸上削,"没羞没臊,当间儿画个黑老道!"

"晚上,晚上!凑巧还许把第十期买来呢!"爸说,还是笑着。

爸爸走了,走到院里还嘻嘻呢;爸是吃多了!

妈拿着活计到里院去了。

小二小三决定要犯犯"不准动爸的书"的戒命。等妈走远了,轻轻的开了抽屉,拿出那本叫爸和妈嘻嘻的宝贝。他们全把大拇指放在嘴里咂着,大气不出的去找那招人笑的小鬼。他们以为书中必是有个小鬼,这个小鬼也许就叫作油抹。人一见油抹就要嘻嘻,或是哈哈。找了半天,一篇一篇全是黑字!有一张画,看不懂是什么,既不是小兔搬家,又不是小狗成亲,简直的什么也不像!这就可乐呀?字和这样的画要是可乐,为什么妈不许我们在墙上写字画图呢?

"咱们还是唱戏去吧?"小三不耐烦了。

"小三,看,这个小盒也在这儿呢,爸不许咱们动,愣偷偷的看看?"小二建议。

已经偷看了书,为什么不再偷看看小盒?就是挨打也是一顿。小三想得很精密。

把小盒轻轻打开,喝,里边一管挨着一管,都是刷牙膏,可是比刷牙膏的管小些细些。小二把小铅盖转了转,挤,咕——挤出滑溜溜的一条小红虫来,哎呀有趣!小三的眼睛着像两个新铜子,又亮又圆。"来,我挤一个!"他另拿了管,咕——挤出条碧绿的小虫来。

一管一管,全挤过了,什么颜色的也有,真好玩!小二拿起盒里的一支小硬笔,往笔上挤了些红膏,要往牙上擦。

"小二,别,万一这是爸的冻疮药呢?"

"不能,冻疮药在妈的抽屉里呢。"

"等等,不是药,也许呀,也许呀——"小三想了半天想不出是什么。

"这么着吧,小三,把小管全挤在桌上,咱们打花脸吧?"

"唱——那天你和爸听什么来着?"小三的戏剧知识只是由小二得来的那些。

"有花脸的那个?嘀咕的嘀咕嘀嘀咕!《黄鹤楼》!"

"就唱《黄鹤楼》吧!你打红脸,我打绿脸。嘀咕嘀——"

"《黄鹤楼》里没有绿脸!"小二觉得小三对扮戏是没发言权的。

"假装的有个绿脸就得了吗!糖挑上的泥人戏出就有绿脸的。"

两个把管里的小虫全挤得越长越好,而后用小硬笔住脸上抹。

"小二,我说这不是牙膏,你瞧,还油亮油亮的呢。喝,抹在脸上有点漆得慌!"

"别说话;你的嘴直动,我怎给你画呀?!"小二给小三的腮上打些紫道,虽然小三是要打绿脸。

正这么打脸,没想到,爸回来了!

"你们俩干什么呢?干什么呢!"

"我们——"小二一慌把小刷子放在小三的头上。

小三,正闭着眼等小二给画眉毛,睁开了眼。

"你们干什么?!"爸是动了气,"二十多块一盒的油!"

"对啦,爸,我们这儿油抹呢!"小三直抓腮部,因为油漆得不好受。

"什么油抹呀?"

"不是爸看这本小书的时候,跟妈说,真油抹,爸笑妈也笑吗?"

"这本小书?"爸指着桌上那本说,"从此不再看《论语》!"

爸真生了气。一下子坐在椅子上,气哼哼的,不自觉的,从衣袋里掏出一本小书——样子和桌上那本一样。

乘着爸看新买来的小书,小二小三七手八脚把小管全收在盒里,小三从头上揭下小笔,也放进去。

爸又看入了神,嘴角又慢慢往上弯。小二们的《黄鹤楼》是不敢唱了,可也不敢走开,敬候着爸的发落。

爸又嘻嘻了,拍了大腿一下:"真幽默!"

小三向小二咬耳朵:"爸是假装油抹,咱们才是真油抹呢!"

(原载1933年2月16日《论语》第11期)

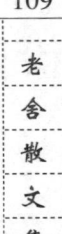

新年醉话

大新年的,要不喝醉一回,还算得了英雄好汉么?喝醉而去闷睡半日,简直是白糟蹋了那点酒。喝醉必须说醉话,其重要至少等于新年必须喝醉。

醉话比诗话词话官话的价值都大,特别是在新年。比如你恨某人,久想骂他猴崽子一顿。可是平日的生活,以清醒温和为贵,怎好大睁白眼的骂阵一番?到了新年,有必须喝醉的机会,不乘此时节把一年的"储蓄骂"都倾泻净尽,等待何时?于是乎骂矣。一骂,心中自然痛快,且觉得颇有英雄气概。因此,来年的事业也许更顺当,更风光;在元旦或大年初二已自许为英雄,一岁之计在于春也。反之,酒只两盅,菜过五味,欲哭无泪,欲笑无由。只好哼哼唧唧噜哩噜苏,如老母鸡然,则癞狗见了也多咬你两声,岂能成为民族的英雄?

再说,处此文明世界,女扮男装。许多许多男子大汉在家中乾纲不振。欲恢复男权,以求平等,此其时矣。你得喝醉哟,不然哪里敢!既醉,则挑鼻子弄眼,不必提名道姓,而以散文诗冷嘲,继以热骂:头发烫得像鸡窝,能孵小鸡么?曲线美、直线美又几个钱一斤?老子的钱是容易挣得?哼!诸如此类,无须管层次清楚与否,但求气势畅利。每当少为停顿,则加一哼,哼出两道白气,这么一来,家中女性,必都惶恐。如不惶恐,则拉过一个——以老婆为最合适——打上几拳。即使因此而罚跪床前,但床前终少见证,而醉骂则广播四邻,其声势极不相同,威风到底是男子汉的。闹过之后,如有必要,得

请她看电影;虽发是鸡窝如故,且未孵出小鸡,究竟得显出不平凡的亲密。即使完全失败,跪在床前也不见原谅,到底酒力热及四肢,不至着凉害病,多跪一会儿正自无损。这自然是附带的利益,不在话下。无论怎说,你总得给女性们一手儿瞧瞧,纵不能一战成功,也给了她们个有力的暗示——你并不是泥人哟。久而久之,只要你努力,至少也使她们明白过来:你有时候也曾闹脾气,而跪在床前殊非完全投降的意思。

至若年底搪债,醉话尤为必需。讨债的来了,见面你先喷他一口酒气,他的威风马上得低降好多,然后,他说东,你说西,他说欠债还钱,你唱《四郎探母》。虽曰无赖,但过了酒劲,日后见面,大有话说。此"尖头曼"①之所以为"尖头曼"也。

醉话之功,不止于此,要在善于运用。秘诀在这里:酒喝到八成,心中还记得"莫谈国事",把不该说的留下;可以说的,如骂友人与恫吓女性,则以酒力充分活动想象力,务使自己成为浪漫的英雄。骂到伤心之处,宜紧紧摇头,使眼泪横流,自增杀气。

当是时也,切莫题词寄信,以免留叛逆的痕迹。必欲艺术的发泄酒性,可以在窗纸上或院壁上作画。画完题"醉墨"二字,豪放之情乃万古不朽。

(原载1934年1月《矛盾》第2卷第5期)

---

① 英语 Gentleman(绅士)的谐音。

大发议论

过年是一种艺术。咱们的先人就懂得贴春联,点红灯,换灶王像,馒头上印红梅花点,都是为使一切艺术化。爆竹虽然是噪音,但"灯儿带炮"便给声音加上彩色,有如感觉派诗人所用的字眼儿。盖自有史以来,中国人本是最艺术的,其过年比任何民族都更复杂,热闹,美好,自是民族之光,亦理所当然。

以烹调而言,上自龙肝凤肺,下至姜蒜大葱,无所不吃,且都有奇妙的味道。拿板凳腿作冰激凌,只要是中国人作的,给欧西的化学家吃,他也得莫名其妙,而连声夸好;即使稍有缺点,亦不过使肚子微痛一阵而已。吃了老鼠而再吃猫,既不辨其为鼠为猫,且不在肚中表演猫捕鼠的游戏,是之谓巧夺天工。烹调的方法既巧夺天工,新年便没法儿不火炽,没法儿不是艺术的。一碗清汤,两片牛肉,而后来个硬凉苹果,如西洋红毛鬼子的办法,只足引起伤心,哪里还有心肠去快活。反之,酒有茵陈玫瑰和佛手露,佐以蜜饯果儿——红的是山楂糕,绿的是青梅,黄的是橘饼,紫的是金丝蜜枣,有如长虹吹落,碎在桌上,斑斑块块如灿艳群星,而到了口中都甜津津的,不亦乐乎!加以八碟八碗,或更倍之,各发异香,连冒出的气儿都婉转缓腻,不像馒头揭锅,热气立散;于是吃一看二,咽一块不能不点点头,喝一口不能不咂咂嘴;或汤与块齐尝,则顺流而下,不知所之,岂不快哉!脑与口与肚一体舒畅,宜乎行令猜拳,吃个七八小时也。这是艺术。作得艺术,吃得艺术,于是一肚子艺术,而后题诗壁上,剪烛梅前,入了象牙之塔,出

了象牙之狗,美哉新年也!

这不过略提了提"吃",已足使弱小民族垂涎三尺,而万国来朝。至若吃饱喝足,面色微紫,或看牌,或掷骰,或顶牛,勾心斗角,各运心思,赢了微笑,输急才骂"妈的";至若穿新衣,逛花灯,看亲戚,接姑奶奶与小外甥……只好从略,只好从略,以免六国联军又打天津。因羡生妒,至蛮不讲理,往往有之。

到了现在,过年的艺术不但在质上,就是在量上,也正在迈进。以次数说,新年起码有两个,增多了一倍。活个七老八十,而能过一百好几十次新年,正是:

　　五风十雨皆为瑞,
　　一岁双年总是春。

人生七十古来稀,到而今,活五十岁而过一百次年,活不到七十也没多大关系了。这顺手儿就解决了人口过剩问题,因为活到四五十岁,已经过了一百来回年,在价值上总算过得去了;那么,五十多而仍不死,就满可以立下遗嘱,而后把自己活埋了。不过,这是附带的话;如不愿活埋呢,也无须一定这么办,活着也好。书归正传:

两个新年,先过国历新年,然后再过"家历"新年。二者之间隔着那么几十天,恰好藕断丝连,顾此而不失彼,是诗意的跌宕,是艺术的沉醉,是电影的广告!前前后后三个来月,甚至于可以把冬至的馄饨接上端阳的粽子,而后紧跟着去到青岛避暑。天哪,感谢你使我们生活在中国!

可是,人心不同,也有不这样看的。记得去年在我们镇上,铺户都在"家历"新年关上了门。小徒弟们在铺内敲锣打鼓,掌柜们把脸喝得怪红。邻家二大妈一向失于修饰,也戴上了朵小红绢石榴花。私塾中的学童们把《三字经》等放在神龛后面,暂由财神奶奶妥为照管。洋学堂的秀才们也回来凑热闹,过了灯节还舍不得走。这本是为艺术而艺术,并没有什么说不过去的地方。哪知道,镇上有位爱国志士发了议论:爱国的人应当遵守国历;再说,国历是最科学的。

我也说了话。我既也是镇上的圣人之一,自然不能增他人的锐气而减自己的威风。你看,大家听了志士的议论,虽然过年如故,可是心中有点不自在。我们镇上的人向来不提倡仇货;也不赞成妇女放脚,因为缠脚是更含有国货的意味。他们不甘于作不爱国的人,但是,他们没话反攻,而爱国志士就鼻孔朝天的得意起来。我不能不开口了!我说:过年是种艺术,谈不到科学;谁能在除夕吃地质学,喝王水,外加安米尼亚?再说,国历是科学的,连洋鬼子都知道,难道堂堂的天朝选民就不晓得?二月是二十八天,正合二十八宿,中西正是一理。不过,科学是日新月异的,将来一高兴,也许二月剩八天,巧合八卦图,而十二月来上五六十来天!再说,家历月月十五有圆月,而国历月月十五有圆太阳,阳胜于阴,理当乾纲大振,大家不怕老婆。可惜,圆月之外还有新月半月等等,而太阳没有出过太阳牙。

连邻家二大妈也听出我这一套是暗含讥讽,马上给我送过来一大盘年糕;虽然我看出糕的一角似被老鼠啃去,也还很感激她。她的话比年糕的价值还大。她说:八月十五云遮月,正月十五雪打灯。假如十五没月亮,这两句古语从何应验?还有,腊月三十要是出了圆月,咱们是过年好呢,还是拜月好呢?二大妈的话实在有理。于是设法传到爱国志士耳中,省得叫他目空一切。二大妈至少比他多吃过二三十年的年糕,这不是瞎说的。

他似乎也看出八月十五云遮月的重要,可是仍然不服气。他带着讽刺的味儿说:为什么不可以把吃喝玩乐都放在国历新年;莫非是天气不够冷的?

我先回答了他这末一句。对于此点我更有话说。过去的经验不定在什么时候就会大有用处;你看,我恰巧在南洋过过一次年。在那里,元旦依然是风扇与冰激凌的天气。大家赤着脚,穿着单衫,可是拼命的放爆竹,吃年糕,贴对子,买牡丹,祭财神。天气和六月里一样,而过年还是过年。这不是冷不冷的问题。冷也得过年,热也得过年,过年是种艺术,与寒暑表的升降无关。

至于为什么不把吃喝玩乐都放在国历新年,他是只知其一,不知其二。为表示爱国,为表示科学化,我们都应当遵守国历;国历国科国学国民等等本来自成一系统。严格的说,一个国民而不欢欢喜喜的过下儿国历新年,理当斩首,号令国门。可是有一层,人当爱国,也当爱家。齐家而后能治国;试看古今多少英雄豪杰,哪个不是先把钱搂到家中,使家族风光起来,而后再谈国事?因此,国历与家历应当两存;到爱国的时候就爱国,到爱家的时候便爱家,这才称得起是圣之时者。你真要在家历新年之际,三过其门而不入,留神尊夫人罚你跪下顶灯三小时;大冷的天,不是玩的!这不是要哪个与不要哪个的问题,也不是哪个好与哪个坏的问题,而是应当下一番工夫去研究怎样过新新年,与怎样过旧新年。二者的历史不同,性质不同,时间不同,种类不同,所以过法也得不同。把旧艺术都搬到新节令上来,不但是显着驴唇不对马嘴,而且是自己剥夺了生命的享受。反之,顺着天时地利与人和,各有各的办法,各有各的味道,才能算作生活的艺术。

以国历新年说吧。过这个年得带洋味,因为它是洋钦天监给规定的。在这个新年,见面不应说"多多发财",而须说"害怕扭一耳"①。非这么办不可,你必须带出洋味,以便别于家历新年。该新则新,该旧则旧,这一向是我

---

① 英语 Happy NewYear(新年好)的谐音。

们的长处。你自己穿洋服去跳舞,而叫小脚夫人在家中啃窝窝头,理当如此。过年也是这样。那么,过国历新年,应在大街上高搭彩牌,以示普天同庆。大家到大饭店去喝香槟。然后,去跳舞一番,或凑几个同志打打微高尔夫。约女朋友看看电影,或去听听西洋音乐,吃些块奶油巧古力,也不失体统。若能凑几个人演一出三幕戏,偏请女客为自己来鼓掌,那更有意思。不必去给父亲拜年,你父亲自然会看到你在报纸上登的贺年小广告。可是见着父亲的时候别忘了说"害怕扭一耳"。你应当作一身新洋服。总之,你要在这个时节充分的表现出来,你是爱国,你懂得新事,你会跳舞,你会溜冰。这个年要过得似乎是洋鬼子,又不十分像;不像吧,又像。这也是一种艺术。若以酒类作喻,这是啤酒。虽然是酒,可又像汽水。拿准这个尺寸,这个新年正大有滋味,你要是不过它一下,你便永远摸不清个人与世界的关系。说到这儿,你顶好给美国总统写个贺年片,贴足邮票寄去。他要是不回拜的话,那是他的错儿,你居心无愧。

这么过了一个年,然后再等过那一个,艺术上的对照法。一个是浪漫的,摩登的,香槟与裸体美人的;一个是写实的,遗传的,家长里短的。你身过二年,胃收百味,是沟通东西文化的活水,是香槟与陈绍的产儿,是一切的一切!

应当再说怎过旧新年。不过,你早就知道。只须告诉你一句:无论是在哪个新年,总不应该还债。还有一句——只是一句了——在旧新年元旦出门,必先看好喜神是在哪一方;国历新年则不受此限制,你拿着顶出来也好。

爱国志士听了这一番高论,茅塞一顿一顿的都开了,托二大妈来约我去打几圈小麻雀,遂单刀赴会焉。

(原载 1934 年 2 月 16 日《论语》第 35 期)

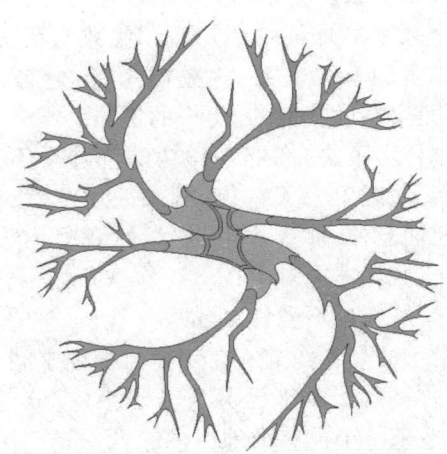

考而不死是为神

考试制度是一切制度里最好的,它能把人支使得不像人了,而把脑子严格的分成若干小块块。一块装历史,一块装化学,一块……

比如早半天考代数,下午考历史,在午饭的前后你得把脑子放在两个抽屉里,中间连一点缝子也没有才行。设若你把 X + Y 和一八二八弄到一处,或者找唐朝的指数,你的分数恐怕是要在二十上下。你要晓得,状元得来个一百分呀。得这么着:上午,你的一切得是代数,仿佛连你是黄帝的子孙,和姓字名谁,全根本不晓得。你就像刚由方程式里钻出来,全身的血脉都是 X 和 Y。赶到刚一交卷,你立刻成了历史,向来没听说过代数是什么。亚力山大、秦始皇等就是你的爱人,连他们的生日是某年某月某时都知道。代数与历史千万别联宗,也别默想二者的有无关系,你是赴考呀,赴考的期间你别自居为人,你是个会吐代数,吐历史的机器。

这样考下去,你把各样功课都吐个不大离,好了,你可以现原形了;睡上一天一夜,醒来一切茫然,代数历史化学诸般武艺通通忘掉,你这才想起"妹妹我爱你"。这是种蛇蜕皮的作,旧皮脱尽才能自由;不然,你这条蛇不曾得到文凭,就是你爱妹妹,妹妹也不爱你,准的。

最难的是考作文。在化学与物理中间,忽然叫你"人生于世"。你的脑子本来已分成若干小块,分得四四方方,清清楚楚,忽然来了个没有准地方的东西,东扑扑个空,西扑扑个空,

中国 20 世纪名家散文经典

除了出汗没有合适的办法。你的心已冷两三天,忽然叫你拿出情绪作用,要痛快淋漓,慷慨激昂,假如题目是"爱国论",或"天下兴亡匹夫有责";你的心要是不跳吧,笔下便无血无泪;跳吧,下午还考物理呢。把定律们都跳出去,或是跳个乱七八糟,爱国是爱了,而定律一乱则没有人替你整理,怎办?幸而不是爱国论,是山中消夏记,心无须跳了。可是,得有诗意呀。仿佛考完代数你更文雅了似的!假如你能逃出这一关去,你便大有希望了,够分不够的,反正你死不了了。被"人生于世"憋死,不是什么稀罕的事。

说回来,考试制度还是最好的制度。被考死的自然无须用提。假若考而不死,你放胆活下去吧,这已明明告诉你,你是十世童男转身。

(原载 1934 年 7 月 1 日《论语》第 44 期)

神的游戏

戏剧不是小说。假若我是个木匠;我一定说戏剧不是大锯。由正面说,戏剧是什么,大概我和多数的木匠都说不上来。对戏剧我是头等的外行。

可是,我作过戏剧。这只有我和字纸篓知道。看别人写戏,我也试试,正如看别人下海,我也去涮涮脚。原来戏剧和小说不是一回事。这个发现,多少是恼人的。

"小说是袖珍戏园"。不错。连卖瓜子的打手巾把的都有地位。形容那位睡着了的观客,和他的梦,都无所不可。一出戏,非把卖瓜子的逐出去不可,那位作梦的先生也该枪毙。戏剧限于台上加点玩艺,而且必定不许台下有人睡觉。一些布景,几个人,说说笑笑或哭哭啼啼,这要使人承认是艺术;天哪,难死人也,景片的绳子松了一些,椅子腿有点活动,都不在话下;她一个劲儿使人明白人生,认识生命,拿揭显代替形容,拿吵嘴当作说理,这简直不可能。可是真有会干这个的!

设若戏剧是"一个"人的发明,他必是个神。小说,二大妈也会是发明人。从头说起吧。立意有了,人物、地点、时间,也都有了,这不应很乐观么?是。于是提起笔来,终于放下,让谁先出来呢?设若是小说,我就大有办法。我能叫一混成旅一齐出来,也能叫一个人没有而大讲秋天的红叶。戏剧家必是个神,他晓得而且毫不迟疑的怎样开始。他似乎有件法宝,一祭起便成了个诛仙阵,把台下的观众灵魂全引进阵去。并且是很简单呀,没有说明书,没有开场词,没有名人的介绍;一

中国20世纪名家散文经典

开幕便单摆浮搁的把阵式列开，一两个回合便把人心捉住，拿活人演活人的事，而且叫台下的活人郑重其事的感到一些什么，傻子似的笑或落泪。这个本事是真本事，我只能使眼前的白纸老那么白着吧。请想，我面对面的，十二分诚恳的，给二大妈述说一件事，她还不能明白，或是不愿听；怎样将两个人放在台上交谈一阵，就使她明白而且乐意听呢？大概不是她故意与我作难，就是我该死。

勉强的打了个头儿。一开幕，一胖一瘦在书房内谈话，窗外有片雪景，不坏。胖子先说话，瘦子一边听一边看报。也好。谈了两三分钟，胖子和瘦子的话是一个味儿，话都非常的漂亮，只是显不出胖子是怎样个人，瘦子是怎么个人。把笔放下，叹气。

过了十分钟，想起来了。该上女角了。女角一露面，胖子和瘦子之间便起了冲突，一起冲突便有了人格。好极了。女角出来了。她也加入谈话，三个人说的都一个味儿，始终是白开水。她打扮得很好，长得也不坏，说话也漂亮；她是怎么个人呢？没办法。胖子不替她介绍，瘦子也不管详述家谱，她自己更不好意思自述。这位救命星原来也是木头的。字纸篓里增多了两三张纸。

天才不应当承认失败，再来。这回，先从后头写。问题的解决是更难写的；先解决了，然后再转回来补充，似乎更保险。小说不必这样，因为无结果而散也是真实的情形。戏剧必须先作茧，到末了变出蛾子来。是的，先出蛾子好了。反正事实都已预备好，只凭一写了。写吧。胖子瘦子和姑娘又都出来了。还是木头的。瘦子娶了姑娘，胖子饮鸩而死，悲剧呀。自己没悲，胖子没悲，虽然是死了！事实很有味儿，就是人始终没活着。胖子和瘦子还打了一场呢，白打，最紧张处就是这一打，我自己先笑了。

念两本前人的悲剧，找点诀窍吧。哼！事实不如我的奇，穿插不如我的巧，言语没有我的情，可是，也不是从哪找来的，前前后后，里里外外，有股悲劲萦绕回环，好似与人物事实平行着一片秋云，空气便是凉飕飕的。不是闹鬼；定是有神。这位神，把人与事放在一个悲的宇宙里。不知道是先造的人呢，还是先造的那个宇宙。一切是在悲壮的律动里，这个律动把二大妈的泪引出来，满满的哭了两三天，泪越多心里越痛快。二大妈的灵魂已到封神台下去，甘心的等着被封为——哪怕是土地奶奶呢，到底是入了神界！

我完了。神始终不照顾我。他不给我这点力量。我的眼总是迷糊，看不见那立体的一小块——其中有人有事有说有笑，一小块人生，一小块真理，一小块悲史，放在心里正合适，放在宇宙里便和宇宙融成一体，如气之与风。戏剧呀，神的游戏。木匠，还是用你的锯吧。

（原载1934年7月14日《大公报》）

中国20世纪名家散文经典

避暑

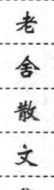

英美的小资产阶级,到夏天若不避暑,是件很丢人的事。于是,避暑差不多成为离家几天的意思,暑避了与否倒不在话下。城里的人到海边去,乡下人上城里来;城里若是热,乡下人干吗来?若是不热,城里的人为何不老老实实的在家里歇着?这就难说了。再看海边吧,各样杂耍,似赶集开店一般,男女老幼,闹闹吵吵,比在家中还累得慌。原来暑本无须避,而面子不能不圆——;夏天总得走这么几日,要不然便受不了亲友的盘问。谁也知道,海边的小旅馆每每一间小屋睡大小五口;这只好尽在不言中。

手中更富裕的,讲究到外国来。这更少与避暑有关。巴黎夏天比伦敦热得多,而巴黎走走究竟体面不小。花几个钱,长些见识,受点热也还值得。可是咱们这儿所说的人们,在未走以前已经决定好自己的文化比别国高,而回来之后只为增高在亲友中的身份——"刚由巴黎回来;那群法国人!"

到中国作事的西人,自然更不能忘了这一套。在北戴河,有三家凑赁一所小房的,住上二天,大家的享受正如圈里的羊。自然也有很阔气的,真是去避暑;可是这样的人大概在哪里也不见得感到热,有钱呀。有钱能使鬼推磨,难道不能使鬼作冰激凌吗?这总而言之,都有点装着玩。外国人装蒜,中国人要是不学,便算不了摩登。于是自从皇上被免职以后,中国人也讲究避暑。北平的西山,青岛,和其他的地方,都和洋钱有同样的响声。还有特意到天津或上海玩玩的,也归在避暑

项下;谁受罪谁知道。

暑,从哲学上讲,是不应当避的。人要把暑都避了,老天爷还要暑干吗?农人要都去避暑,粮食可还有的吃?再退一步讲,手里有钱,暑不可不避,因为它暑。这自然可以讲得通,不过为避暑而急得四脖子汗流,便大可以不必。到避暑期间而闹得人仰马翻,便根本不如在家里和谁打上一架。

所以我的避暑法便很简单——家里蹲。第一不去坐火车;为避暑而先坐二十四小时的特别热车,以便到目的地去治上吐下泻,我就不那么傻。第二不扶老携幼去玩玄:比如上山,带着四个小孩,说不定会有三个半滚了坡的。山上的空气确是清新,可是下得山来,孩子都成了瘸子,也与教育宗旨不甚相合。即使没有摔坏,反正还不吓一身汗?这身汗哪里出不了,单上山去出?第三不用搬家。你说,一家大小都去避暑,得带多少东西?即使出发的时候力求简单,到了地方可就明白过来,啊,没有给小二带乳瓶来!买去吧,哼,该买的东西多了!三叔的固元膏忘下了,此处没有卖的,而不贴则三叔就泻肚;得发快信托朋友给寄!及至东西都慢慢买全,也该回家了,往回运吧,有什么可说的!

一个人去自然简单些,可是你留神吧,你的暑气还没落下去,家里的电报到了——急速回家!赶回来吧,原来没事,只是尊夫人不放心你!本来吗,一个人在海岸上溜,尊夫人能放心吗?她又不是没看过美人鱼的照片。

大家去,独自去,都不好;最好是不去。一动不如一静,心静自然凉。况且一切应用的东西都在手底下:凉席、竹枕、蒲扇、烟卷、万应锭、小二的乳瓶……要什么伸手即得,这就是个乐子。渴了有绿豆汤,饿了有烧饼,闷了念书或作两句诗。早早的起来,晚晚的睡,到了晌午再补上一大觉;光脚没人管,赤背也不违警章,喝几口随便,喝两盅也行。有风便荫凉下坐着,没风则勤扇着,暑也可以避了。

这种避暑有两点不舒服:(一)没把钱花了;(二)怕人问你。都有办法:买点暑药送苦人,或是赈灾,即使不是有心积德,到底钱是不必非花在青岛不可的。至于怕有人问,你可以不见客,等秋来的时候,他们问你,很可以这样说:"老没见,上莫干山住了三个多月。"如能把孩子们嘱咐好了,或者不至漏了底。

(原载 1934 年 8 月 1 日《论语》第 46 期)

习惯

　　不管别位,以我自己说,思想是比习惯容易变动的。每读一本书,听一套议论,甚至看一回电影,都能使我的脑子转一下。脑子的转法像螺丝钉,虽然是转,却也往前进。所以,每转一回,思想不仅变动,而且多少有点进步。记得小的时候,有一阵子很想当"黄天霸"。每逢四顾无人,便掏出瓦块或碎砖,回头轻喊:看镖!有一天,把醋瓶也这样出了手,几乎挨了顿打。这是听《五女七贞》的结果。及至后来读了托尔斯泰等人的作品,就是看了杨小楼扮演的"黄天霸",也不会再扔醋瓶了。你看,这不仅是思想老在变动,而好歹的还高了一二分呢。

　　习惯可不能这样。拿吸烟说吧,读什么,看什么,听什么,都吸着烟。图书馆里不准吸烟,干脆就不去。书里告诉我,吸烟有害,于是想戒烟,可是想完了,照样点上一支。医院里陈列着"烟肺"也看见过,颇觉恐慌,我也是有肺动物啊!这点嗜好都去不掉,连肺也对不起呀,怎能成为英雄呢?!思想很高伟;乃至吃过饭,高伟的思想又随着蓝烟上了天。有的时候确是坚决,半天儿不动些小白纸卷儿,而且自号为理智的人——对面是习惯的人。后来也不是怎么一股劲,连吸三支,合着并未吃亏。肺也许又黑了许多,可是心还跳着,大概一时还不至于死,这很足自慰。什么都这样。按说一个自居"摩登"的人,总该常常携着夫人在街上走走了。我也这么想过,可是作不到。大家一看,我就毛咕:"你慢慢走着,咱们家里见吧!"把夫人落在后边,我自己迈开了大步。什么"尖头曼"、

"方头曼"的,不管这一套。虽然这么说,到底觉得差一点。从此再不双双走街。

明知电影比京戏文明一些,明知京戏的锣鼓专会供给头疼,可是嘉宝或红发女郎总胜不过杨小楼去。锣鼓使人头疼的舒服,仿佛是吧。同样,冰激凌、咖啡、青岛洗海澡、美国橘子,都使我摇头。酸梅汤、香片茶、裕德池、肥城桃,老有种知己的好感。这与提倡国货无关,而是自幼儿养成的习惯。年纪虽然不大,可是我的幼年还赶上了野蛮时代。那时候连皇上都不坐汽车,可想见那是多么野蛮了。

跳舞是多么文明的事呢,我也没份儿。人家印度青年与日本青年,在巴黎或伦敦看见跳舞,都讲究馋得咽唾沫。有一次,在艾丁堡,跳舞场拒绝印度学生进去,有几位差点上了吊。还有一次在海船上举行跳舞会,一个日本青年气得直哭,因为没人招呼他去跳。有人管这种好热闹叫作猴子摹仿,我倒并不这么想。在我的脑子里,我看这并不成什么问题,跳不能叫印度登时独立。也不能叫日本灭亡。不跳呢,更不会就怎样了不得。可是我不跳。一个人吃饱了没事,独自跳跳,还倒怪好。叫我和位女郎来回的拉扯,无论说什么也来不得。看着就是不顺眼,不用说真去跳了。这和吃冰激凌一样,我没有这个胃口。舌头一凉,马上联想到泻肚,其实心里准知道没有危险。

还有吃西餐呢。干净,有一定分量,好消化,这些我全知道。不过吃完西餐要不补充上一碗馄饨两个烧饼,总觉得怪委曲的。吃了带血的牛肉,喝凉水,我一定跑肚。想象的作用。这就没有办法了,想象真会叫肚子山响!

对于朋友,我永远爱交老粗儿。长发的诗人,洋装的女郎,打微高尔夫的男性女性,咬言咂字的学者,满跟我没缘。看不惯。老粗儿的言谈举止是咱自幼听惯看惯的。一看见长发诗人,我老是要告诉他先去理发;即使我十二分佩服他的诗才,他那些长发使我堵得慌。家兄永远到"推剃两从便"的地方去"剃",亮堂堂的很悦目。女子也剪发,在理论上我极同意,可是看着别扭。问我女子该梳什么"头",我也答不出,我总以为女性应留着头发。我的母亲,我的大姐,不都是世界上最好的女人么?她们都没剪发。

行难知易,有如是者。

（原载1934年9月1日《人间世》第11期）

中国20世纪名家散文经典

取钱

　　我告诉你,二哥,中国人是伟大的。就拿银行说吧,二哥,中国最小的银行也比外国的好,不冤你。你看,二哥,昨儿个我还在银行里睡了一大觉。这个我告诉你,二哥,在外国银行里就作不到。

　　那年我上外国,你不是说我随了洋鬼子吗? 二哥,你真有先见之明。还是拿银行说吧,我亲眼得见,洋鬼子再学一百年也赶不上中国人。洋鬼子不够派儿。好比这么说吧,二哥,我在外国拿着张十镑钱的支票去兑现钱。一进银行的门,就是柜台,柜台上没有亮亮的黄铜栏杆,也没有大小的铜牌。二哥你看,这和油盐店有什么分别? 不够派儿。再说人吧,柜台里站着好几个,都那么光梳头,净洗脸的,脸上还笑着;这多下贱! 把支票交给他们谁也行,谁也是先问你早安或午安;太不够派儿了! 拿过支票就那么看一眼,紧跟着就问:"怎么拿? 先生!"还是笑着。哪道买卖人呢?! 叫"先生"还不够,必得还笑,洋鬼子脾气! 我就说了,二哥:"四个一镑的单张,五镑的一张,一镑零的;零的要票子和钱两样。"要按理说,二哥,十镑钱要这一套啰哩啰嗦,你讨厌不,假若二哥你是银行的伙计? 你猜怎么样,二哥,洋鬼子笑得更下贱了,好像这样麻烦是应当应分。喝,登时从柜台下面抽出簿子来,刷刷的就写;写完,又一伸手,钱是钱,票子是票子,没有一眨眼的工夫,都给我数出来了;紧跟着便是:"请点一点,先生!"又是一个"先生",下贱,不懂得买卖规矩! 点完了钱,我反倒愣住了,好像忘了点什么。对了,我并没忘了什么,是奇怪洋鬼子干事——况且是堂堂的大银行——为什么这样快? 赶丧哪? 真他妈的!

二哥,还是中国的银行,多么有派儿!我不是说昨儿个去取钱吗?早八点就去了,因为现在天儿热,银行八点就开门;抓个早儿,省得大晌午的劳动人家;咱们事事都得留个心眼,人家有个伺候得着与伺候不着,不是吗?到了银行,人家真开了门,我就心里说,二哥:大热的天,说什么时候开门就什么时候开门,真叫不容易。其实人家要愣不开一天,不是谁也管不了吗?一边赞叹,我一边就往里走。喝,大电扇忽忽的吹着,人家已经都各按部位坐得稳稳当当,吸着烟卷,按着铃要茶水,太好了,活像一群皇上,太够派儿了。我一看,就不好意思过去,大热的天,不叫人家多歇会儿,未免有点不知好歹。可是我到底过去了,二哥,因为怕人家把我撵出去;人家看我像没事的,还不撵出来么?人家是银行,又不是茶馆。可以随便出入。我就过去了,极慢的把支票放在柜台上。没人搭理我,当然的。有一位看了我一眼,我很高兴;大热的天,看我一眼,不容易。二哥,我一过去就预备好了:先用左腿金鸡独立的站着,为是站乏了好换腿。左腿立了有十分钟,我很高兴我的腿确是有了劲。支持到十二分钟我不能不换腿了,于是就来个右金鸡独立。右腿也不弱,我更高兴了,嗨,爽性来个猴啃桃吧,我就头朝下,顺着柜台倒站了几分钟。翻过身来,大家还没动静,我又翻了十来个跟头,打了些旋风脚。刚站稳了,过来一位,心里说:我还没练两套拳呢;这么快?那位先生敢情是过来吐口痰,我补上了两套拳。拳练完了,我出了点汗,很痛快。又站了会儿,一边喘气,一边欣赏大家的派头——真稳!很想给他们喝个彩。八点四十分,过来一位,脸上要下雨,眉毛上满是黑云,看了我一眼。我很难过,大热的天,来给大家添麻烦。他看了支票一眼,又看了我一眼,好像断定我和支票像亲哥儿俩不像。我很想把脑门子上签个字。他连大气没出把支票拿了走,扔给我一面小铜牌。我直说:"不忙,不忙!今天要不合适,我明天再来;明天立秋。"我是真怕把他气死,大热的天。他还是没理我,真够派儿,使我肃然起敬!

拿着铜牌,我坐在椅子上,往放钱的那边看了一下。放钱的先生——一位像屈原的中年人——刚按铃要鸡丝面。我一想:工友传达到厨房,厨子还得上街买鸡,凑巧了鸡也许还没长成个儿;即使顺当的买着鸡,面也许还没磨好。说不定,这碗鸡丝面得等三天三夜。放钱的先生当然在吃面之前决不会放钱;大热的天,腹里没食怎能办事。我觉得太对不起人了,二哥!心中一懊悔,我有点发困,靠着椅子就睡了。睡得挺好,没蚊子也没臭虫,到底是银行里!一闭眼就睡了五十多分钟;我的身体,二哥,是不错了!吃得饱,睡得着!偷偷的往放钱的先生那边一看,(不好意思正眼看,大热的天,赶劳人是不对的!)鸡丝面还没来呢。我很替他着急,肚子怪饿的,坐着多么难受。他可是真够派儿,肚子那么饿还不动声色,没法不佩服他了,二哥。

大概有十点左右吧,鸡丝面来了!"大概",因为我不肯看壁上的钟——

大热的天,表示出催促人家的意思简直不够朋友。况且我才等了两点钟,算得了什么。我偷偷的看人家吃面。他吃得可不慢。我觉得对不起人。为兑我这张支票再逼得人家噎死,不人道! 二哥,咱们都是善心人哪。他吃完了面,按铃要手巾把,然后点上火纸,咕噜开小水烟袋。我这才放心,他不至于噎死了。他又吸了半点多钟水烟。这时候,二哥。等取钱的已有了六七位,我们彼此对看,眼中都带出对不起人的神气。我要是开银行,二哥,开市的那天就先枪毙俩取钱的,省得日后麻烦。大热的天,取哪门子钱?! 不知好歹!

十点半,放钱的先生立起来伸了伸腰。然后捧着小水烟袋和同事低声闲谈起来。我替他抱不平,二哥,大热的天,十时半还得在行里闲谈,多么不自由! 凭他的派儿,至少该上青岛避两月暑去;还在行里,还得闲谈,哼!

十一点,他回来,放下水烟袋,出去了;大概是去出恭。十一点半才回来。大热的天,二哥,人家得出半点钟的恭,多不容易! 再说,十一点半,他居然拿起笔来写账,看支票。我直要过去劝告他不必着急。大热的天,为几个取钱的得点病才合不着。到了十二点,我决定回家,明天再来。我刚要走,放钱的先生喊:"一号!"我真不愿过去,这个人使我失望! 才等了四点钟就放钱,派儿不到家! 可是,他到底没使我失望。我一过去,他没说什么,只指了指支票的背面。原来我忘了在背后签字,他没等我拔下自来水笔来,说了句:"明天再说吧。"这才是我所希望的! 本来吗,人家是一点关门;我补签上字,再等四点钟,不就是下午四点了吗? 大热的天,二哥,人家能到时候不关门? 我收起支票来,想说几句极合适的客气话,可是他喊了"二号";我不能再耽误人家的工夫,决定回家好好的写封道歉的信! 二哥,你得开开眼去,太够派儿!

(原载 1934 年 10 月 1 日《论语》第 50 期)

中国20世纪名家散文经典

写字

假若我是个洋鬼子,我一定也得以为中国字有趣。换个样儿说,一个中国人而不会写笔好字,必定觉得不是味儿;所以我常不得劲儿。

写字算不算一种艺术,和作官算不算革命,我都弄不清楚。我只知道好字看着顺眼。顺眼当然不一定就是美,正如我老看自己的鼻子顺眼而不能自居姓艺名术字子美。可是顺眼也不算坏事,还没有人因为鼻子长得顺眼而去投河。再说,顺眼也颇不容易;无论你怎样自居为宝玉,你的鼻子没有我的这么顺眼,就干脆没办法;我的鼻子是天生带来的,不是在医院安上的。说到写字,写一笔漂亮字儿,不容易。功夫,天才,都得有点。这两样,我都有,可就是没人求我写字,真叫人起急!

看着别人写,个儿是个儿,笔力是笔力,真馋得慌。尤其堵得慌的是看着人家往张先生或李先生那里送纸,还得作揖,说好话,甚至于请吃饭。没人理我。我给人家作揖,人家还把纸藏起去。写好了扇子,白送给人家,人家道完谢,去另换扇面。气死人不偿命,简直的是!

只有一个办法:遇上丧事必送挽联,遇上喜事必送红对,自己写。敢不挂,玩命!人家也知道这个,哪敢不挂?可是挂在什么地方就大有分寸了。我老得到不见阳光,或厕所附近,找我写的东西去。行一回人情总得头疼两天。

顶伤心的是我并不是不用心写呀。哼,越使劲越糟!纸是好纸,墨是好墨,笔是好笔,工具满对得起人。写的时候,焚

上香,开开窗户,还先读读碑帖。一笔不苟,横平竖直;挂起来看吧,一串倭瓜,没劲!不是这个大那个小,就是歪着一个。行列有时像歪脖树,有时像曲线美。整齐自然不是美的要素;要命是个个字像傻蛋,怎么耍俏怎么不行。纸算糟蹋远了去啦。要讲成绩的话,我就有一样好处,比别人糟蹋的纸多。

可是,"东风常向北,北风也有转南时",我也出过两回锋头。一回是在英国一个乡村里。有位英国朋友死了,因为在中国住过几年,所以留下遗言。墓碣上要几个中国字。我去吊丧,死鬼的太太就这么跟我一提。我晓得运气来了,登时包办下来;马上回伦敦取笔墨砚,紧跟着跑回去,当众开彩。全村子的人横是差不多都来了吧,只有我会写;我还告诉他们:我不仅是会写,而且写得好。写完了,我就给他们掰开揉碎的一讲,这笔有什么讲究,那笔有什么讲究。他们的眼睛都睁得圆圆的,眼珠里满是惊叹号。我一直痛快了半个多月。后来,我那几个字真刻在石头上了,一点也不瞎吹。"光荣是中国的,艺术之神多着一位。天上落下白米饭,小鬼儿闷响的哭;因为仓颉泄露了天机!"我还记得作了这样高伟的诗。

第二回是在中国,这就更不容易了。前年我到远处去讲演。那里没有一个我的熟人。讲演完了,大家以为我很有学问,我就棍打腿的声明自己的学问很大,他们提什么我总知道,不知道的假装一笑,作为不便于说,他们简直不晓得我吃几碗干饭了,我更不便于告诉他们。提到写字,我又那么一笑。喝,不大会儿,玉版宣来了一堆。我差点乐疯了。平常老是自己买纸,这回我可捞着了!我也相信这次必能写得好:平常总是拿着劲,放不开胆,所以写得不自然;这次我给他个信马由缰,随笔写来,必有佳作。中堂,屏条,对联,写多了,直写了半天。写得确是不坏,大家也都说好。就是,在我辞别的时候,我看出点毛病来:好些人跟招待我的人嘀咕,我很听见了几句:"别叫这小子走!""那怎好意思?""叫他赔纸!""算了吧,他从老远来的。"……招待员总算懂眼,知道我确是卖了力气写的,所以大家没一定叫我赔纸;到如今我还以为这一次我的成绩顶好,从量上质上说都下得去。无论怎么说,总算我过了瘾。

我知道自己的字不行,可有一层,谁的孩子谁不爱呢!是不是,二哥?

(原载 1934 年 12 月 16 日《论语》第 55 期)

读书

若是学者才准念书,我就什么也不要说了。大概书不是专为学者预备的;那么,我可要多嘴了。

从我一生下来直到如今,没人盼望我成个学者;我永远喜欢服从多数人的意见。可是我爱念书。

书的种类很多,能和我有交情的可很少。我有决定念什么的全权;自幼儿我就会逃学,愣挨板子也不肯说我爱《三字经》和《百家姓》。对,《三字经》便可以代表一类——这类书,据我看,顶好在判了无期徒刑后去念,反正活着也没多大味儿。这类书可真不少,不知道为什么;也许是犯无期徒刑罪的太多;要不然便是太少——我自己就常想杀些写这类书的人。我可是还没杀过一个,一来是因为——我才明白过来——写这样书的人敢情有好些已经死了,比如写《尚书》的那位李二哥。二来是因为现在还有些人专爱念这类书,我不便得罪人太多了。顶好,我看是不管别人;我不爱念的就不动好了。好在,我爸爸没希望我成个学者。

第二类书也与咱无缘:书上满是公式,没有一个"然而"和"所以"。据说,这类书里藏着打开宇宙秘密的小金钥匙。我倒久想明白点真理,如地是圆的之类;可是这种书别扭,它老瞪着我。书不老老实实的当本书,瞪人干吗呀?我不能受这个气!有一回,一位朋友给我一本《相对论原理》,他说:明白这个就什么都明白了。我下了决心去念这本宝贝书。读了两

个"配纸①",我遇上了一个公式。我跟它"相对"了两点多钟!往后边一看,公式还多了去啦!我知道和它们"相对"下去,它们也许不在乎,我还活着不呢?

可是我对这类书,老有点敬意。这类书和第一类有些不同,我看得出。第一类书不是没法懂,而是懂了以后使我更糊涂。以我现在的理解力——比上我七岁的时候,我现在满可以作圣人了——我能明白"人之初,性本善"。明白完了,紧跟着就糊涂了;昨儿个晚上,我还挨了小女儿——玫瑰唇的小天使——一个嘴巴。我知道这个小天使性本不善,她才两岁。第二类书根本就看不懂,可是人家的纸上没印着一句废话;懂不懂的,人家不闹玄虚,它瞪我,或者我是该瞪。我的心这么一软,便把它好好放在书架上;好打好散,别太伤了和气。

这要说到第三类书了。其实这不该算一类;就这么算吧,顺嘴。这类书是这样的:名气挺大,念过的人总不肯说它坏,没念过的人老怪害羞的说将要念。譬如说《元曲》,太炎"先生"的文章,罗马的悲剧,辛克莱的小说,《大公报》——不知是哪儿出版的一本书——都算在这类里,这些书我也都拿起来过,随手便又放下了。这里还就属那本《大公报》有点劲。我不害羞,永远不说将要念。好些书的广告与威风是很大的,我只能承认那些广告作得不错,谁管它威风不威风呢。

"类"还多着呢,不便再说;有上面的三项也就足所证明我怎样的不高明了。该说读的方法。

怎样读书,在这里,是个自决的问题;我说我的,没勉强谁跟我学。第一,我读书没系统。借着什么,买着什么,遇着什么,就读什么。不懂得放下,使我糊涂的放下,没趣味的放下,不客气。我不能叫书管着我。

第二,读得很快,而不记住。书要都叫我记住,还要书干吗?书应该记住自己。对我,最讨厌的发问是:"那个典故是哪儿的呢?""那句话是怎么来着?"我永不回答这样的考问,即使我记得。我又不是印刷机器养的,管你这一套!

读得快,因为我有时候跳过几页去。不合我的意,我就练习跳远。书要是不服气的话,来跳我呀!看侦探小说的时候,我先看最后的几页,省事。

第三,读完一本书,没有批评,谁也不告诉。一告诉就糟:"嘿,你读《啼笑因缘》?"要大家都不读《啼笑因缘》,人家写它干吗呢?一批评就糟:"尊家这点意见?"我不惹气。读完一本书再打通儿架,不上算。我有我的爱与不爱,存在我自己心里。我爱念什么就念,有什么心得我自己知道,这是种享

---

① 英语 page(页)的谐音。

受,虽然显得自私一点。

再说呢,我读书似乎只要求一点灵感。"印象甚佳"便是好书,我没工夫去细细分析它,所以根本便不能批评。"印象甚佳"有时候并不是全书的,而是书中的一段最入我的味;因为这一段使我对这全书有了好感;其实这一段的美或者正足以破坏了全体的美,但是我不去管;有一段叫我喜欢两天的,我就感谢不尽。因此,设若我真去批评,大概是高明不了。

第四,我不读自己的书,不愿谈论自己的书。"儿子是自己的好",我还不晓得,因为自己还没有过儿子。有个小女儿,女儿能不能代表儿子,就不得而知。"老婆是别人的好",我也不敢加以拥护,特别是在家里。但是我准知道,书是别人的好。别人的书自然未必都好,可是至少给我一点我不知道的东西。自己的,一提都头疼!自己的书,和自己的运气,好像永远是一对儿累赘。

第五,哼,算了吧。

(原载1934年12月《太白》第1卷第7期)

有钱最好

既是苦命人,到处都得受罪。穷大奶奶逛青岛,受洋罪;我也正受着这种洋罪。

青岛的青山绿水是给诗人预备的,我不是诗人。青岛的洋楼汽车是给阔人预备的,我有时候袋里剩三个子儿。享受既然无缘,只好放在一边,单表受罪。

第一先得说房。大小不拘,这里的房全是洋式。由房东那方面看,租钱不算多;由住房儿的看,像我这样的人,简直一月月的干给房钱赶网。吃也不算贵,喝也不算贵;房没有贱的。房既然贵,自然住不起一整所儿,所以大多数的楼房是分租的,一层儿两三间房租给一家。住楼上的呢,得上下跑腿;而且费煤,因为高处得风,墙又不厚。住楼下的,自然省了脚,也较比的暖一点,可是乐不抵苦。您别看大家都洋服啷当儿的,讲到公德心,青岛的人并不比别处的文明。楼的建筑根本是二五八,楼板也就是一寸来厚,而楼上的人们,绝不会想到楼下还有人。希望大家铺地毯,未免所求过奢;能垫上点席子的便很难得。要赶上楼上有那么七八个孩子,那就蛤蟆垫桌腿儿,死挨。人家能把楼板跺得老忽闪忽闪的动,时时有塌下来的可能。自然没人能管住小孩不走不跳,可是能够作到的也没人作。比如说椅子腿上包点布,或者不准小孩拉椅子,这很容易办吧?哼,没那回事。你莫名其妙楼上怎会有那么多

中国20世纪名家散文经典

椅子,更不知道为什么老在那儿拉。你晓得楼上拉椅子多么难听,它钻脑子,叫人想马上自杀。可是谁叫你住楼下呢!你乘早不用去请求,住楼上的理直气壮。"哟,我们的孩子会闹?那可奇怪!拉椅子?我们的小孩可就是喜欢拉椅子玩。在楼上踢毽?可不是,小孩还能不玩?"楼上的人都这么和气而且近情近理。你只有一条路,搬家。

搬吧,都调查好了,同楼的小孩少,大人也规矩,你很喜欢。搬过去一看,院里有八条狗!青岛是带洋派的地方,讲究养狗。可是养狗的人想不起去溜溜它们,狗屎全摆在院中。狗名儿都是洋的,什么济美、什么邦走;敢情洋名的狗拉洋屎,也是臭的。济美们还叫呢,要赶上你要睡会儿觉,或是孩子刚睡着,人家才叫得凶呢!

还得搬哪!这回可好,没有小孩,也没有狗。早晨七点来钟,人家唱上了。青岛的京戏最时兴。早晨唱过了,那敢情不过是喊喊嗓子。大轴子是在晚上,胡琴拉着,生末净旦丑俱全,唱开了没头儿。唱得好听的自然不是没有味;叫人想自杀的也不少。你怎办?还得搬家。

搬一回家,要安一回灯,挂一回帘子,洋房吗。搬一回家,要到公司报一回灯,报一回水,洋派吗。搬一回家,要损失一些东西,损失一些钱,洋罪吗。

好房子有哇,也得住得起呀。算了吧,房子够了。

带洋字的,还就是洋车好,干净,雨布风帘也齐全;可就是贵。一上车就是一毛钱,稍微远那么一点就得两毛。我的办法是不坐。这有点对不起"车友"们,可是有什么办法呢?自行车也不好骑,净是山路,坡得要命。最好是坐汽车,其次就是走,据我看。汽车呢,连那个喇叭咱也买不起;即使勉强的买个喇叭,不是还得自己走路;干脆,咱走就是了。青岛的空气却是不坏,可惜脚受点委屈!

关于食,没有什么可说的。饭馆子不少,中菜西菜都有。价钱都可以的,所以咱还是消极抵抗,不吃。自己家里作菜倒不贵,鱼虾现成,而且新鲜。别的肉类菜蔬也说不上贵来;吃饱了拉倒,这倒好办。馋了呢?活该!

穿,随便。青年人多数穿洋服,也很有些穿得很讲究的。咱向来不讲究穿,给它个不在乎。这占了已结婚的便宜。设若正在"追求"期间,我想我也得多一份洋罪。不穿洋服,可是我天天刮胡子,这一来是耍洋派,二来表示我并不完全不怕太太。完全不怕太太的人不易发财,真的!

说到了玩,此地没有什么游艺场。此地根本是个避暑的所在,成年价在这儿住,当然是别扭。京戏偶而来几个名角,戏价总要两三块,咱犯不上去。平日呢,老有蹦蹦戏,听着又不过瘾。电影院有几处,夏天才来好片子;冬天

只是对付事儿,我假装的避暑,赶到惊蛰再去,也还不迟。公园真好,道路真好,海岸真好,遇上晴天我便去走,既不用花钱,而且接近了自然。在别方面受的罪,由这个享受补过来,这叫作穷欢喜。

总起来说,青岛不是个坏地方,官员们也真卖力气建设。所谓洋罪,是我的毛病,穷。假若我一旦发了财,我必定很喜欢这里。等着吧,反正咱不能穷一辈子。

(原载1935年3月1日《论语》第60期)

中国20世纪名家散文经典

西红柿

所谓番茄炒虾仁的番茄，在北平原叫作西红柿，在山东各处则名为洋柿子，或红柿子。想当年我还梳小辫，系红头绳的时候，西红柿还没有番茄这点威风。它的价值，在那不文明的时代，不过与"赤包儿"相等，给小孩子们拿着玩玩而已。大家作"娶姑娘扮姐姐"玩耍的时节，要在小板凳上摆起几个红胖发亮的西红柿，当作喜筵，实在漂亮。可是，它的价值只是这么点，而且连这一点还不十分稳定，至于在大小饭铺里，它是完全没有份儿的。这种东西，特别是在叶子上，有些不得人心的臭味——按北平的话说，这叫作"青气味儿"。所谓"青气味儿"，就是草木发出来的那种不好闻的味道，如楮树叶儿和一些青草，都是有此气味的。可怜的西红柿，果实是那么鲜丽，而被这个味儿给累住，像个有狐臭的美人。不要说是吃，就是当"花儿"看，它也是没有"凉水茄""番椒"等那种可以与美人蕉、翠雀儿等草花同在街上售卖的资格。小孩儿拿它玩耍，仿佛也是出于不得已；这种玩艺儿好玩不好吃，不像落花生或枣子那样可以"吃玩两便"。其实呢，西红柿的味道并不像它的叶子那么臭恶，而且不比臭豆腐难吃，可是那股青气味儿到底要了它的命。除了这点味道，恐怕它的失败在于它那点四不像的劲儿：拿它当果子看待，它甜不如果，脆不如瓜；拿它当菜吃，煮熟之后屁味没有，稀松一堆，没点"嚼头"；它最宜生吃，可是那股味儿，不果不瓜不菜，亦可以休矣！

西红柿转运是在近些年，"番茄"居然上了菜单，由英法大

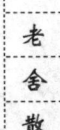

菜馆而渐渐侵入中国饭铺,连山东馆子也要报一报"番茄虾银(仁)儿"!文化的侵略哟,门牙也挡不住呀!可是细一看呢,饭馆里的番茄这个与那个,大概都是加上了点番茄汁儿,粉红怪可看,且不难吃;至于整个的鲜番茄,还没多少人肯大嘴的啃。肯生吞它的,或者还得算留过洋的人们和他们的儿女,到底他们的洋味地道些。近来西医宣传西红柿里含有维他命 A 至 W,可是必须生吃,这倒有点别扭。不过呢,国人是注意延年益寿,滋阴补肾的东西,或者这点青气味儿也不难于习惯下来的;假如国医再给证明一下:番茄加鹿茸可以壮阳种子,我想它的前途正自未可限量咧。

(原载 1935 年 7 月 14 日青岛《民报》)

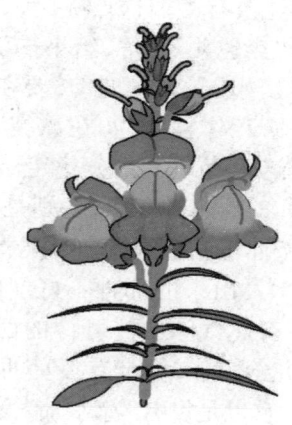

中国20世纪名家散文经典

鬼与狐

我所见过的鬼都是鼻眼俱全，带着腿儿，白天在街上溜达的。夜里出来活动的鬼，还未曾遇到过；不是他们的过错，而是因为我不敢走黑道儿。平均的说，我总是晚上九点后十点前睡觉，鬼们还未曾出来；一睁眼就又天亮了，据说鬼们是在鸡鸣以前回家休息的。所以我老与鬼们两不照面，向无交往。即使有时候鬼在半夜扒着窗户看看我，我向来是睡得如死狗一般，大概他们也不大好意思惊动我。据我推测，鬼的拿手戏是在吓唬人；那么，我夜间不醒，他也就没办法。就是他想一口冷气把我吹死，到底未能先使我的头发立起如刺猬的样子，他大概是不会过瘾的。

假若黑夜的鬼可以躲避，白天的鬼倒真没法儿防备。我不能白天也老睡觉。只要我一上街，总得遇上他。有时候在家中静坐，他会找上门来。夜里的鬼并不这样讨人嫌。还有呢，夜间的鬼有种种奇装异服与怪脸面，使人一见就知道鬼来了，如披散着头发，吐着舌头，走道儿没声音，和驾着阴风等等。这些特异的标帜使人先有个准备，能打呢就和他开仗，如若个子太高或样子太可怕呢，咱就给他表演个二百米或一英里竞走，虽然他也许打破我的纪录，而跑到前面去，可是到底我有个希望。白天的鬼，哼，比夜间的要厉害着多少倍，简直不知多少倍。第一，他不吐舌头，也不打旋风；他只在你不留神的时候，脚底下一绊，你准得躺下。他的样子一点也不见得比我难看，十之八九是胖胖的，一肚子鬼胎。他要能吓唬你，

自然是见面就"虎"一气了;可是一般的说,他不"虎",而是嬉皮笑脸的讨人喜欢,等你中了他的计策之后,你才觉出他比棺材板还硬还凉。他与夜鬼的分别是这样:夜鬼拿人当人待,他至多不过希望拉个替身;白日鬼根本不拿人当人,你只是他的诡计中的一个环节,你永远逃不出他的圈儿。夜鬼大概多少有点委屈,所以白脸红舌头的出出恶气,这情有可原。白日鬼什么委屈也没有,他干脆要占别人的便宜。夜鬼不讲什么道德,因为他晓得自己是鬼;白日鬼很讲道德,嘴里讲,心里是男盗女娼一应俱全。更厉害的是他比夜鬼的心眼多,他知道怎样有组织,用大家的势力摆下迷魂大阵,把他所要收拾的一一的捉进阵去。在夜鬼的历史里,很少有大头鬼、吊死鬼等等联合起来作大规模运动的。白日鬼可就两样了,他们永远有团体,有计划,使你躲开这个,躲不开那个,早晚得落在他们的手中。夜鬼因为势力孤单,他知道怎样不专凭势力,而有时也去找个清官,如包老爷之流,诉诉委屈,而从法律上雪冤报仇。白日鬼不讲这一套,世上的包老爷多数死在他们的手里,更不用说别人了。这种鬼的存在似乎专为害人,就是害不死人,也把人气死。他们什么也晓得,只是不晓得怎样不讨厌。他们的心眼很复杂,很快,很柔软——像块皮糖似的怎揉怎合适,怎方便怎去。他们没有半点火气,地道的纯阴,心凉得像块冰似的,口中叼着大吕宋烟。

这种无处无时不讨厌的鬼似乎该有个名称,我想"不知死的鬼"就很恰当。这种鬼虽具有人形,而心肺则似乎不与人心人肺的标本一样。他在顶小的利益上看出天大的甜头,在极黑暗的地方看出美,找到享乐。他吃,他唱,他交媾,他不知道死。这种玩艺们把世界弄成了鬼的世界,有地狱的黑暗,而无其严肃。

鬼之外,应当说到狐。在狐的历史里,似乎女权很高,千年白狐总是变成妖艳的小娘子——可惜就是有时候露出点小尾巴。虽然有时候狐也变成白发老翁,可是究竟是老翁,少壮的男狐精就不大听说。因此,鬼若是可怕,狐便可怕而又可喜,往往使人舍不得她。她浪漫。

因为浪漫,狐似乎有点傻气,至少比"不知死的鬼"傻多了。修炼了千年或更长的时间才能化为人形,不刻苦的继续下功夫,却偏偏为爱情而牺牲,以至被张天师的张手雷打个粉碎,其愚不可及也。况且所爱的往往不是有汽车高楼的痴胖子,而是风流年少的穷书生;这太不上算了,要按着世上女鬼的逻辑说。

狐的手段也不高明。对于得恶他们的人,只会给饭锅里扔把沙子,或把茶壶茶碗放在厕所里去。这种办法太幼稚,只能恼人而不叫人真怕他们。于是人们请来高僧或捉妖的老道,门前挂上符咒,老少狐仙便即刻搬家。在这一点上,狐远不及鬼,更不及白日的鬼。鬼会在半夜三更叫唤几声,就把人吓得藏在被窝里出白毛汗,至少得烧点纸钱安慰安慰冤魂。至于那白日

中国 20 世纪名家散文经典

鬼就更厉害了,他会不动声色的,跟你一块吃喝的工夫,把你送到阴间去,到了阴间你还不知道是怎回事呢。

我以为说鬼与狐的故事与文艺大概多数的是为造成一种恐怖,故意的供给一种人为的哆嗦,好使心中空洞的人有些一想就颤抖的东西——神经的冷水浴。在这个目的以外,也许还有时候含着点教训,如鬼狐的报恩等等。不论是怎样吧,写这样故事的人大概都是为避免着人事,因为人事中的阴险诡诈远非鬼所能及;鬼的能力与心计太有限了,所以鬼事倒比较的容易写一些。至于鬼狐报恩一类的事,也许是求之人世而不可得,乃转而求诸鬼狐吧。

(原载 1936 年 7 月 1 日《论语》第 91 期)

中国20世纪名家散文经典

代语堂先生拟赴美宣传大纲

话说林语堂先生,头戴纱帽盔,上面两个大红丝线结子;遮目的是一对崂山水晶墨镜,完全接近自然,一点不合科学的制法。身上穿着一件宝蓝团龙老纱大衫,铜纽扣,没有领子——因为反对洋服的硬领,所以更进一步的爽性光着脖子。脚上一双青大缎千层底圆口皂鞋,脚脖儿上豆青的绸带扎住裤口。右手里一把斑竹八根架纸扇,一面画的是淡墨山水,一面自己写的一小段舒白香游山日记——写得非常的好,因为每个字旁都由林先生自己画了双圈。左手提着云南制的水烟袋,托子是珐琅的,非常的古艳。

林先生的身上自然还有别的东西,一一的说来未免有点烦絮;总而言之,他身上没有一件足以惹人怀疑是否国产的物品。这倒不全为提倡国货;每一件东西都是顶古雅精美的,顺手儿也宣传着东方文化。

林先生本打算雇一条带帆的渔船,或西湖上的游艇,在太平洋里一面钓着鱼,一面缓缓前进。这个办法既足以证实他的艺术生活,又足以使两个老渔夫或一对船娘能自食其力的挣口饭吃——后者恐怕是这个计划的主要目的。不过,即使大家都不怕慢,走上三五个月满不在乎,可是小船——虽然是那么有画意——恐怕干不过海洋里的风浪。真要是把老渔夫或船娘都喂了海鱼,未免有悖于人道主义。算了吧,只好坐海船吧。

为减少轮船上的俗气与洋味,林先生带着个十岁的小书

僮:头上梳着两个抓髻,系着鲜红的头绳。林先生坐在甲板上的藤椅上,书僮捧着瑶琴一旁侍立。琴上无弦,省得去弹;只是个"意思"而已。

一"海"无话,林先生吃得胖胖的,就到了美国。船一到码头,新闻记者如蜜蜂一般拥上前来,全是找林先生的。林先生命书僮点起檀香,提着景泰蓝香炉在前引路,徐徐的前进。新闻记者围上前来,林先生深感不快,乃曼声曰:"吾乃——'吾国吾民'之著者是也!没别的可说!"众畏其威,乃退。不过,林先生的相,在他没甚留神的时候,已被他们照了去;在当日的晚报就登印出来。

歇兵三日,林先生拟出宣传大纲:

一、男人应否怕老婆——阳纲不振为西方文化之大毛病。予之来所以使懦夫立也——林先生的文字是文言与白话两搀着的,特别是在草拟大纲的时候。公鸡打鸣,母鸡生蛋,天然有别。不可强易。男女平等,本是男的种田,女的纺线,各尽其职之谓。反之,像英美各国,男儿拼命挣钱,老婆不管洗衣作饭;哪道婚姻,什么平等!妇道不修,于是在恋爱之前已打听好怎样离婚,以便争取生活费,哀哉!中国古圣先贤都说夫为妻纲,已预知此害;西方无此种圣人,故大吃其亏。宜速迎东方活圣人一位,封为国师!

二、男人怎样可以不怕老婆——在今日的中国,怕老婆者穿洋服。与夫人同行,代她拿伞,抱孩子。洋服者,西洋之服,自古已然,怕老婆非一日矣!为今之计,西洋男子应马上改穿中服,以免万劫茫茫。中服威严,虽贾波林穿上亦无局促瘦窘之相。望而生畏,女人不敢大发雌威矣。中服舒服,男人知道求舒服,女人即知责任之所在;反之,自上锁镣,硬领皮鞋,以示甘受苦刑,则女人见景生情,必使跪着顶灯;猛醒吧,西洋男子!中服使人安详自在。气度安详,则威而不猛,增高身份。譬若老婆发了命令,穿大衫之丈夫可漫应之,Yes, dear;而许久不动,直至对方把命令改成央求,乃徐徐起立。穿西服之丈夫鲜能为此:洋服表示干净利落之精神,一闻令下,必须疾驱而前,显出敏捷脆快;Yes, dear,未及说完,早已一道闪光而去,脸上笑容充满宇宙。久之,夫人并发令之劳且厌之,而眉指颐使,丈夫遂成了专看眼神的动物!这还了得,西洋男子必须革命!

三、中西文化及其苍蝇——东方人的闲适,使苍蝇也得到自由;西方人的固执,苍蝇大受压迫。世界大同,虽是个理想,但总有实现之一日。以苍蝇言,在大同主义之下,必有其东方的自由,而受过西方科学的洗礼;"明日"之苍蝇必为消毒的苍蝇,活泼泼的而不负传染恶疾的责任。此事虽小,足以喻大;明乎此,可与言东西文化之交映成辉矣(此项下还有许多节目,如中西文化及其蜈蚣,中西文化及其青蛙等,即不备录)。

四、东西的艺术及其将来:西方的艺术大体上说来,总免不了表现肉感,裸体画与雕刻是最明显的例子。东方的艺术,反之,却表现着清涤肉感,而

给现实生活一些云烟林水之气。由这一点上来看,西方的精神是斑斓猛虎,有它的猛勇,活跃,及直爽;东方的精神是淡远的秋林,有它的安闲,静恬,及含蓄。这样说来,仿佛各有所长,船多并不碍江。可是细那么一想,则东方的精神实在是西方文化的矫正,特别是在都市文化发达到出了毛病的时候——像今日。西方今日之需要静恬,就是没别的更好的办法,至少也须常常看到一种秋江夕照的图画(如林先生扇子上所画的那个),常常听到一种平沙落雁的音乐,而把客厅里悬着的大光眼儿,二光眼儿,一律暂时收起。光屁股艺术有它的直爽与健康,但乐园的亚当与夏娃并非只以一丝不挂为荣,还有林花虫蝶之乐。况且假若他俩多注意些花鸟之趣,而一心无邪,恐怕到如今还住在那里——闲着画几幅山水儿什么的,给天使们鉴赏,岂不甚好?!

五、吾国与吾民——有书为证,顶好大家手执一册,焚香静读,你们多得些知识,我多收点版税,两有益的事儿。

六、幽默的意义与技巧——专为美国大学生讲;女生暂不招待,以使听完不懂得发笑,大杀风景。

七、中国今日的文艺——专为研究比较文学的讲演,听讲时须各携烟斗或香烟与洋火。讲题:(1)《论语》的创始与发展。(2)《人间世》的生灭。(3)《宇宙风》怎样刮风。

(原载 1936 年 8 月《逸经》第 11 期)

相片

在今日的文化里,相片的重要几乎胜过了音乐、图画与雕刻等等。在一个摩登的家庭里,没有留声机,没有名人字画,没有石的或铜的刻像,似乎还可以下得去;设若没几张相片,或一二相片本子,简直没法活下去!不用说是一个家庭,就是铺户、旅馆、火车站、学生宿舍,没有相片就都不像一回事。电车上"谨防扒手"的下面要是没有几片四寸的半身照相,就一定显着空洞。水手们身上要是不带着几张最写实不过的妖精打架二寸艺术照相,恐怕海上的生活就要加倍难堪了。想想看,一个设备很完全的学校,而没有年刊或同学录,一个政府机关里而没有些张窄长的这个全体与那个周年的相片!至于报纸与杂志,哼,就是把高尔基的相误注为托尔斯泰的,也比空空如也强!投考、领护照、定婚、结婚、拜盟兄弟,哪一样可以没有相片?即使你天生来的反对照相,你也得去照;不然,你就连学校也不要入,连太太也不用娶,你乘早儿不用犯这个牛脖子——"请笑一点",你笑就是了。儿童、妇女、国货、航空,都有"年"。年,究竟是年,今年甲子,明年乙丑,过去就完事;至于照相,这个世纪整个的是"照相世纪";想想,你逃得出去吗?

还是先说家庭吧。比如你的屋中挂着名家的字画,还有些古玩,雅是雅了,可是第一你就得防贼,门上加双锁,窗上加铁栅,连这样,夜间有个风声草动,你还得咳嗽几声;设若是明火,进来十几位蒙面的好汉,大概你连咳嗽也不敢了。这何苦呢?相片就没这种危险,谁也不会把你父亲的相偷去当他的爸爸,这不是实话么?

就满打没这个危险,艺术作品或古玩也远不及相片的亲切与雅俗共赏。一张名画，在普通的人眼中还不如理发馆壁上所悬的"五福临门"，而你的朋友亲戚不见得没有普通人。你夸奖你的名画，他说看不上眼，岂不就得打吵子？相片人人能看得懂，而且就是照得不见佳也会有人夸好。比如令尊的相片加了漆金框悬在墙上，多么笨的人也不会当着你的面儿说："令尊这个相还不如五福临门好看！"绝对不会。即使那个相真不好看，人家也得说："老爷子福相，福相！"至不济，也会夸奖句："框子配得真好！"

以此类推，尊家自己，尊夫人，令郎令媛，都有相片，都能得到好评，这够多么快活呢！？况且相片遮丑，尊家面上的麻子，与尊夫人脸上的小沙漠似的雀斑，都不至于照上；你自己看着起劲，朋友们也不必会问："照片上怎么忘掉你的麻子？"站在一张图画前面，不管懂与否，谁都想批评批评，为表示自己高明，当着一个人，谁也不愿对他的面貌发表意见；看相片也是如此。

有相片就有话说，不至于宾主对愣着。

"这是大少爷吧？"

"可不是？上美国读书去了。"

"近来有信吧？"

打这儿，就由大少爷谈到美国，又由美国谈回来，碰巧了就二反投唐再谈回美国去，话是越说越多，而且可以指点着相片而谈，有诗为证：句句是真，交情乃厚。

最好是有一二相片本子。提到大少爷，马上拿出本子来：

"这是他满月时候照的，他生在福州，那时先严正在福州作官。"话又远去了，足够写三四本书的。假若没有这可宝贵的本子，你怎好意思突乎其来的说：先严在福州作过官？而使朋友吓一跳，当是你的脑子有毛病。

遇上两位话不投缘，而屡有冲突起来的危险的客人，相片本子——顶好是有两本——真是无价之宝。一看两位的眼神不对，你应当很自然的一人递给一本。他们正在，比如说，为袁世凯是否伟人而要瞪眼的时候，你把大少爷生在福州，和二小姐已经定婚的照片翻开，指示给他们。他们一个看福州生的胖小子，一个看将要成为新娘子的二小姐，自然思想换了地方，一个问你一套话，而袁世凯或者不成为问题了。要不然，这个有很大的危险。假若你没有相片本子，而二位抓住袁世凯不撒手，你要往折中里一说，说二位各有各的理，他们一定都冲着你来了；寡不敌众，你没调停好，还弄一鼻子灰。你要是向着一边说话，不用说，那就非得罪一边不可，也许因此而飞起茶碗——在你家里，茶碗自然是你的。你要是一声不出，听着他们吵，赶到彼此已说无可说而又不想打架的时候，他们就会都抱怨你不像个朋友。你若是不分青红皂白而把客人一齐逐出去，那就更糟，他们也许在你的门口吵嚷一阵，而同声的骂你不懂交情。总之，你非预备两个本子不可！

赶到朋友多的时候，你只有一张嘴，无论如何也应酬不过来，相片本子

可以替你招待客人。找那不爱说话的,和那顶爱说话的,把本子送过去;那位一声不出的可以不至死板板的坐在那里,那位包办说话的也不好再转着弯儿接四面八方的话。把这两极端安置好,你便可以从容对付那些中庸的客人了。这比茶点果子都更有效。爱说话的人,宁可牺牲了点心,也不放弃说话。至于茶,就更不挡事;爱说话的人会一劲儿的说,直等茶凉了,一口灌下去,赶一紧接着再说。果子也不行,有人不喜欢吃凉的,让到了他,他还许摆出些谱儿来:"一向不大动凉的,不过偶而的吃一个半个的,假如有玫瑰香葡萄之类。"你听,他是挖苦你没预备好果子。相片本子既比茶点省钱,又不至被人拒绝,大概谁也不会说:"一向讨厌看相片!"

相片里有许多人生的姿体,打开一本照相,你可以有许多带着感情的话。假若你现在的事由不如从前了,看看相片,你可以对友人说:"这是前十年的了,那时候还不像这么狼狈!"这种牢骚是哀而不伤的,因为现在狼狈,并不能抹杀过去的光荣,回忆永是甜美的,对于兄弟儿女,都能起这种柔善的感情:"看,这是当年的老六,多么体面,谁能想到他会……"你虽然依旧恨着老六,可是看着当年的照片,你到底想要原谅他。看着相片说些富有感情的话,你自己痛快,别人听着也够味儿。没若你会作诗的话,顶好在相片边题上些小诗,就更见出人生的味道。

不过,有些相片是不好摆进本子去的,你应当留神。歪戴帽或弄鬼脸的,甚至于扮成十三妹的相片,都可以贴上,因为这足以表示你颇天真,虽然你在平日是个完全的君子人,可是心田活泼泼的,也能像孩子般的淘气,这更见英雄的本色。至于背着尊夫人所接到的女友小照,似乎就不必公开的展览。爽直是可贵的,可是也得有个分寸。这个,你自然晓得;不过,我更嘱咐你一句:这类的相片就是藏起来也得要十分的严密,太太们对这种玩艺是特别注意的。

(原载1936年9月《逸经》第13期)

婆婆话

　　一位友人从远道而来看我，已七八年没见面，谈起来所以非常高兴。一来二去，我问他有了几个小孩？他连连摇头，答以尚未有妻。他已三十五六，还作光棍儿，倒也有些意思；引起我的话来，大致如下：

　　我结婚也不算早，作新郎时已三十四岁了。为什么不肯早些办这桩事呢？最大的原因是自己挣钱不多，而负担很大，所以不愿再套上一份麻烦，作双重的马牛。人生本来是非马即牛，不管是贵是贱，谁也逃不出衣食住行，与那油盐酱醋。不过，牛马之中也有些性子刚硬的，挨了一鞭，也敢回敬一个别扭。合则留，不合则去，我不能在以劳力换金钱之外，还赔上狗事巴结人，由马牛调作走狗。这么一来，随时有卷起铺盖滚蛋的可能，也就得有些准备：积极的是储蓄俩钱，以备长期抵抗；消极的是即使挨饿，独身一个总不致灾情扩大。所以我不肯结婚。卖国贼很可以是慈父良夫，错处是只尽了家庭中的责任，而忘了社会国家。我的不婚，越想越有理。

　　及至过了三十而立，虽有桌椅板凳亦不敢坐，时觉四顾茫然。第一个是老母亲的劝告，虽然不明说："为了养活我，你牺牲了自己，我是怎样的难过！"可是再说硬话实在使老人难堪；只好告诉母亲：不久即有好消息。君子一言，驷马难追；一透口话，就满城风雨。朋友们不论老少男女，立刻都觉得有作媒的资格，而且说得也确是近情近理；平日真没想到他们能如此高明。还普遍而且最动听的——不晓得他们都是从哪儿学来的这一套？——是：老光棍儿正如老姑娘。独居惯了就慢慢

养成绝户脾气——万要不得的脾气！一个人,他们说,总得活泼泼的,各尽所长,快活的忙一辈子。因不婚而弄得脾气古怪,自己苦恼,大家不痛快,这是何苦？这个,的确足以打动一个卅多岁,对世事有些经验的人！即使我不希望升官发财,我也不甘成为一个老别扭鬼。

那么经济问题呢？我问他们。我以为这必能问住他们,因为他们必不会因为怕我成了老绝户而愿每月津贴我多少钱。哼,他们的话更多了。第一,两个人的花销不必比一个人多到哪里去；第二,即使多花一些,可是苦乐相抵,也不算吃亏；第三,找位能挣些钱的女子,共同合作,也许从此就富裕起来；第四,就说她不能挣钱,而且多花一些,人生本来是经验与努力,不能永远消极的防备,而当努力前进。

说到这里,他们不管我相信这些与否,马上就给我介绍女友了。仿佛是我决不会去自己找到似的。可是,他们又有文章。恋爱本无须找人帮忙,他们晓得；不过,在恋爱期间,理智往往弱于感情；一旦造成了将错就错的局面,必会将恩作怨,糟糕到底。反之,经友人介绍,旁观者清,即使未必准是半斤八两,到底是过了磅的有个准数。多一番理智的考核,便少一些感情的瞎碰。双方既都到了男大当娶,女大当聘之年,而且都愿结婚,一经介绍,必定郑重其事的为结婚而结婚,不是过过恋爱的瘾,况且结婚就是结婚；所谓同居,所谓试婚,所谓解决性欲问题,原来都是这一套。同居而不婚,也得两人吃饭,也得生儿养女；并不因为思想高明,而可以专接吻,不用吃饭！

我没了办法。你一言,我一语,说得我心中闹得慌。似乎只有结婚才能心静,别无办法。于是我就结了婚。

到如今,结婚已有五年,有了一儿一女。把五年的经验和婚前所听到的理论相证,倒也怪有个味儿。

第一该说脾气。不错,朋友们说对了：有了家,脾气确是柔和了一些。我必定得说,这是结婚的好处。打算平安的过活必须采纳对方的意见,阳纲或阴纲独振全得出毛病；男女同居,根本需要民治精神,独裁必引起革命；努力于此种革命并不足以升官发财,而打得头破血出倒颇悲壮而泄气。彼此非纳着点气儿不可,久而久之都感到精神的胜利,凡事可以和平解决,夫妇而可成圣矣。

这个,可并不能完全打倒我在婚前的主张：独身气壮,天不怕地不怕；结婚气馁,该瞅着的就得低头。我的顾虑一点不算多此一举。结了婚,脾气确是柔和了,心气可也跟着软下来。为两个人打算,绝不会像一人吃饱天下太平那么干脆。于是该将就者便须将就,不便挺起胸来大吹浩然之气,恋爱可以自由,结婚无自由。

朋友们说对了。我也并没说错。这个,请老兄自己去判断,假如你想结婚的话。

第二该说经济。现在，如果再有人对我说，俩人花钱不见得比一人多，我一定毫不迟疑的敬他一个嘴巴子。俩人是俩人，多数加S，钱也得随着加S。是的，太太可以去挣钱，俩人比一人挣得多；可是花得也多呀。公园、电影场，绝不会有"太太免票"的办法，别的就不用说了。及至有了小孩，简直的就不能再有什么预算决算，小孩比皇上还会花钱。太太的事不能再作，顾了挣钱就顾不了小孩，因挣钱而把小孩养坏，照样的不上算；好，太太专看小孩，老爷专去挣钱，小孩专管花钱，不破产者鲜矣。

自然小孩会带来许多快乐，作了父母的夫妻特别的能彼此原谅，而小胖孩子又是那么天真可爱。单单的伸出一个胖手指已足使人笑上半天。可是，小胖子可别生病；一生病，爸的表，娘的戒指，全得暂入当铺，而且昼夜吃不好，睡不安，不亚于国难当前。割割扁桃腺，得一百块！幸亏正是扁桃腺，这要是整个的圆桃，说不定就得上万！以我自己说，我对儿女总算不肯溺爱，可是只就医药费一项来说，已经使我的肩背又弯了许多。有病难道不给治么？小孩真是金子堆成的。这还没提到将来的教育费——谁敢去想，闭着眼瞎混吧！

有人会说喽，结婚之后顶好不要小孩呀。不用听那一套。我看见不少了，夫妻因为没有小孩而感情越来越坏，甚至去抱来个娃娃，暂时敷衍一下。有小孩才像家庭；不然，家庭便和旅馆一样。要有小孩，还是早些有的为是。一来，妇女岁数稍大，生产就更多危险；二来，早些有子女，虽然花费很多，可是多少能早些有个打算，即便计划不能实现，究竟想有个准备；一想到将来，便想到子女，多少心中要思索一番，对于作事花钱就不能不小心。这样，夫妇自自然然的会老成一些了。要按着老法子说呢，父母养活子女，赶到子女长大便倒过头来养活父母。假如此法还能适用，那么早有小孩，更为上算。假如父亲在四十岁上才有了儿子，儿子到二十的时候，父亲已经六十了；说不定，也许活不到六十的；即使儿子应用古法，想养活父亲，而父亲已入了棺材，哪能喝酒吃饭？

这个，朋友，假若你想结婚的话，又该去思索一番。娶妻需花钱，生儿养女需花钱，负担日大，肩背日弯，好不伤心；同时，结婚有益，有子也有乐趣，即使乐不抵苦，可是生命至少不显着空虚。如何之处，统希鉴裁！

至于娶什么样的太太，问题太大，一言难尽。不过，我看出这么点来：美不是一切。太太不是图画与雕刻，可以用审美的态度去鉴赏。人的美还有品德体格的成分在内。健壮比美更重要。一位爱生病的太太不大容易使家庭快乐可爱。学问也不是顶要紧的，因为有钱可以自己立个图书馆，何必一定等太太来丰富你的或任何人的学问？据我看，结婚是关系于人生的根本问题的；即使高调很受听，可是我不能不本着良心说话，吃、喝、性欲、繁殖，在结婚问题中比什么理想与学问也更要紧。我并不是说妇人应当只管洗衣

作饭抱孩子,不应读书作事。我是说,既来到婚姻问题上,既来到家庭快乐上,就乘早不必唱高调,说那些闲盘儿。这是个实际问题,是解决生命的根源上的几项问题,那么,说真实的吧,不必弄一套之乎者也。一个美的摆设,正如一个有学问的摆设,都是很好的摆设,可是未见得是位好的太太。假若你是富家翁呢,那就随便的弄什么摆设也好。不幸,你只是个普通的人,那么,一个会操持家务的太太实在是必要的。假如说吧,你娶了一位哲学博士,长得也顶美,可是一进厨房便觉恶心,夜里和你讨论康德的哲学,力主生育节制,即使有了小孩也不会抱着,你怎办?听我的话,要娶,就娶个能作贤妻良母的。尽管大家高喊打倒贤妻良母主义,你的快乐你知道。这并不完全是自私,因为一位不希望作贤妻良母的满可以不嫁而专为社会服务呀。假如一位反抗贤妻良母的而又偏偏去嫁人,嫁了人又连自己的袜子都不会或不肯洗,那才是自私呢。不想结婚,好,什么主义也可以喊;既要结婚,须承认这是个实际问题,不必弄玄虚。夫妻怎不可以谈学问呢;可是有了五个小孩,欠着五百元债,明天的房钱还没指望,要能谈学问才怪!两个帮手,彼此帮忙,是上等婚姻。

有人根本不承认家庭为合理的组织,于是结婚也就成为可笑之举。这,另有说法,不是咱们所要谈的。咱们谈的是结婚与组织家庭,那么,这套婆婆话也许有一点点用,多少的备你参考吧。

(原载 1936 年 9 月 5 日《中流》第 1 卷第 1 期)

我的理想家庭

一个二十多岁的小伙子,讲恋爱,讲革命,讲志愿,似乎天地之间,唯我独尊,简直想不到组织家庭——结婚既是爱的坟墓,家庭根本上是英雄好汉的累赘。及至过了三十,革命成功与否,事情好歹不论,反正领略够了人情世故,壮气就差点事儿了。虽然明知家庭之累,等于投胎为马为牛,可是人生总不过如此,多少也都得经验一番,既不坚持独身,结婚倒也还容易。于是发帖子请客,笑着开驶倒车,苦乐容或相抵,反正至少凑个热闹。到了四十,儿女已有二三,贫也好富也好,自己认头苦曳,对于年青的朋友已经有好些个事儿说不到一处,而劝告他们老老实实的结婚,好早生儿养女,即是话不投缘的一例。到了这个年纪,设若还有理想,必是理想的家庭。倒退二十年,连这么一想也觉泄气。人生的矛盾可笑即在于此,年青力壮,力求事事出轨,决不甘为火车:及至中年,心理的、生理的,种种理的什么什么,都使他不但非作火车不可,且作货车焉。把当初与现在一比较,判若两人,足够自己笑半天的!或有例外,实不多见。

明年我就四十了,已具说理想家庭的资格:大不必吹,盖亦自嘲。

我的理想家庭要有七间小平房:一间是客厅,古玩字画全非必要,只要几张很舒服宽松的椅子,一二小桌。一间书房,书籍不少,不管什么头版与古本,而都是我所爱读的。一张书

桌,桌面是中国漆的,放上热茶杯不至烫成个圆白印儿。文具不讲究,可是都很好用。桌上老有一两枝鲜花,插在小瓶里。两间卧室,我独据一间,没有臭虫,而有一张极大极软的床。在这个床上,横睡直睡都可以,不论怎睡都一躺下就舒服合适,好像陷在棉花堆里,一点也不硬碰骨头。还有一间,是预备给客人住的。此外是一间厨房,一个厕所,没有下房,因为根本不预备用仆人。家中不要电话,不要播音机,不要留声机,不要麻将牌,不要风扇,不要保险柜。缺乏的东西本来很多,不过这几项是故意不要的,有人白送给我也不要。

　　院子必须很大。靠墙有几株小果木树。除了一块长方的土地,平坦无草,足够打开太极拳的,其他地方就都种着花草——没有一种珍贵费事的,只求昌茂多花。屋中至少有一只花猫,院中至少也有一两盆金鱼;小树上悬着小笼,二三绿蝈蝈随意的鸣着。

　　这就该说到人了。屋子不多,又不要仆人,人口自然不能很多:一妻和一儿一女就正合适。先生管擦地板与玻璃,打扫院子,收拾花木,给鱼换水,给蝈蝈一两块绿黄瓜或几个毛豆;并管上街送信买书等事宜。太太管作饭,女儿任助手——顶好是十二三岁,不准小也不准大,老是十二三岁。儿子顶好是三岁,既会讲话,又胖胖的会淘气。母女于作饭之外,就作点针线,看小弟弟。大件衣服拿到外边去洗,小件的随时自己涮一涮。

　　既然有这么多工作,自然就没有多少工夫去听戏看电影。不过在过生日的时候,全家就出去玩半天;接一位亲或友的老太太给看家。过生日什么的永远不请客受礼,亲友家送来的红白帖子,就一概扔在字纸篓里,除非那真需要帮助的,才送一些干礼去。到过节过年的时候,吃食从丰,而且可以买一通纸牌,大家打打"索儿胡",赌铁蚕豆或花生米。

　　男的没有固定的职业;只是每天写点诗或小说,每千字卖上四五十元钱。女的也没事作,除了家务就读些书。儿女永不上学,由父母教给画图、唱歌、跳舞——乱蹦也算一种舞法——和文字、手工之类。等到他们长大,或者也会仗着绘画或写文章卖一点钱吃饭;不过这是后话,顶好暂且不提。

　　这一家子人,因为吃得简单干净,而一天到晚又不闲着,所以身体都很不坏。因为身体好,所以没有肝火,大家都不爱闹脾气。除了为小猫上房、金鱼甩子等事着急之外,谁也不急赤白脸的。

　　大家的相貌也都很体面,不令人望而生厌。衣服可并不讲究,都作得很结实朴素:永远不穿又臭又硬的皮鞋。男的很体面,可不露电影明星气;女的很健美,可不红唇卷毛的鼻子朝着天。孩子们都不卷着舌头说话,淘气而不讨厌。

这个家庭顶好是在北平,其次是成都或青岛,至坏也得在苏州。无论怎样吧,反正必须在中国,因为中国是顶文明顶平安的国家;理想的家庭必在理想的国内也。

(原载1936年11月16日《论语》第100期)

有了小孩以后

艺术家应以艺术为妻,实际上就是当一辈子光棍儿。在下闲暇无事,往往写些小说,虽一回还没自居过文艺家,却也感觉到家庭的累赘。每逢困于油盐酱醋的灾难中,就想到独人一身,自己吃饱便天下太平,岂不妙哉。

家庭之累,大半由儿女造成。先不用提教养的花费,只就淘气哭闹而言,已足使人心慌意乱。小女三岁,专会等我不在屋中,在我的稿子上画圈拉杠,且美其名曰"小济会写字"!把人要气没了脉,她到底还是有理!再不然,我刚想起一句好的,在脑中盘旋,自信足以愧死莎士比亚,假若能写出来的话。当是时也,小济拉拉我的肘,低声说:"上公园看猴?"于是我至今还未成莎士比亚。小儿一岁整,还不会"写字",也不晓得去看猴,但善亲亲,闭眼,张口展览上下四个小牙。我若没事,请求他闭眼,露牙,小胖子总会东指西指的打岔。赶到我拿起笔来,他那一套全来了,不但亲脸,闭眼,还"指"令我也得表演这几招。有什么办法呢?!

这还算好的。赶到小济午后不睡,按着也不睡,那才难办。到这么四点来钟吧,她的困闹开始,到五点钟我已没有人味。什么也不对,连公园的猴都变成了臭的,而且猴之所以臭,也应当由我负责。小胖子也有这种困而不睡的时候,大概多数是与小济同时发难。两位小醉鬼一齐找毛病,我就是诸葛亮恐怕也得唱空城计,一点办法没有!在这种干等束手被

擒的时候，偏偏会来一两封快信——催稿子！我也只好闹脾气了。不大一会儿，把太太也闹急了，一家大小四口，都成了醉鬼，其热闹至为惊人。大人声言离婚，小孩怎说怎不是，于离婚的争辩中瞎打混。一直到七点后，二位小天使已困得动不的，离婚的宣言才无形的撤销。这还算好的。遇上小胖子出牙，那才真教厉害，不但白天没有情理，夜里还得上夜班。一会儿一醒，若被针扎了似的惊啼，他出牙，谁也不用打算睡。他的牙出利落了，大家全成了红眼虎。

不过，这一点也不妨碍家庭中爱的发展，人生的巧妙似乎就在这里。记得 Frank Harris 仿佛有过这么点记载：他说王尔德为那件不名誉的案子过堂被审，一开头他侃侃而谈，语多幽默。及至原告提出几个男妓作证人，王尔德没了脉，非失败不可了。Harris 以为王尔德必会说："我是个戏剧家，为观察人生，什么样的人都当交往。假若我不和这些人接触，我从哪里去找戏剧中的人物呢？"可是，王尔德竟自没这么答辩，官司就算输了！

把王尔德且放在一边；艺术家得多去经验，Harris 的意见，假若不是特为王尔德而发的，的确是不错。连家庭之累也是如此。还拿小孩们说吧——这才来到正题——爱他们吧，嫌他们吧，无论怎说，也是极可宝贵的经验。

在没有小孩的时候，一个人的世界还是未曾发现美洲的时候的。小孩是哥伦布，把人带到新大陆去。这个新大陆并不很远，就在熟习的街道上和家里。你看，街市上给我预备的，在没有小孩的时候，似乎只有理发馆、饭铺、书店、邮政局等。我想不出婴儿医院、糖食店、玩具铺等等的意义。连药房里的许许多多婴儿用的药和粉，报纸上婴儿自己药片的广告，百货店里的小袜子小鞋，都显着多此一举，劳而无功。及至小天使自天飞降，我的眼睛似乎戴上了一双放大镜，街市依然那样，跟我有关系的东西可是不知增加了多少倍！婴儿医院不但挂着牌子，敢情里边还有医生呢。不但有医生，还是挺神气，一点也得罪不得。拿着医生所给的神符，到药房去，敢情那些小瓶子小罐都有作用。不但要买瓶子里的白汁黄面和各色的药饼，还得买瓶子罐子，轧粉的钵，量奶的漏斗，乳头，卫生尿布，玩艺多多了！百货店里那些小衣帽、小家具，也都有了意义；原先以为多此一举的东西，如今都成了非它不行；有时候铺中缺乏了我所要的那一件小物品，我还大有看不起他们的意思：既是百货店，怎能不预备这件东西呢？！慢慢的，全街上的铺子，除了金店与古玩铺，都有了我的足迹；连当铺也走得怪熟。铺中人也渐渐熟识了，甚至可以随便闲谈，以小孩为中心，谈得颇有味儿。伙计们、掌柜们，原来不仅是站柜作买卖，家中还有小孩呢！有的铺子，竟自敢允许我欠账，仿佛一有了小孩，我的人格也好了些，能被人信任。三节的账条来得很踊跃，使我明白了过节过年的时候怎样出汗。

小孩使世界扩大,使隐藏着的东西都显露出来。非有小孩不能明白这个。看着别人家的孩子,肥肥胖胖,整整齐齐,你总觉得小孩们理应如此,一生下来就戴着小帽,穿着小袄,好像小雏鸡生下来就披着一身黄绒似的。赶到自己有了小孩,才能晓得事情并不这么简单。一个小娃娃身上穿戴着全世界的工商业所能供给的,给全家人以一切啼笑爱怨的经验,小孩的确是位小活神仙!

有了小活神仙,家里才会热闹。窗台上,我一向认为是摆花的地方。夏天呢,开着窗,风儿轻轻吹动花与叶,屋中一阵阵的清香。冬天呢,阳光射到花上,使全屋中有些颜色与生气。后来,有了小孩,那些花盆很神秘的都不见了,窗台上满是瓶子罐子,数不清有多少。尿布有时候上了写字台,奶瓶倒在书架上。大扫除才有了意义,是的,到时候非痛痛快快的收拾一顿不可了,要不然东西就有把人埋起来的危险。上次大扫除的时候,我由床底下找到了但丁的《神曲》。不知道这老家伙干吗在那里藏着玩呢!

人的数目也增多了,而且有很多问题。在没有小孩的时候,用一个仆人就够了,现在至少得用俩。以前,仆人"拿糖",满可以暂时不用;没人作饭,就外边去吃,谁也不用拿捏谁。有了小孩,这点豪气乘早收起去。三天没人洗尿布,屋里就不要再进来人。牛奶等项是非有人管理不可,有儿方知卫生难,奶瓶子一天就得烫五六次;没仆人简直不行!有仆人就得捣乱,没办法!

好多没办法的事都得马上有办法,小孩子不会等着"国联"慢慢解决儿童问题。这就长了经验。半夜里去买药,药铺的门上原来有个小口,可以交钱拿药,早先我就不晓得这一招。西药房里敢情也打价钱,不等他开口,我就提出:"还是四毛五?"这个"还是"使我省五分钱,而且落个行家。这又是一招。找老妈子有作坊,当票儿到期还可以入利延期,也都被我学会。没工夫细想,大概自从有了儿女以后,我所得的经验至少比一张大学文凭所能给我的多着许多。大学文凭是由课本里掏出来的,现在我却念着一本活书,没有头儿。

连我自己的身体现在都会变形,经小孩们的指挥,我得去装马装牛,还须装得像个样儿。不但装牛像牛,我也学会牛的忍性,小胖子觉得"开步走"有意思,我就得百走不厌;只作一回,绝对不行。多咱他改了主意,多咱我才能"立正"。在这里,我体验出母性的伟大,觉得打老婆的人们满该下狱。

中秋节前来了个老道,不要米,不要钱,只问有小孩没有?看见了小胖子,老道高了兴,说十四那天早晨须给小胖子左腕上系一根红线,备清水一碗,烧高香三炷,必能消灾除难。右邻家的老太太也出来看,老道问她有小

孩没有,她惨淡的摇了摇头。到了十四那天,倒是这位老太太的提醒,小胖子的左腕上才拴了一圈红线。小孩子征服了老道与邻家老太太。一看胖手腕的红线,我觉得比写完一本伟大的作品还骄傲,于是上街买了两尊兔子王,感到老道、红线、兔子王,都有绝大的意义!

(原载 1936 年 11 月 25 日《谈风》第 3 期)

中国20世纪名家散文经典

多鼠斋杂谈

一　戒　酒

并没有好大的量,我可是喜欢喝两杯儿。因吃酒,我交下许多朋友——这是酒的最可爱处。大概在有些酒意之际,说话作事都要比平时豪爽真诚一些,于是就容易心心相印,成为莫逆。人或者只在"喝了"之后,才会把专为敷衍人用的一套生活八股抛开,而敢露一点锋芒或"谬论"——这就减少了我脸上的俗气,看着红扑扑的,人有点样子!

自从在社会上作事至今的廿五六年中,虽不记得一共醉过多少次,不过,随便的一想,便颇可想起"不少"次丢脸的事来。所谓丢脸者,或者正是给脸上增光的事,所以我并不后悔。酒的坏处并不在撒酒疯,得罪了正人君子——在酒后还无此胆量,未免就太可怜了!酒的真正坏处是它伤害脑子。

"李白斗酒诗百篇"是一位诗人赠另一位诗人的夸大的谀赞。据我的经验,酒使脑子麻木、迟钝,并不能增加思想产物的产量。即使有人非喝醉不能作诗,那也是例外,而非正常。在我患贫血病的时候,每喝一次酒,病便加重一些;未喝的时候若患头"昏",喝过之后便改为"晕"了,那妨碍我写作!

对肠胃病更是死敌。去年,因医治肠胃病,医生严嘱我戒酒。从去岁十月到如今,我滴酒未入口。

不喝酒,我觉得自己像哑吧了:不会嚷叫,不会狂笑,不会说话!啊,甚至于不会活着了!可是,不喝也有好处,肠胃舒服,脑袋昏而不晕,我便能天天写一二千字!虽然不能一口气吐出百篇诗来,可是细水长流的写小说倒也保险;还是暂且不破戒吧!

二 戒烟

戒酒是奉了医生之命,戒烟是奉了法币的命令。什么?劣如"长刀"也卖百元一包?老子只好咬咬牙,不吸了!

从廿二岁起吸烟,至今已有一世纪的四分之一。这廿五年养成的习惯,一旦戒除可真不容易。

吸烟有害并不是戒烟的理由。而且,有一切理由,不戒烟是不成。戒烟凭一点"火儿"。那天,我只剩了一枝"华丽"。一打听,它又长了十块!三天了,它每天长十块!我把这一枝吸完,把烟灰碟擦干净,把洋火放在抽屉里。我"火儿"啦,戒烟!

没有烟,我写不出文章来。廿多年的习惯如此。这几天,我硬撑!我的舌头是木的,嘴里冒着各种滋味的水,嗓门子发痒,太阳穴微微的抽着疼!——顶要命的是脑子里空了一块!不过,我比烟要更厉害些:尽管你小子给我以各样的毒刑,老子要挺一挺给你看看!

毒刑夹攻之后,它派来会花言巧语的小鬼来劝导:"算了吧,也总算是个老作家了,何必自苦太甚!况且天气是这么热;要戒,等到秋凉,总比较的要好受一点呀!"

"去吧!魔鬼!咱老子的一百元就是不再买又霉、又臭、又硬、又伤天害理的纸烟!"

今天已是第六天了,我还撑着呢!长篇小说没法子继续写下去;谁管它!除非有人来说:"我每天送你一包'骆驼',或廿枝'华福',一直到抗战胜利为止!"我想我大概不会向"人头狗"和"长刀"什么的投降的!

三 戒茶

我既已戒了烟酒而半死不活,因思莫若多加几种,爽性快快的死了倒也干脆。

谈再戒什么呢?

戒荤吗?根本用不着戒,与鱼不见面者已整整二年,而猪羊肉近来也颇

疏远。还敢说戒？平价之米，偶而有点油肉相佐，使我绝对相信肉食者"不鄙"！若只此而戒除之，则腹中全是平价米，而人也决变为平价人，可谓"鄙"矣！不能戒荤！

必不得已，只好戒茶。

我是地道中国人，咖啡、蔻蔻、汽水、啤酒，皆非所喜，而独喜茶。有一杯好茶，我便能万物静观皆自得。烟酒虽然也是我的好友，但它们都是男性的——粗莽，热烈，有思想，可也有火气——未若茶之温柔，雅洁，轻轻的刺激，淡淡的相依；茶是女性的。

我不知道戒了茶还怎样活着，和干吗活着。但是，不管我愿意不愿意，近来茶价的增高已教我常常起一身小鸡皮疙瘩！

茶本来应该是香的，可是现在卅元一两的香片不但不香，而且有一股子咸味！为什么不把咸蛋的皮泡泡来喝，而单去买咸茶呢？六十元一两的可以不出咸味，可也不怎么出香味，六十元一两啊！谁知道明天不就又长一倍呢！

恐怕呀，茶也得戒！我想，在戒了茶以后，我大概就有资格到西方极乐世界去了——要去就抓早儿，别把罪受够了再去！想想看，茶也须戒！

四　猫的早餐

多鼠斋的老鼠并不见得比别家的更多，不过也不比别处的少就是了。前些天，柳条包内，棉袍之上，毛衣之下，又生了一窝。

没法不养只猫子了，虽然明知道一买又要一笔钱，"养"也至少须费些平价米。

花了二百六十元买了只很小很丑的小猫来。我很不放心。单从身长与体重说，厨房中的老一辈的老鼠会一日咬两只这样的小猫的。我们用麻绳把咪咪拴好，不光是怕它跑了，而是怕它不留神碰上老鼠。

我们很怕咪咪会活不成的，它是那么瘦小，而且终日那么团着身哆哩哆嗦的。

人是最没办法的动物，而他偏偏爱看不起别的动物，替它们担忧。

吃了几天平价米和煮包谷，咪咪不但没有死，而且欢蹦乱跳的了。它是个乡下猫，在来到我们这里以前，它连米粒与包谷粒大概也没吃过。

我们总觉得有点对不起咪咪——没有鱼或肉给它吃，没有牛奶给它喝。猫是食肉动物，不应当吃素！

可是，这两天，咪咪比我们都要阔绰了；人才真是可怜虫呢！昨天，我起

来相当的早,一开门咪咪骄傲的向我叫了一声,右爪按着个已半死的小老鼠。咪咪的旁边,还放着一大一小的两个死蛙——也是咪咪咬死的,而不屑于去吃,大概死蛙的味道不如老鼠的那么香美。

我怔住了,我须戒酒、戒烟、戒茶,甚至要戒荤,而咪咪——会有两只蛙,一只老鼠作早餐!说不定,它还许已先吃过两三个蚱蜢了呢!

五 最难写的文章

或问:什么文章最难写?

答:自己不愿意写的文章最难写。比如说:邻居二大爷年七十,无疾而终。二大爷一辈子吃饭穿衣,喝两杯酒,与常人无异。他没立过功,没立过言。他少年时是个连模样也并不惊人的少年,到老年也还是个平平常常的老人,至多,我只能说他是个安分守己的好公民。可是,文人的灾难来了!二大爷的儿子——大学毕业,现在官居某机关科员——送过来讣文,并且诚恳的请赐挽词。我本来有两句可以赠给一切二大爷的挽词:"你死了不能再见,想起来好不伤心!"可是我不敢用它来搪塞二大爷的科员少爷,怕他说我有意侮辱他的老人。我必须另想几句——近邻,天天要见面,假若我决定不写,科员少爷会恼我一辈子的。可是,老天爷,我写什么呢?

在这很为难之际,我真佩服了从前那些专凭作挽诗寿序挣饭吃的老文人了!你看,还以二大爷这件事为例吧,差不多除了扯谎,就简直没法写出一个字。我得说二大爷天生的聪明绝顶,可是还"别"说他虽聪明绝顶,而并没著过书,没发明过什么东西,和他在算钱的时候总是脱了袜子的。是的,我得把别人的长处硬派给二大爷,而把二大爷的短处一字不题。这不是作诗或写散文,而是替死人来骗活人!我写不好这种文章,因为我不喜欢扯谎。

在挽诗与寿序等而外,就得算"九一八""双十"与"元旦"什么的最难写了。年年有个元旦,年年要写元旦,有什么好写呢?每逢接到报馆为元旦增刊征文的通知,我就想这样回复:"死去吧!省得年年教我吃苦!"可是又一想,它死了岂不又须作挽联啊?于是只好按住心头之火,给它拼凑几句——这不是我作文章,而是文章作我!说到这里,相应提出:"救救文人!"的口号,并且希望科员少爷与报馆编辑先生网开一面,叫小子多活两天!

六 最可怕的人

我最怕两种人:第一种是这样的——凡是他所不会的,别人若会,便是罪过。比如说：他自己写不出幽默的文字来，所以他把幽默文学叫作文艺的脓汁，而一切有幽默感的文人都该加以破坏抗战的罪过。他不下一番工夫去考查考查他所攻击的东西到底是什么，而只因为他自己不会，便以为那东西该死。这是最要不得的态度，我怕有这种态度的人，因为他只会破坏，对人对己都全无好处。假若他作公务员，他便只有忌妒，甚至因忌妒别人而自己去作汉奸；假若他是文人，他便也只会忌妒，而一天到晚浪费笔墨，攻击别人，且自鸣得意，说自己颇会批评——其实是扯淡！这种人乱骂别人，而自己永不求进步；他污秽了批评，且使自己的心里堆满了尘垢。

第二种是无聊的人。他的心比一个小酒盅还浅，而面皮比墙还厚。他无所知，而自信无所不知。他没有不会干的事，而一切都莫名其妙。他的谈话只是运动运动唇齿舌喉，说不说与听不听都没有多大关系。他还在你正在工作的时候来"拜访"。看你正忙着，他赶快就说，不耽误你的工夫。可是，说罢便安然坐下了——两个钟头以后，他还在那儿坐着呢！他必须谈天气，谈空袭，谈物价，而且随时给你教训："有警报还是躲一躲好！"或是"到八月节物价还要涨！"他的这些话无可反驳，所以他会百说不厌，视为真理。我真怕这种人，他耽误了我的时间，而自杀了他的生命！

七　衣

对于英国人，我真佩服他们的穿衣服的本领。一个有钱的或善交际的英国人，每天也许要换三四次衣服。开会，看赛马，打球，跳舞……都须换衣服。据说：有人曾因穿衣脱衣的麻烦而自杀。我想这个自杀者并不是英国人。英国人的忍耐性使他们不会厌烦"穿"和"脱"，更不会使他们因此而自杀。

我并不反对穿衣要整洁，甚至不反对衣服要漂亮美观。可是，假若教我一天换几次衣服，我是也会自杀的。想想看，系纽扣解纽扣，是多么无聊的事！而纽扣又是那么多，那么不灵敏，那么不起好感，假若一天之中解了又系，系了再解，至数次之多，谁能不感到厌世呢！

在抗战数年中，生活是越来越苦了。既要抗战，就必须受苦，我决不怨天尤人。再进一步，若能从苦中求乐，则不但可以不出怨言，而且可以得到一些兴趣，岂不更好呢！在衣食住行人生四大麻烦中，食最不易由苦中求乐，菜根香一定香不过红烧蹄膀！菜根使我贫血；"狮子头"却使我壮如雄狮！

住和行虽然不像食那样一点不能将就，可是也不会怎样苦中生乐。三伏天住在火炉子似的屋内，或金鸡独立的在汽车里挤着，我都想掉泪，一点也找不出乐趣。

只有穿的方面,一个人确乎能由苦中找到快活。七七抗战后,由家中逃出,我只带着一件旧夹袍和一件破皮袍,身上穿着一件旧棉袍。这三袍不够四季用的,也不够几年用的。所以,到了重庆,我就添置衣裳。主要的是灰布制服。这是一种"自来旧"的布作成的,一下水就一蹶不振,永远难看。吴组缃先生名之为斯文扫地的衣服。可是,这种衣服给我许多方便——简直可以称之为享受!我可以穿着裤子睡觉,而不必担心裤缝直与不直;它反正永远不会直立。我可以不必先看看座位,再去坐下;我的宝裤不怕泥土污秽,它原是自来旧。雨天走路,我不怕汽车。晴天有空袭,我的衣服的老鼠皮色便是伪装。这种衣服给我舒适,因而有亲切之感。它和我好像多年的老夫妻,彼此有完全的了解,没有一点隔膜。

我希望抗战胜利之后,还老穿着这种困难衣,倒不是为省钱,而是为舒服。

八 行

朋友们屡屡函约进城,始终不敢动。"行"在今日,不是什么好玩的事。看吧,从北碚到重庆第一就得出"挨挤费"一千四百四十元。所谓挨挤费者就是你须到车站去"等",等多少时间?没人能告诉你。幸而把车等来,你还得去挤着买票,假若你挤不上去,那是你自己的无能,只好再等。幸而票也挤到手,你就该到车上去挨挤。这一挤可厉害!你第一要证明了你的确是脊椎动物,无论如何你都能直挺挺的立着。第二,你须证明在进化论中,你确是猴子变的,所以现在你才嘴手脚并用,全身紧张而灵活,以免被挤成像四喜丸子似的一堆肉。第三,你须有"保护皮",足以使你全身不怕伞柄、胳臂肘、脚尖、车窗,等等的戳、碰、刺、钩;否则你会遍体鳞伤。第四,你须有不中暑发痧的把握,要有不怕把鼻子伸在有狐臭的腋下而不能动的本事……你须备有的条件太多了,都是因为你喜欢交那一千四百多元的挨挤费!

我头昏,一挤就有变成爬虫的可能,所以,我不敢动。

再说,在重庆住一星期,至少花五六千元;同时,还得耽误一星期的写作;两面一算,使我胆寒!

以前,我一个人在流亡,一人吃饱便天下太平,所以东跑西跑,一点也不怕赔钱。现在,家小在身边,一张嘴便是五六个嘴一齐来,于是嘴与胆子乃适成反比,嘴越多,胆子越小!

重庆的人们哪,设法派小汽车来接呀,否则我是不会去看你们的。你们还得每天给我们一千元零花。烟、酒都无须供给,我已戒了。啊,笑话是笑话,说真的,我是多么想念你们,多么渴望见面畅谈呀!

九 狗

中国狗恐怕是世界上最可怜最难看的狗。此处之"难看"并不指狗种而言,而是与"可怜"密切相关。无论狗的模样身材如何,只要喂养得好,它便会长得肥肥胖胖的,看着顺眼。中国人穷。人且吃不饱,狗就更提不到了。因此,中国狗最难看;不是因为它长得不体面,而是因为它骨瘦如柴,终年夹着尾巴。

每逢我看见被遗弃的小野狗在街上寻找粪吃,我便要落泪。我并非是爱作伤感的人,动不动就要哭一鼻子。我看见小狗的可怜,也就是感到人民的贫穷。民富而后猫狗肥。

中国人动不动就说:我们地大物博。那也就是说,我们不用着急呀,我们有的是东西,永远吃不完喝不尽哪!哼,请看看你们的狗吧!

还有:狗虽那么摸不着吃(外国狗吃肉,中国狗吃粪;在动物学上,据说狗本是食肉兽)。那么随便就被人踢两脚,打两棍,可是它们还照旧的替人们服务。尽管它们饿成皮包着骨,尽管它们刚被主人踹了两脚,它们还是极忠诚的去尽看门守夜的责任。狗永远不嫌主人穷。这样的动物理应得到人们的赞美,而忠诚、义气、安贫、勇敢,等等好字眼都该归之于狗。可是,我不晓得为什么中国人不分黑白的把汉奸与小人叫作走狗,倒仿佛狗是不忠诚不义气的动物。我为狗喊冤叫屈!

猫才是好吃懒作,有肉即来,无食即去的东西。洋奴与小人理应被叫作"走猫"。

或者是因为狗的脾气好,不像猫那样傲慢,所以中国人不说"走猫"而说"走狗"?假若真是那样,我就又觉得人们未免有点"软的欺,硬的怕"了!

不过,也许有一种狗,学名叫作"走狗";那我还不大清楚。

十 帽

在"七七"抗战后,从家中跑出来的时候,我的衣服虽都是旧的,而一顶呢帽却是新的。那是秋天在济南花了四元钱买的。

廿八年随慰劳团到华北去,在沙漠中,一阵狂风把那顶呢帽刮去,我变成了无帽之人。假若我是在四川,我便不忙于去再买一顶——那时候物价已开始要张开翅膀。可是,我是在北方,天已常常下雪,我不可一日无帽。

于是,在宁夏,我花了六元钱买了一顶呢帽。在战前它公公道道的值六角钱。这是一顶很顽皮的帽子。它没有一定的颜色,似灰非灰,似紫非紫,似赭非赭,在阳光下,它仿佛有点发红,在暗处又好似有点绿意。我只能用"五光十色"去形容它,才略为近似。它是呢帽,可是全无呢意。我记得呢子是柔软的,这顶帽可是非常的坚硬,用指一弹,它当当的响。这种不知何处制造的硬呢会把我的脑门儿勒出一道小沟,使我很不舒服;我须时时摘下帽来,教脑袋休息一下!赶到淋了雨的时候,它就完全失去呢性,而变成铁筋洋灰的了。因此,回到重庆以后,我总是能不戴它就不戴;一看见它我就有点害怕。

因为怕它,所以我在白象街茶馆与友摆龙门阵之际,又买了一顶毛织的帽子。这一顶的确是软的,软得可以折起来,我很高兴。

不幸,这高兴又是短命的。只戴了半个钟头,我的头就好像发了火,痒得很。原来它是用野牛毛织成的。它使脑门热得出汗,而后用那很硬的毛儿刺那张开的毛孔!这不是戴帽,而是上刑!

把这顶野牛毛帽放下,我还是得戴那顶铁筋洋灰的呢帽。经雨淋、汗沤、风吹、日晒,到了今年,这顶硬呢帽不但没有一定的颜色,也没有一定的样子了——可是永远不美观。每逢戴上它,我就躲着镜子;我知道我一看见它就必有斯文扫地之感!

前几天,花了一百五十元把呢帽翻了一下。它的颜色竟自有了固定的倾向,全体都发了红。它的式样也因更硬了一些而暂时有了归宿,它的确有点帽子样儿了!它可是更硬了,不留神,帽檐碰在门上或硬东西上,硬碰硬,我的眼中就冒了火花!等着吧,等到抗战胜利的那天,我首先把它用剪子铰碎,看它还硬不硬!

十一 昨天

昨天一整天不快活。老下雨,老下雨,把人心都好像要下湿了!

有人来问往哪儿跑?答以:嘉陵江没有盖儿。邻家聘女。姑娘有二十二三岁,不难看。来了一顶轿子,她被人从屋中掏出来,放进轿中;轿夫抬起就走。她大声的哭。没有锣鼓。轿子就那么哭着走了。看罢,我想起幼时在鸟市上买鸟。贩子从大笼中抓出鸟来,放在我的小笼中,鸟尖锐的叫。

黄狼夜间将花母鸡叼去。今午,孩子们在山坡后把母鸡找到。脖子上咬烂,别处都还好。他们主张还炖一炖吃了。我没拦阻他们。乱世,鸡也该死两道的!

头总是昏。一友来，又问："何以不去打补针？"我笑而不答，心中很生气。

正写稿子，友来。我不好让他坐。他不好意思坐下，又不好意思马上就走。中国人总是过度的客气。

友人函告某人如何，某事如何，即答以："大家肯把心眼放大一些，不因事情不尽合己意而即指为恶事，则人世纠纷可减半矣！"发信后，心中仍在不快。

长篇小说越写越不像话，而索短稿者且多，颇郁郁！

晚间屋冷话少，又戒了烟，呆坐无聊，八时即睡。这是值得记下来的一天——没有一件痛快事！在这样的日子，连一句漂亮的话也写不出！为什么我们没有伟大的作品哪？哼，谁知道！

十二　傻　子

在民间的故事与笑话里，有许多许多是讲兄弟三个，或姐妹三个，或盟兄弟三个，或女婿三个；第三个必定是傻子，而傻子得到最后的胜利。据说这种结构的公式是世界性的，世界各处都有这样的故事与笑话。为什么呢？因为人们是同情于弱者的。三弟三妹三女婿既最幼，又最傻，所以必须胜利。

和许多别种民间故事与笑话的含义一样，这种同情弱者的表示可也许是"夫子自道也"，这就是说：人民有一肚子委屈而无处去诉，就只好想象出一位"臣包文正"，或北侠欧阳春来，给他们撑一撑腰，吐一口气。同样的，他们制造出弱者胜利的故事与笑话，也是为了自慰；故事与笑话中的傻子就是他们自己。他们自己既弱且愚，可是他们讽刺了那有势力，有钱财，与有学问的人，他们感到胜利。

可是，这种讽刺的胜利到底是否真正的胜利，就不大好说。假若胜利必须是精神上的呢，他们大概可以算得了胜。反之，精神胜利若因无补于实际而算不得胜利，那就不大好办了。

在我们的民间，这种傻子胜利的故事与笑话似乎比哪一国都多。我不知道，我应当庆祝他们已经得到胜利，还是应当把我的"怪难过的"之感告诉给他们。

（原载1944年9月1、9、15、23日，11月5、11、15、20日，12月10、15、19、24日《新民报晚刊》）

谈幽默

"幽默"这个字在字典上有十来个不同的定义。还是把字典放下,让咱们随便谈吧。据我看,它首要的是一种心态。我们知道,有许多人是神经过敏的,每每以过度的感情看事,而不肯容人。这样人假若是文艺作家,他的作品中必含着强烈的刺激性,或牢骚,或伤感;他老看别人不顺眼,而愿使大家都随着他自己走,或是对自己的遭遇不满,而伤感的自怜。反之,幽默的人便不这样,他既不呼号叫骂,看别人都不是东西,也不顾影自怜,看自己如一活宝贝。他是由事事中看出可笑之点,而技巧的写出来。他自己看出人间的缺欠,也愿使别人看到。不但仅是看到,他还承认人类的缺欠;于是人人有可笑之处,他自己也非例外,再往大处一想,人寿百年,而企图无限,根本矛盾可笑。于是笑里带着同情,而幽默乃通于深奥。所以 Thackeray(萨克莱)①说:"幽默的写家是要唤醒与指导你的爱心、怜悯、善意——你的恨恶不实在,假装、作伪——你的同情与弱者、穷者、被压迫者、不快乐者。"

Walpole(沃波尔)②说:"幽默者'看'事,悲剧家'觉'之。"这句话更能补证上面的一段。我们细心"看"事物,总可以发现些缺欠可笑之处;乃至钉着坑儿去咂摸,便要悲观了。

---

① 现通译萨克雷(1811—1863),英国著名幽默讽刺作家。
② 沃波尔(Horace walpole,1717—1797),英国作家。

我们应再进一步的问,除了上面这点说明,能不能再清楚一些的认识幽默呢?好吧,我们先拿出几个与它相近,而且往往与它相关的几个字,与它比一比,或者可以稍微使我们清楚一点。反语(irony),讽刺(satire),机智(wit),滑稽剧(farce),奇趣(whimsicality),这几个字都和幽默有相当的关系。我们先说那个最难讲的——奇趣。这个字在应用上是很松泛的,无论什么样子的打趣与奇想都可以用这个字来表示,《西游记》的奇事,《镜花缘》中的冒险,《庄子》的寓言,都可以叫作奇趣。可是,在分析文艺品类的时候,往往以奇趣与幽默放在一处,如《现代小说的研究》的著者 Marble(马布尔)便把 whimsicality and humour(奇趣和幽默)作为一类。这大概是因为奇趣的范围很广,为方便起见,就把幽默也加了进去。一般地说,幻想的作品——即使是别有目的——不能不利用幽默,以便使文字生动有趣;所以这二者——奇趣与幽默——就往往成了一家人。这个,简直不但不能帮忙我们看明何为幽默,反倒使我更糊涂了。不过,有一点可是很清楚:就是文字要生动有趣,必须利用幽默。在这里,我们没弄清幽默是什么,可是明白幽默很重要的一个效用。假若干燥、晦涩、无趣,是文艺的致命伤;幽默便有了很大的重要;这就是它之所以成为文艺的因素之一的缘故吧。

至于反语,便和幽默有些不同了;虽然它俩还是可以联合在一处的东西。反语是暗示出一种冲突。这就是说,一句中有两个相反的意思,所要说的真意却不在话内,而是暗示出来的。《史记》上载着这么回事:秦始皇要修个大园子,优旃对他说:"好哇,多多搜集飞禽走兽,等敌人从东方来的时候,就叫麋鹿去挡一阵,满好!"这个话,在表面上,是顺着秦始皇的意思说的。可是咱们和始皇都能听出其中的真意;不管咱们怎样吧,反正始皇就没再提造园的事。优旃的话便是反语。它比幽默要轻妙冷静一些。它也能引起我们的笑,可是得明白了它的真意以后才能笑。它在文艺中,特别是小品文中,是风格轻妙,引人微笑的助成者。据会古希腊语的说:这个字原意便是"说",以别于"意"。因此,这个字还有个较实在的用处——在文艺中描写人生的矛盾与冲突,直以此字的含意用之人生上,而不只在文字上声东击西。在悲剧中,或小说中,聪明的人每每落在自己的陷阱里,聪明反被聪明误;这个,和与此相类的矛盾,普遍被称为 Sophoclean irony(索福克里斯的反语)。不过,这与幽默是没什么关系的。

现在说讽刺。讽刺必须幽默,但它比幽默厉害。它必须用极锐利的口吻说出来,给人一种极强烈的冷嘲;它不使我们痛快的笑,而是使我们淡淡的一笑,笑完因反省而面红过耳。讽刺家故意的使我们不同情于他所描写的人或事。在它的领域里,反语的应用似乎较多于幽默,因为反语也是冷静

的。讽刺家的心态好似是看透了这个世界,而去极巧妙的攻击人类的短处,如《海外轩渠录》,如《镜花缘》中的一部分,都是这种心态的表现。幽默者的心是热的,讽刺家的心是冷的;因此,讽刺多是破坏的。马克·吐温(Mark Twain)可以被人形容作:"粗壮,心宽,有天赋的用字之才,使我们一齐发笑。他以草原的野火与西方的泥土建设起他的真实的罗曼司,指示给我们,在一切重要之点上我们都是一样的。"这是个幽默者。让咱们来看看讽刺家是什么样子吧。好,看看Swift(斯威夫特)①这个家伙;当他赞美自己的作品时,他这么说:"好上帝。我写那本书的时候,我是何等的一个天才呀!"在他廿六岁的时候,他希望他的诗能够:"每一行会刺,会炸,像短刃与火。"是的,幽默与讽刺二者常常在一块儿露面,不易分划开;可是,幽默者与讽刺家的心态,大体上是有很清楚的区别的。幽默者有个热心肠儿,讽刺家则时常由婉刺而进为笑骂与嘲弄。在文艺的形式上也可以看出二者的区别来:作品可以整个的叫作讽刺,一出戏或一部小说都可以在书名下注明 a satire。幽默不能这样。"幽默的"至多不过是形容作品的可笑,并不足以说明内容的含意如何。"一个讽刺"——a satire——则分明是有计划的,整本大套的讥讽或嘲骂。一本讽刺的戏剧或小说,必有个道德的目的,以笑来矫正或诛伐。幽默的作品也能有道德的目的,但不必一定如此。讽刺因道德目的而必须毒辣不留情,幽默则宽泛一些,也就宽厚一些,它可以讽刺,也可以不讽刺,一高兴还可以什么也不为而只求和大家笑一场。

机智是什么呢?它是用极聪明的,极锐利的言语,来道出像格言似的东西,使人读了心跳。中国的老子庄子都有这种聪明。讽刺已经很厉害了,可到底要设法从旁面攻击;至于机智则是劈面一刀,登时见血。"圣人不死,大盗不止!"这才够味儿。不论这个道理如何,它的说法的锐敏就够使人跳起来的了。有机智的人大概是看出一条真理,便毫不含糊的写出来;幽默的人是看出可笑的事而技巧的写出来;前者纯用理智,后者则赖想象来帮忙。Chesterton(切斯特顿)②说:"在事物中看出一贯的,是有机智的。在事物中看出不一贯的,是个幽默者。"这样,机智的应用,自然在讽刺中比在幽默中多,因为幽默者的心态较为温厚,而讽刺与机智则要显出个人思想的优越。

滑稽戏——farce——在中国的老话儿里应叫作"闹戏",如《瞎子逛灯》之类。这种东西没有多少意思,不过是充分的作出可笑的局面,引人发笑。在影戏的短片中,什么把一套碟子都摔在头上,什么把汽车开进墙里去,就

---

① 斯威夫特(1667—1745),英国讽刺作家。
② 切斯特顿(1874—1936),英国小说家,诗人。

是这种东西。这是幽默发了疯;它抓住幽默的一点原理与技巧而充分的去发展,不管别的,只管逗笑,假若机智是感诉理智的,闹戏则仗着身体的摔打乱闹。喜剧批评生命,闹戏是故意招笑。假若幽默也可以分等的话,这是最下级的幽默。因为它要摔打乱闹的行动,所以在舞台上较易表现;在小说与诗中几乎没有什么地位。不过,在近代幽默短篇小说里往往只为逗笑,而忽略了——或根本缺乏——那"笑的哲人"的态度。这种作品使我们笑得肚痛,但是除了对读者的身体也许有点益处——笑为化食糖呀——而外,恐怕任什么也没有了。

有上面这一点粗略的分析,我们现在或者清楚一些了:反语是似是而非,借此说彼;幽默有时候也有弦外之音,但不必老这个样子。讽刺是文艺的一格,诗、戏剧、小说,都可以整篇的被呼为 a satire;幽默在态度上没有讽刺这样厉害,在文体上也不这样严整。机智是将世事人心放在 X 光线下照透,幽默则不带这种超越的态度,而似乎把人都看成兄弟,大家都有短处。闹戏是幽默的一种,但不甚高明。

拿几句话作例子,也许就更能清楚一些:

今天贴了标语,明天中国就强起来——反语。

君子国的标语:"之乎者也"——讽刺。

标语是弱者的广告——机智。

张三把"提倡国货"的标语贴在祖坟上——滑稽;再加上些贴标语时怎样摔跟头等等招笑的行动,就成了闹戏。

张三把"打倒帝国主义走狗"贴成"走狗打倒帝国主义"——幽默;这个张三贴一天的标语也许才挣三毛小洋,贴错了当然要受罚;我们笑这种贴法,可是很可怜张三。

这几个例子摆在纸面上也许能帮助我们分别的认清它们,但在事实上是不易这样分划开的。从性质上说,机智与讽刺不易分开,讽刺也有时候要利用闹戏;至于幽默,就更难独立。从一篇文章上说,一篇幽默的文字也许利用各种方法,很难纯粹。我们简直可以把这些都包括在幽默之内,而把它们看成各种手法与情调。我们这样分析它们与其说是为从形式上分别得清楚,还不如说是为表明幽默——大概的说——有它特具的心态。

所谓幽默的心态就是一视同仁的好笑的心态。有这种心态的人虽不必是个艺术家,他还是能在行为上言语上思想上表现出这个幽默态度。这种态度是人生里很可宝贵的,因为它表现着心怀宽大。一个会笑,而且能笑自己的人,决不会为件小事而急躁怀恨。往小了说,他决不会因为自己的孩子挨了邻儿一拳,而去打邻儿的爸爸。往大了说,他决不会因为战胜政敌而去

请清兵。褊狭,自是,是"四海兄弟"这个理想的大障碍;幽默专治此病。嬉皮笑脸并非幽默;和颜悦色,心宽气朗,才是幽默。一个幽默写家对于世事,如入异国观光,事事有趣。他指出世人的愚笨可怜,也指出那可爱的小古怪地点。世上最伟大的人,最有理想的人,也许正是最愚而可笑的人,吉珂德先生即一好例。幽默的写家会同情于一个满街追帽子的大胖子,也同情——因为他明白——那攻打风磨的愚人的真诚与伟大。

(原载 1936 年 8 月 16 日《宇宙风》第 23 期)

事实的运用

小说中的人与事是相互为用的。人物领导着事实前进是偏重人格与心理的描写,事实操纵着人物是注重故事的惊奇与趣味。因灵感而设计,重人或重事,必先决定,以免忽此忽彼。中心既定,若以人物为主,须知人物之所思所作均由个人身世而决定;反之,以事实为主,须注意人心在事实下如何反应。前者使事实由人心辐射出,后者使事实压迫着个人。若是,故事才会是心灵与事实的循环运动。事实是死的,没有人在里面不会有生气。最怕事实层出不穷,而全无联络,没有中心。一些零乱的事实不能成为小说。

大概我们平常看事,总以为它们是平面的,看过去就算了,此乃读新闻纸的习惯与态度。欲作个小说家,须把事实看成有宽广厚的东西,如律师之辩护,要把犯人在作案时的一切情感与刺激都引为免罪或减罪的证据。一点风一点雨也是与人物有关系的,即使此风此雨不足帮助事实的发展,亦至少对人物的心感有关。事实无所谓好坏,我们应拿它作人格的试金石。没有事情,人格不能显明;说一人勇敢,须在放炸弹时试试他。抓住人物与事实相关的那点趣味与意义,即见人生的哲理。在平凡的事中看出意义,是最要紧的。把事实只当作事实看,那么见了妓女便只见了争风吃醋,或虚情假义,如蝴蝶鸳鸯派作品中所报告者。由妓女的虚情假义而看到社会的罪恶,便深进了一层;妓女的狡猾应由整个社会负责任,这便有了些意义。事实的新奇要在其次,第一须看出个中的深义。

我们若能这样看事实并找事实,就不怕事实不集中,因为我们已捉到事实的真义,自然会去合适的裁剪或补充。我们也不怕事实虚空了,因为这些事实有人在其中。不集中与空虚是两大弊病,必须避免。

小说,我们要记住了,是感情的纪录,不是事实的重述。我们应先看出事实中的真意义,这是我们所要传达的思想;而后,把在此意义下的人与事都赋予一些感情,使事实成为爱、恶、仇恨,等等的结果或引导物;小说中的思想是要带着感情说出的。"快乐",巴尔扎克说,"是没有历史的,'他们很快乐'一语是爱情小说的结收。"

在古代与中古的故事里,对于感情的表现是比较微弱的,设若 Henry James(亨利·詹姆斯)的作品而放在古人们手里,也许只用"过了十年"一语便都包括了;他的作品总是在特别的一点感情下看一些小事实,不厌其细琐与平凡,只要写出由某件事所激起的感情如何。康拉德的小说中有许多新奇的事实,但是他决不为新奇而表现它们,他是要述说由事实所引起的感情,所以那些事实不止新奇,也使人感到亲切有趣。小说,十之八九,是到了后半便松懈了。为什么?多半是因为事实已不能再是感情的刺激与产物。一旦失去这个,故事便失去活跃的力量,而露出勉强堆砌的痕迹来。一下笔时不十分用力,以便有余力贯彻全体,不过是消极的办法;设若始终拿事实为感情起落的刺激物,便不怕有松懈的毛病了。康拉德之所以能忽前忽后的述说,就是因为他先决定好了所要传达的感情为何,故事的秩序虽颠倒杂陈亦不显着混乱了。

所谓事实发展的关键,逗宕与顶点者,便是感情的冲突、波浪与结束。这是个自然的步骤。假若我们没有深厚的感情,而空泛的逗宕,适足以惹人讨厌,如八股文之起承转合然。

Arlo Bates(阿洛·贝茨)说:"我不相信小说构成的死规则。工作的方法必随个人的性情而异。我自己的办法据我看是最逻辑的,可是我知道这是每一写家自决的问题。以我自己说,我以为小说的大体有定好的必要,而且在未动手之前就知道结局是更要紧的。"

这段话使我们放胆去运用事实。实事是事实,是死的,怎样运用它是我们自己的事。Arnold Bennett(阿诺尔特,贝内特)在巴黎的一个饭馆里,看见一老妇,她的举止非常的可笑。他就设想她曾经有过美好的青春,由少艾而肥老,其间经过许多细小的不停的变化。于是他便决定写那《老妇们的故事》。但这本书当开始动笔的时候,主角可已不是那个老妇,因为她太老了,

不足以惹起同情,杜思妥益夫斯基①的《罪与罚》是根据他自己的经验,但把故事放在都市里,因为都市生活的不安与犯罪空气的浓厚,更适宜于此题旨的表现。这样看,我们得到事实是随时的事,我们用什么事实是判断了许多事实之后的结果。真人真事不过是个起点,是个跳板。我们不仗着事实本身的好坏,而是仗着我们怎样去判断事实。这就是说,小说一开首的某件事实,已经是我们判断过的;在小说中,大家所见到的是事实的逐渐的发展,其实在作者心中,小说中的第一件事与第末一件事同样是预先决定好了的。自然,谁也不会把一部小说的每一段都预先想好,只等动笔一写,像填表格似的,不会。写出来才是作品,想得怎样高明不算一回事。但是,我们确能在写第一件事的时候,已经预备好末一件事,而且并不很难,因为即使我们不准知道那件是什么事,我们总会知道那是件什么样的事——我们所要传达的与激起的情绪是什么便替我们决定,替我们判断,所需要的是什么事。明乎此,在下笔的时候便能准确;我们要的是"怒",便不会上手就去打哈哈。及至写完了,想改正,我们也知道了怎去改正——加强我们所要激起的感情,删削那阻碍或破坏此种情绪的激发的。

　　由事实中求得意义,予以解释,而后把此意义与解释在情绪的激动下写出来;这样,我们才敢以事实为生材料,不论是极平凡的,还是极惊奇的,都有经过锻炼的必要。我们最怕教事实给管束住:看见或听见一件奇事,我们想这必是好材料,而愿把它写出来。这有两个危险,第一是写了一堆东西,而毫无意义;第二是只顾了写事而忘记了去创造人。反之,我们知道材料是需要我们去锻炼炮制的,我们才敢大胆的自由的去运用它们,使它们成为我们手中的东西。小说中的事实所以能使人感到艺术的味道就是因为每一事实所给的效果与感力都是整个作品所要给的效果与感力的一部分,仿佛每一件事都是完全由作者调动好了的,什么事在他手下都能活动起来。硬插入一段事实,不管它本身是多么有趣,必定妨碍全体的整美。平均是最不易作到的。要平均,我们必须依着所要激动的情绪制造出一种空气,把一切材料都包围起来。我们所要的是"怒",那么便可以利用声音、光线、味道,种种去包围那些材料,使它们都在这种声音、光线、味道中有了活力,有了作用,有了感力。这样,我们才能使作品各部分平均的供给刺激,全体像一气呵成的,在最后达到"怒"的高潮。所谓小说中的逗宕便是在物质上为逻辑的排列,在精神上是情绪的盘旋回荡。小说是些图画,都用感情联串起来。图画的鲜明或暗淡,或一明一暗,都凭所要激起的情感而决定。千峰万壑,色彩

---

①　现通译陀思妥耶夫斯基(1821—1881)。俄国作家。

各异，有明有暗，有远有近，有高有低，但是在秋天，它们便都有秋的景色，连花草也是秋花秋草。小说的事实如千峰万壑，其中主要的感情便是季节的景色。

但是，我们千万莫取巧，去用小巧的手段引起虚浮的感情。电影片中每每用雷声闪光引起恐怖，可是我们并不受多少感动，而有时反觉得可笑可厌。暗示是个好方法，它能调剂写法，使不至处处都是强烈的描画，通体只有色而无影。它也能使描写显着细腻，比直接述说还更有力。一个小孩，当故意恐吓人的时候，也会想到一种比直陈事实更有力的方法——不说出什么事，而给一点暗示。他不说屋中有鬼，而说有两只红眼睛。小说中的暗示，给人一些希冀，使人动心。说屋中有些血迹，比直说那里杀了人更多些声势；说某人的衣服上有油污，比直说他不干净强。暗示既使人希冀，又使人与作者共同去猜想，分担了些故事发展的预测。但是这不可用得过火了，虚张声势而使读者受骗是不应该的。

（原载1936年11月16日《宇宙风》第29期）

中国20世纪名家散文经典

言语与风格

小说是用散文写的,所以应当力求自然。诗中的装饰用在散文里不一定有好结果,因为诗中的文字和思想同是创造的,而散文的责任则在运用现成的言语把意思正确的传达出来。诗中的言语也是创造的,有时候把一个字放在那里,并无多少意思,而有些说不出来的美妙。散文不能这样,也不必这样。自然,假若我们高兴的话,我们很可以把小说中的每一段都写成一首散文诗。但是,文字之美不是小说的唯一的责任。专在修辞上讨好,有时倒误了正事。本此理,我们来讨论下面的几点:

(一)用字:佛罗贝①说,每个字只有一个恰当的形容词。这在一方面是说选字须极谨慎,在另一方面似乎是说散文不能像诗中那样创造言语,所以我们须去找到那最自然最恰当最现成的字。在小说中,我们可以这样说,用字与其俏皮,不如正确;与其正确,不如生动。小说是要绘色绘声的写出来,故必须生动。借用一些诗中的装饰,适足以显出小气呆死,如蒙旦②所言:"在衣冠上,如以一些特别的,异常的,式样以自别,是小气的表示。言语也如是,假若出于一种学究的或儿气的志愿而专去找那新词与奇字。"青年人穿戴起古代衣冠,适见其丑。我们应以佛罗贝的话当作找字的应有的努力,而以蒙旦的话为原则——努力去找现成的活字。在活字中求变

---

① 现通译福楼拜(Gustave Flauben,1821—1880),法国著名作家。
② 现通译蒙田(Michel de Montaigne,1533—1592),法国散文家。

化,求生动,文字自会活跃。

（二）比喻：约翰孙博士①说:"斯威夫特这个家伙永远不随便用个比喻。"这是句赞美的话。散文要清楚利落的叙述,不仗着多少"我好比"叫好。比喻在诗中是很重要的,但在散文中用得过多便失了叙述的力量与自然。看《红楼梦》中描写黛玉:"两湾似蹙非蹙笼烟眉,一双似喜非喜含情目。态生两靥之愁,娇袭一身之病。泪光点点,娇喘微微。闲静似娇花照水,行动如弱柳扶风。心较比干多一窍,病如西子胜三分。"这段形容犯了两个毛病：第一是用诗语破坏了描写的能力；念起来确有诗意,但是到底有肯定的描写没有？在诗中,像"泪光点点",与"闲静似娇花照水"一路的句子是有效力的,因为诗中可以抽出一时间的印象为长时间的形容：有的时候她泪光点点,便可以用之来表现她一生的状态。在小说中,这种办法似欠妥当,因为我们要真实的表现,便非从一个人的各方面与各种情态下表现不可。她没有不泪光点点的时候么？她没有闹气而不闲静的时候么？第二,这一段全是修辞,未能由现成的言语中找出恰能形容出黛玉的字来。一个字只有一个形容词,我们应再给补充上：找不到这个形容词便不用也好。假若不适当的形容词应当省去,比喻就更不用说了。没有比一个精到的比喻更能给予深刻的印象的,也没有比一个可有可无的比喻更累赘的。我们不要去费力而不讨好。

比喻由表现的能力上说,可以分为表露的与装饰的。散文中宜用表露的——用个具体的比方,或者说得能更明白一些。庄子最善用这个方法,像庖丁以解牛喻见道便是一例,把抽象的哲理作成具体的比拟,深入浅出的把道理讲明。小说原是以具体的事实表现一些哲理,这自然是应有的手段。凡是可以拿事实或行动表现出的,便不宜整本大套的去讲道说教。至于装饰的比喻,在小说中是可以免去便免去的。散文并不能因为有些诗的装饰便有诗意。能直写,便直写,不必用比喻。比喻是不得已的办法。不错,比喻能把印象扩大增深,用两样东西的力量来揭发一件东西的形态或性质,使读者心中多了一些图像：人的闲静如娇花照水,我们心中便于人之外,又加了池畔娇花的一个可爱的景色。但是,真正有描写能力的不完全靠着这个,他能找到很好的比喻,也能直接的捉到事物的精髓,一语道破,不假装饰。比如说形容一个癞蛤蟆,而说它"谦卑的工作着",便道尽了它的生活姿态,很足以使我们落下泪来：一个益虫,只因面貌丑陋,总被人看不起。这个,用不着什么比喻,更用不着装饰。我们本可以用勤苦的丑妇来形容它,但是用

---

① 约翰孙博士(Samuel Johnson,1709—1784),英国文学评论家,诗人,文坛领袖。

不着;这种直写法比什么也来得大方,有力量。至于说它丑若无盐,毫无曲线美,就更用不着了。

（三）句:短句足以表现迅速的动作,长句则善表现缠绵的情调。那最短的以一二字作成的句子足以助成戏剧的效果。自然,独立的一语有时不足以传达一完整的意念,但此一语的构成与所欲给予的效果是完全的,造句时应注意此点;设若句子的构造不能独立,即是失败。以律动言,没有单句的音节不响而能使全段的律动美好的。每句应有它独立的价值,为造句的第一步。及至写成一段,当看那全段的律动如何,而增减各句的长短。说一件动作多而急速的事,句子必须多半短悍,一句完成一个动作,而后才能见出继续不断而又变化多端的情形。试看《水浒传》里的"血溅鸳鸯楼":

"武松道:'一不作,二不休! 杀了一百个也只一死!' 提了刀,下楼来。夫人问道:'楼上怎地大惊小怪?' 武松抢到房前。夫人见条大汉入来,兀自问道:'是谁?' 武松的刀早飞起,劈面门剁着,倒在房前声唤。武松按住,将去割头时,刀切不入。武松心疑,就月光下看那刀时,已自都砍缺了。武松道:'可知割不下头来!' 便抽身去厨房下拿取朴刀。丢了缺刀。翻身再入楼下来……"

这一段有多少动作? 动作与动作之间相隔多少时间? 设若都用长句,怎能表现得这样急速火炽呢! 短句的效用如是,长句的效用自会想得出的。造句和选字一样,不是依着它们的本身的好坏定去取,而是应当就着所要表现的动作去决定。在一般的叙述中,长短相间总是有意思的,因它们足以使音节有变化,且使读者有缓一缓气的地方。短句太多,设无相当的事实与动作,便嫌紧促;长句太多,无论是说什么,总使人的注意力太吃苦,而且声调也缺乏抑扬之致。

在我们的言语中,既没有关系代名词,自然很难造出平均美好的复句来。我们须记住这个,否则一味的把有关系代名词的短句全变成很长很长的形容词,一句中不知有多少个"的",使人没法读下去了。在作翻译的时候,或者不得不如此;创作既是要尽量的发挥本国语言之美,便不应借用外国句法而把文字弄得不自然了。"自然"是最要紧的。写出来而不能读的便是不自然。打算要自然,第一要维持言语本来的美点,不作无谓的革新;第二不要多说废话及用套话,这是不作无聊的装饰。

写完几句,高声的读一遍,是最有益处的事。

（四）节段:一节是一句的扩大。在散文中,有时非一气读下七八句不能得个清楚的观念。分节的功用,那么,就是在叙述程序中指明思路的变化。思想设若能有形体,节段便是那个形体。分段清楚、合适,对于思想的

明晰是大有帮助的。

在小说里，分节是比较容易的，因为既是叙述事实与行动，事实与行动本身便有起落首尾。难处是在一节的律动能否帮助这一段事实与行动，恰当的，生动的，使文字与所叙述的相得益彰，如有声电影中的配乐。严重的一段事实，而用了轻飘的一段文字，便是失败。一段文字的律动音节是能代事实道出感情的，如音乐然。

（五）对话：对话是小说中最自然的部分。在描写风景人物时，我们还可以有时候用些生字或造些复杂的句子；对话用不着这些。对话必须用日常生活中的言语；这是个怎样说的问题，要把顶平凡的话调动得生动有力。我们应当与小说中的人物十分熟识，要说什么必与时机相合，怎样说必与人格相合。顶聪明的句子用在不适当的时节，或出于不相合的人物口中，便是作者自己说话。顶普通的句子用在合适的地方，便足以显露出人格来。什么人说什么话，什么时候说什么话，是最应注意的。老看着你的人物，记住他们的性格，好使他们有他们自己的话。学生说学生的话，先生说先生的话，什么样的学生与先生又说什么样的话。看着他的环境与动作，他在哪里和干些什么，好使他在某时某地说什么。对话是小说中许多图像的联接物，不是演说。对话不只是小说中应有这么一项而已，而是要在谈话里发出文学的效果；不仅要过得去，还要真实，对典型真实，对个人真实。

一般的说，对话须简短。一个人滔滔不绝的说，总缺乏戏剧的力量。即使非长篇大论的独唱不可，亦须以说话的神气，手势，及听者的神色等来调剂，使不至冗长沉闷。一个人说话，即使是很长，另一人时时插话或发问，也足以使人感到真像听着二人谈话，不至于像听留声机片。答话不必一定直答所问，或旁引，或反话，都能使谈话略有变化。心中有事的人往往所答非所问，急于道出自己的忧虑，或不及说完一语而为感情所阻断。总之，对话须力求像日常谈话，于谈话中露出感情，不可一问一答，平板如文明戏的对口。

善于运用对话的，能将不必要的事在谈话中附带说出，不必另行叙述。这样往往比另作详细陈述更有力量，而且经济。形容一段事，能一半叙述，一半用对话说出，就显着有变化。譬若甲托乙去办一件事，乙办了之后，来对甲报告，反比另写乙办事的经过较为有力。事情由口中说出，能给事实一些强烈的感情与色彩。能利用这个，则可以免去许多无意味的描写，而且老教谈话有事实上的根据——要不说空话，必须使事实成为对话资料的一部分。

风格:风格是什么? 暂且不提。小说当具怎样的风格? 也很难规定。我们只提出几点,作为一般的参考:

(一)无论说什么,必须真诚,不许为炫弄学问而说。典故与学识往往是文字的累赘。

(二)晦涩是致命伤,小说的文字须于清浅中取得描写的力量。Meredith(梅雷迪思)①每每写出使人难解的句子,虽然他的天才在别的方面足以补救这个毛病,但究竟不是最好的办法。

(三)风格不是由字句的堆砌而来的,它是心灵的音乐。叔本华说:"形容词是名词的仇敌。"是的,好的文字是由心中炼制出来的;多用些泛泛的形容字或生僻字去敷衍,不会有美好的风格。

(四)风格的有无是绝对的,所以不应去摹仿别人。风格与其说是文字的特异,还不如说是思想的力量。思想清楚,才能有清楚的文字。逐字逐句的去摹写,只学了文字,而没有思想作基础,当然不会讨好。先求清楚,想得周密,写得明白;能清楚而天才不足以创出特异的风格,仍不失为清楚;不能清楚,便一切无望。

(原载1936年12月16日《宇宙风》第31期)

---

① 现通译梅瑞狄斯(George Meredith,1828—1909),英国小说家和诗人。

"幽默"的危险

这里所说的危险,不是"幽默"足以祸国殃民的那一套。

最容易利用的幽默技巧是摆弄文字,"岂有此埋"代替了"岂有此理","莫名其妙"会变成了"莫名其土地堂";还有什么故意把字用在错地方,或有趣的写个白字,或将成语颠倒过来用,或把诗句改换上一两个字,或巧弄双关语……都是想在文字里找出缝子,使人开开心,露露自家的聪明。这种手段并不怎么大逆不道,不过它显然的是专在字面上用功夫,所以往往有些油腔滑调;而油腔滑调正是一般人所谓的"幽默",也就是正人君子所以为理当诛伐的。这个,可也不是这里所要说的。

假若"幽默"也会有等级的话,摆弄文字是初级的,浮浅的;它的确抓到了引人发笑的方法,可是功夫都放在调动文字上,并没有更深的意义,油腔滑调乃必不可免。这种方法若使得巧妙一些,便可以把很不好开口说的事说得文雅一些,"雀入大水化为蛤"一变成"雀入大蛤化为水"仿佛就在一群老翰林面前也大可以讲讲的。虽然这种办法不永远与狎亵相通,可是要把狎亵弄成雅俗共赏,这的确是个好方法。这就该说到狎亵了:我们花钱去听相声,去听小曲;我们当正经话已说完而不便都正襟危坐的时候,不知怎么便说起不大好意思的笑话来了。相声,小曲,和不大好意思的笑话,都是整批的贩卖狎亵,而大家也觉得"幽默"了一下。在幽默的文艺里,如

Aristophanes①,如 Rabelais②,如 Boccaccio③,都大大方方的写出后人得用××印出来的事儿。据批评家看呢,有的以为这种粗莽爽利的写法适足以表示出写家的大方不拘,无论怎样也比那扭扭捏捏的暗示强,暗透消息是最不健康的(或者《西厢记》与《红楼梦》比《金瓶梅》更能害人吧?)。有的可就说,这种粗糙的东西,也该划入低级幽默,实无足取。这个,且当个悬案放在这里,它有无危险,是高是低,随它去吧;这又不是这里所要说的。

来到正文。我所要说的,是我自己体验出的一点道理:

幽默的人,据说,会郑重的去思索,而不会郑重的写出来;他老要嘻嘻哈哈。假若这是真的,幽默写家便只能写实,而不能浪漫。不能浪漫,在这高谈意识正确,与希望革命一下子就成功的时期,便颇糟心。那意识正确的战士,因为希望革命一下子成功,会把英雄真写成个英雄,从里到外都白热化,一点也不含糊,像块精金。一个幽默的人,反之,从整部人类史中,从全世界上,找不出这么块精金来;他若看见一位战士为督战而踢了同志两脚,似乎便有点可笑;一笑可就泄了气。幽默真是要不得的!

浪漫的人会悲观,也会乐观;幽默的人只会悲观,因为他最后的领悟是人生的矛盾——想用七尺之躯,战胜一切,结果却只躺在不很体面的木匣里,像颗大谷粒似的埋在地下。他真爱人爱物,可是人生这笔大账,他算得也特别清楚。笑吧,明天你死。于是,他有点像小孩似的,明知顽皮就得挨打,可是还不能不顽皮。因此,他有时候可爱,有时候讨人嫌;在革命期间,他总是讨人嫌的,以至被正人君子与战士视如眼中钉,非砍了头不解气。多么危险。

顽皮,他可是不会扯谎。他怎么笑别人也怎么笑自己。Rabelais,当惹起教会的厌恶而想架火烧死他的时候,说:不用再添火了,我已经够热的了。他爱生命,不肯以身殉道,也就这么不折不扣的说出来。周作人(知堂)先生的博学,谁不知道呢,可是在《秉烛谈序言》中,他说:"今日翻看唱经堂杜诗解——说也惭愧,我不曾读过全唐诗,唐人专集在书架上是有数十部,却都没有好好的看过,所有一点知识只出于选本,而且又不是什么好本子,实在无非是《唐诗三百首》之类,唱经之不登大雅之堂,更不用说了,但这正是事实……"在周先生的文章里,像这样的坦白陈述,还有许许多多。一个有幽默之感的人总扭不过去"这是事实",他不会鼓着腮充胖子。大概是那位鬼

---

① Aristophanes,阿里斯托芬(约公元前446—公元前385),古希腊早期喜剧代表作家。
② Rabelais,拉伯雷(约1494—1553),文艺复兴时期法国作家,代表作为《巨人传》。
③ Boccaccio,薄伽丘(1313—1375),意大利文艺复兴时期作家,代表作为《十日谈》。

气森森的爱兰·坡①吧，专爱引证些拉丁或法文的句子，其实他并没读过原书，而是看到别人引证，他便偷偷的拉过来，充充胖子。这并不是说，浪漫者都不诚实，不过他把自己一滴眼泪都视如珍宝，那么，假充胖子也许是不可免的，他唯恐泄了气。幽默的人呢，不，不这样，他不怕泄气，只求心中好过。这么一来，他可就被人视为小丑，永远欠着点严重，不懂得什么叫作激起革命情绪。危险。

他悲观，他顽皮，他诚实；哼，他还容让人呢，这就更糟。按说，一个文人应当老眼看六路，耳听八方，有个风声草动，立刻拔出笔来，才像那么一回子事。战斗的时候，还应当撒手就是一毒气弹，不容来将通名，就给打闷了气。人家只说了他写错一个字，他马上发现那个人的祖宗写过一万个错字，骂了祖宗，子孙只好去重修家谱，还不出话来。幽默的人呀，糟心，即使他没写错那个字，也不去辩驳；"谁没有个错儿呢？"他说。这一说可就泄了大家的劲，而文坛冷冷清清矣。他不但这样容让人，就是在作品之中也是不肯赶尽杀绝。他看清了革命是怎回事，但对于某战士的鼻孔朝天，总免不了发笑。他也看资本家该打倒，可是资本家的胡子若是好看，到底还是好看。这么一来，他便动了布尔乔亚的妇人之仁，而笔下未免留些情分。于是，他自己也就该被打倒，多么危险呢。

这就是我所看出来的一点点意思，对与不对都没关系。

（原载 1937 年 5 月 16 日《宇宙风》第 41 期）

---

① 现通译爱伦·坡（Allan poe,1809—1849），美国小说家。

未成熟的谷粒

（一）

我最大的苦痛，是我知道的事情太少。使我心里光亮起来的理论，并不能有补于创作——它教给了我怎么说，而没教给我说什么。啊，丰富的生活才是创作的泉源吧？

（二）

照着批评者的意见去创作，也许只能掉在公式阵中吧？创作饥歉，批评便也瘠瘦；随着瘠瘦的理论去学习，怎能康健呢？还是勇于创作，多方去试验吧！

（三）

想起来就头疼呀：到底是应当按着民众的教育程度，去撰制宣传文字呢？还是假设民众已经都在大学毕业，而供给高深莫测的作品呢？

（四）

我时常想写诗，而找不到合适的字。旧诗中的词汇太腐，

鼓词旧戏中的词汇好多都欠通;上哪里找足以使我满意,而又使人爱念的字呢?这没有诗的社会啊!

(五)

艺术都含有宣传性。偏重宣传又被称为八股。怎办好?

(六)

吸不起香烟了,买来个烟斗,费事,费火柴,又欠干净。发明烟卷的人该死!

(七)

越忙越写不出东西来,文艺仿佛是"闲而后工"。

(八)

写通俗的文艺,俗难,俗而有力更难。能作到俗而有力恐怕就是伟大的作品吧?

(九)

诗的形式太自由了,写完总疑心——是诗吗?戏剧的形式太不自由,写完老不放心——是戏剧吗?还是小说容易像样儿。

(十)

诗与散文的界限为什么那样不清楚呢?用尽力量写成的几行诗,一转眼便变作散文,颇想自杀!

(十一)

友人善意的说:你写了不少抗战的文字,为何不写点关于建设的呢?这是好话!然而,哪一项建设不需要许多时日去仔细观察呢?去观察、去学习,谁给饭吃呢?噢,那么,抗战文字必是八股了?惭愧得紧!

(十二)

写信与开会是两件费时间的事。可是,私心里却极愿接读友人们的信,也愿去到会场和友人们见面谈一谈;这就无法声冤了!

(十三)

把散文分成短行写出就是诗,虽然没人敢这样主张,可是的确有人这样办了,危险!

(十四)

生平不讲究吃喝,只爱穿几件整洁的衣服,流亡中,连这点讲究也牺牲了。虽然也没多大的苦痛,可是身上一痒,就疑心是有虱子!

(十五)

不许小孩子说话,造成不少的家庭小革命者。

(十六)

想写一本戏,名曰最悲剧的悲剧,里面充满了无耻的笑声。

(十七)

伟大文艺之所以伟大,自有许多因素,其中必不可缺少的是一股正气,谓之能动天地,泣鬼神,亦非过誉。至若要弄点小聪明,偷偷的骂人几句,虽足快意一时,可是这态度已经十分的卑鄙。

(十八)

骂人并不是件容易的事。欲骂某人必洞悉其恶。若仅东拉西扯,说些闲白儿,是谓无中生有,罪在造谣,既骂不倒别人,反使自己心脏口臭。

（十九）

文人相轻是件极自然的事。每个文人都多少有点才气。每个文人在创作的时候都愿把全力用出来。这样，他的辛苦使他没法不自信自傲，看不起别人和不易接受别人的批评，几乎是理当如此。能闯过这由卖力气而自傲的一关，进到虚心大度，才能由自傲而自尊，才能觉得认清自己的毛病，承认自己的短处，正是自策自励所当取的态度——这可不很容易。

（二十）

哲人的智慧，加上孩子的天真，或者就能成个好作家了。

（二十一）

中玉来信说，继续研究文学理论。告以整旧难以见新，以新衡旧亦难得当，未若努力介绍新的，使大家多看到一些。

（二十二）

实际去批判一本书，胜于读批评理论十卷。专凭读书，成不了医生，治文艺批评者或亦类是。

（二十三）

晚会中，大家朗读新诗，极有趣。新诗读法，尚无规定，亦永难规定，不妨多方面试验。光未然先生有腔调有姿式，将来若有诗剧上演，必用此法。朱铭仙与高兰二先生清楚亲切，宜于警劝激励之作。我自己读诗如说话，取其自然流利，只宜于十数人的晚会中，在广大听众前必定失败。

（二十四）

无聊的话虽每起于：（一）以甲衡乙；（二）以己度人。前者，譬如说：甲乐善好施，而论者遂讥乙不如甲，不知甲为富翁，而乙乃寒士，怎能相比。后者，自己好名，遂以为稍具名声者必都高视阔步，得意非常，故当责骂以泄自

己无名之怨。前者可称为善意的错误,后者卑劣的想象。

(二十五)

我应当受苦。没有任何专门学识,只凭一点点想象力去乱写胡诌;受苦是当然的惩罚。青年朋友们,别因为算术或外国语不能及格,而想作个写家呀!

(二十六)

早晨吃豆浆与油条也须花两角多了!自元旦起,废止朝食。空着肚皮写作,脑子似乎倒更清楚。和尚们有每日只进一餐的。由写家而出家,照现在的情形看来,倒许是条顺路。

(原载1940年2月5、9、14日《新蜀报》)

我的"话"

二十岁以前,我说纯粹的北平话。二十岁以后,糊口四方,虽然并不很热心去学各地的方言,可是自己的言语渐渐有了变动:一来是久离北平,忘记了许多北平人特有的语调词汇;二来是听到别处的语言,感觉到北平话,特别是在腔调上,有些太漂浮的地方,就故意的去避免。于是,一来二去,我的话就变成一种稍稍忘记过、矫正过的北平话了。大体上说,我说的是北平话,而且相当的喜爱它。

三十岁左右的五年中,住在英国。因为岁数稍大,和没有学习语文的天才,所以并没能把英语学习好。有一个时期,还学习了一点拉丁和法文,也因脑子太笨而没有什么成绩。不过,我总算与外国语言接触过了。在上一段中,我说明了怎样因与国内的方言接触,而稍稍改变了自己的北平话;在这里,就是与外国语接触之后,我便拿北平话——因为我只会讲北平话——去代表中国话,而与外国话比较了。

最初,因英语中词汇的丰富,文法的复杂,我感到华语的枯窘简陋。在偶而练习一点翻译的时候,特别使我痛苦:找不着适当的字啊!把完好的句子都拆毁了啊!我鄙视我的北平话了!

后来,稍稍学了一点拉丁及法文,我就更爱英文,也就翻回头来更爱华语了,因为以英文和拉丁或法文比较,才知道英文的简单正是语言的进步,而不是退化;那么以华语和英语比

中国20世纪名家散文经典

较,华语的惊人的简单,也正是它的极大的进步。

及至我读了些英文文艺名著之后,我更明白了文艺风格的劲美,正是仗着简单自然的文字来支持,而不必要花枝招展,华丽辉煌。英文圣经,与狄福①斯威夫特等名家的作品,都是用了最简劲自然的,也是最好的文字。

这时候,正是我开始学习写小说的时候;所以,我一下手便拿出我自幼儿用惯了的北平话。在第一二本小说中,我还有时候舍不得那文雅的华贵的词汇;在文法上,有时候也不由得写出一二略为欧化的句子来。及至我读了《艾丽司漫游奇境记》等作品之后,我才明白了用儿童的语言,只要运用得好,也可以成为文艺佳作。我还听说,有人曾用"基本英文"改写文艺杰作,虽然用字极少,也还能保持住不少的文艺性;这使我有了更大的胆量,脱去了华艳的衣衫,而露出文字的裸体美来。在当代的名著中,英国写家们时常利用方言;按照正规的英文法程来判断这些方言,它们的文法是不对的,可是这些语言放在文艺作品中,自有它们的不可忽视的力量,绝对不是任何其他语言可以代替的。是的,它们的确与正规文法不合,可是它们原本有自己的文法啊!你要用它,就得承认它的独立与自由,因为它自有它们的生命。假若你只采取它一两个现成的字,而不肯用它的文法,你就只能得到它的一点小零碎来作装饰,而得不到它的全部生命的力量。因此,我自己的笔也逐渐的、日深一日的,去沾那活的、自然的、北平话的血汁,不想借用别人的文法来装饰自己了。我不知道这合理与否,我只觉得这个作法给我不少的欣喜,使我领略到一点创作的乐趣。看,这是我自己的想象,也是我自己的语言哪!

避免欧化的句子是不容易的。我们自己的文法是那么简单,简直没有法子把一句含意复杂的话说得圆满呀!可是,我还是设法去避免,我会把一长句拆开来说,还教它好听,明白,生动。把含意复杂的一个长句拆开来说,恐怕就不能完全传达那个长句所要表现的意思了,句子的形式既变,意思恐怕也就或多或少总有些变动;即使能够不多不少的恰切原意,那句子形式的变动也会使情调语气随着改变。于此,欧化的语句有时候是必不能舍弃的,特别是在说理的文章里。不过,我自己不大写说理的文章,我所写的大多数是诗歌小说之类的东西。这类的东西需要写得美好,简劲,有感动力。那么,语言之美是独特的无法借用,有不得不在自己的语言中探索其美点者。谈到简劲,中国言语恰恰天然的不会把句子拉长;强使之长,一句中有若干"底""地",与"的",或许能于一句中表达纡回复杂的意念,有如上述;但在

---

① 现通译笛福(Daniel Defoe,1660—1731),英国小说家。

文艺作品中这必然的会使气势衰沉,而且只能看而不能读,给诗歌与戏剧中的对话一个致命伤。在一个哲学家口中,他也许只求他的话能使人作深思,而不管它是多么别扭、生硬、冗长,文艺家便不敢这么冒险,因为他虽然也愿使人深思细想,可是他必定是用从心眼中发出来的最有力、最扼要、最动人的言语,使人咂摸着人情世态,含泪或微笑着去作深思。他要先感动人。这从心眼中掏出来的言语,必是极简单、极自然、极通俗的。媳妇哭婆婆,或许用点儿修辞;当她哭自己的儿女的时候,她只叫一两声"我的肉",而昏倒了!文字的感动力是来自在某个场合中必然的说某种话——这个话是最普遍常用的,绝难借用外国文法的。一个哲学家,与一个工友,在他痛苦的时节,是同样的只会叫"妈"的。

  我明白了上述的一点道理——对不对,我可不敢说——我就决定放弃了翻译工作。这工作是极要紧的,但是它使我太痛苦——顾了自己,便损害了别人;顾及别人,便失落了自己。言语的不同没法使彼此尽欢而散。同时,我写作小说也就更求与口语相合,把修辞看成怎样能从最通俗的浅近的词汇去描写,而不是找些漂亮文雅的字来漆饰。用字如此,句子也力求自然,在自然中求其悦耳生动。我愿在纸上写的和从口中说的差不多。到了这个地步,有时候我颇后悔我曾经矫正过自己的北平话了:有许多好的词汇,好的句法,因为怕别人不懂而不用,乃至渐渐的忘记了。是的,中国话确是太简单了,词与字真是太不够用了;把文言与白话搀合起来用,或者还能勉强应付;可是我立志要写白话,不借助于文言,岂不是自找苦吃?况且,我又忘了许多北平话呢!

  我要恢复我的北平话。它怎么说,我便怎么写。怕别人不懂吗?加注解呀。无论怎说,地方语言运用得好,总比勉强的用四不像的、毫无精力的、普通官话强得多。至于借用外国文法,我不反对别人去试验,我自己可是还无暇及此,因为我还没能把自己的语言运用得很好哇!先把握住自己的话,而后再添加外来的材料,也许更牢靠一些。

  近来有件伤心的事:我练习着写诗,把自己憋得半死!我知道,诗是语言的结晶。我写的是白话诗,自然须是白话的结晶。可是,这结晶不成;知道的白话是那么少啊!而且所知道的那一些,又运用得那么笨拙啊!我还是不敢多向外国语求救,可是文言不住的对我招手。我本想置之不理,给它个冷肩膀吃。但是,没了米,也只好吃面粉了,还能饿着吗?唉,对白话我有点不忠之罪!是白话不够用吗?是白话不配上诗的园里去吗?都不是!是自己无才,而且有点偷懒啊!我以为,从诗的言语上说,假若"刁骚""歧路""原野""涟漪"……无聊的词汇不被铲除了去,白话诗或者老是一片草地,而

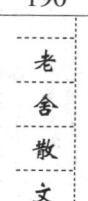

排列着许多坟头儿,永远成不了美丽的林园。

不过,近来也有桩可喜的事:我在练习写话剧。话剧太难写了,我当然不会一蹴而成功。但是,且不管剧中旁的一切,单就对话来说,实在使我快活。我没有统计过,在一出三幕或四幕剧中,用过多少个字。我可是直觉的感到,我用字很少,因为在写剧的时节,我可以充分的去想象:某个人在某时某地须说什么话,而这些话必定要立竿见影的发生某种效果;用不着转文,也用不着多加修饰,言语是心之声,发出心声,则一呼一嗽都能感人。在这里,我留神语言的自然流露,远过于文法的完整;留神音调的美妙,远过于修辞的选择。剧中人口里的一个"哪"或"吗",安排得当,比完整而无力的一大句话,要收更多的效果。在这里,才真实的不是作文,而是讲话。话语的本来的文法,在此万不能移动;话语的音节腔调之美,在此须充分的发扬。剧中人所讲的是生命与生活中的话语,不是在背诵文章。

我没有学习语言的天才,故对语言的比较也就没有任何研究。我也没研究过文法,而只知道自己口中所说的话自有文法,很难改创。对语文既无所知,可是还要谈论到它们,不过是本着自己学习写作的经验说说实话而已,说不定就是一片胡言啊!

(原载1941年6月16日《文艺月刊》6月号)

文艺与木匠

一位木匠的态度,据我看:(一)要作个好木匠;(二)虽然自己已成为好木匠,可是绝不轻看皮匠、鞋匠、泥水匠,和一切的匠。

此态度适用于木匠,也适用于文艺写家。我想,一位写家既已成为写家,就该不管怎么苦,工作怎样繁重,还要继续努力,以期成为好的写家,更好的写家,最好的写家。同时,他须认清:一个写家既不能兼作木匠、瓦匠,他便该承认五行八作的地位与价值,不该把自己视为至高无上,而把别人踩在脚底下。

我有三个小孩。除非他们自己愿意,而且极肯努力,作文艺写家,我决不鼓励他们;因为我看他们作木匠、瓦匠、或作写家,是同样有意义的,没有高低贵贱之别。

假若我的一个小孩决定作木匠去,除了劝告他要成为一个好木匠之外,我大概不会絮絮叨叨的再多讲什么,因为我自己并不会木工,无须多说废话。

假若他决定去作文艺写家,我的话必然的要多了一些,因为我自己知道一点此中甘苦。

第一,我要问他:你有了什么准备?假若他回答不出,我便善意的,虽然未必正确的,向他建议:你先要把中文写通顺了。所谓通顺者,即字字妥当,句句清楚。假若你还不能作到通顺,请你先去练习文字吧,不要开口文艺,闭口文艺。文字写通顺了,你要"至少"学会一种外国语,给自己多添上一双眼睛。这样,中文能写通顺,外国书能念,你还须去生活。我看,你到三十岁左右再写东西,绝不算晚。

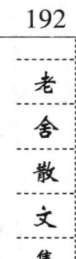

第二，我要问他：你是不是以为作家高贵，木匠卑贱，所以才舍木工而取文艺呢？假若你存着这个心思，我就要毫不客气的说：你的头脑还是科举时代的，根本要不得！况且，去学木工手艺，即使不能成为第一流的木匠，也还可以成为一个平常的木匠，即使不能有所创造，还能不失规矩的仿制；即使供献不多，也还不至于糟蹋东西。至于文艺呢，假若你弄不好的话，你便糟践不知多少纸笔，多少时间——你自己的，印刷人的，和读者的；罪莫大焉！你看我，已经写作了快二十年，可有什么成绩？我只感到愧悔，没有给人盖成过一间小屋，作成过一张茶几，而只是浪费了多少纸笔，谁也不曾得到我一点好处？高贵吗？啊，世上还有高贵的废物吗？

第三，就要问他：你是不是以为作写家比作别的更轻而易举呢？比如说，作木匠，须学好几年的徒，出师以后，即使技艺出众，也还不过是默默无闻的匠人；治文艺呢，你可以用一首诗，一篇小说，而成名呢？我告诉你，你这是有意取巧，避重就轻。你要知道，你心中若没有什么东西，而轻巧的以一诗一文成了名，名适足以害了你！名使你狂傲，狂傲即近于自弃。名使你轻浮、虚伪。文艺不是轻而易举的东西，你若想借它的光得点虚名，它会极厉害的报复，使你不但挨不近它的身，而且会把你一脚踢倒在尘土上！得了虚名，而丢失了自己，最不上算。

第四，我要问他：你若干文艺，是不是要干一辈子呢？假若你只干一年半载，得点虚名便闪躲开，借着虚名去另谋高就，你便根本是骗子！我宁愿你死了，也不忍看你作骗子！你须认定：干文艺并不比作木匠高贵，可是比作木匠还更艰苦。在文艺里找慈心美人，你算是看错了地方！

第五，我要告诉他：你别以为我干这一行，所以你也必须来个"家传"。世上有用的事多得很，你有择取的自由。我并不轻看文艺，正如同我不轻看木匠。我可是也不过于重视文艺，因为只有文艺而没有木匠也成不了世界。我不后悔干了这些年的笔墨生涯，而只恨我没能成为好的写家。作官教书都可以辞职，我可不能向文艺递辞呈，因为除了写作，我不会干别的；已到中年，又极难另学会些别的。这是我的痛苦，我希望你别再来一回。不过，你一定非作写家不可呢，你便须按着前面的话去准备，我也不便绝对不同意，你有你的自由。你可得认真的去准备啊！

（原载1942年8月16日《时事新报》）

怎样读小说

写一本小说不容易,读一本小说也不容易。平常人读小说,往往以为既是"小"说,必无关宏旨,所以就随便一看,看完了顺手一扔,有无心得,全不过问。这个态度,据我看来,是不大对的。光是浪费了光阴么?我们要这样去读小说,何不去玩玩球,练练武术,倒还有益于身体呀?再说,小说之所以能够存在,并不见完全因为它"小"而易读,可供消遣。反之,它之所以能够存在,正因为它有它特具的作用,不是别的书籍所能替代的。化学不能代替心理学,物理学不能代替历史;同样的,别的任何书籍也都不能代替小说。小说是讲人生经验的。我们读了小说,才会明白人间,才会知道处身涉世的道理。这一点好处不是别的书籍所能供给我们的。哲学能教咱们"明白",但是它不如小说说得那么有趣,那么亲切,那么动人,因为哲学太板着面孔说话,而小说则生龙活虎的去描写,使人感到兴趣,因而也就不知不觉地发生了潜移默化的作用。历史也写人间,似乎与小说相同。可是,一般的说,历史往往缺乏着文艺性,使人念了头疼;即使含有文艺性,也不能像小说那样圆满生动,活龙活现。历史可以近乎小说,但代替不了小说。世间恐怕只有小说能源源本本、头头是道的描画人世生活,并且能暗示出人生意义。就是戏剧也没有这么大的本事,因为戏剧须摆在舞台上去,而舞台的限制就往往教剧本不能像小说那样自由描画。于此,我们知道了,小说是在书籍里另

成一格,也就与别种书籍同样的有它独立的、无可代替的价值与使命。它不是仅供我们念着"玩"的。

读小说,第一能教我们得到益处的,便是小说的文字。世界上虽然也有文字不甚好的伟大小说,但是一般的来说,好的小说大多数是有好文字的。所以,我们读小说时,不应只注意它的内容,也须学习它的文字,看它怎么以最少的文字,形容出复杂的心态物态来;看它怎样用最恰当的文字,把人情物状一下子形容出来,活生生的立在我们的眼前。况且一部小说,又是有人有景有对话,千状万态,包罗万象,更是使我们心宽眼亮,多见多闻;假若我们细心去读的话,它简直就是一部最好的最丰富的模范文。反之,假若我们读到一部文字不甚好的小说,即使它有些内容,我们也就知道这部小说是不甚完美的,因为它有个文字拙劣的缺点。在我们读过一段描写人,或描写事物的文字以后,试把小说放在一边,而自己拟作一段,我们便得到很不小的好处,因为拿我们自己的拟作与原文一比,就看出来人家的是何等简洁有力,或委宛多姿。而且还可以看出来,人家之所以能体贴入微者,必是由真正的经验而来,并不是先写好了"人生于世"而后敷衍成章的。假若我们也要写好文章,我们便也应该去细心观察人生与事物,观察之后,加以揣摩,而后我们才能把其中的精采部分捉到,下笔如有神矣。闭着眼睛想是写不出来东西的。

文字以外,我们该注意的是小说的内容。要断定一本小说内容的好坏,颇不容易,因为世间的任何一件事都可以作为小说的材料,实在不容易分别好坏。不过,大概的说,我们可以这样来决定:关心社会的便好,不关心社会的便坏。这似乎是说,要看作者的态度如何了。同一件事,在甲作家手里便当作一个社会问题而提出之,在乙作家手里或者就当作一件好玩的事来说。前者的态度严肃,关切人生;后者的态度随便,不关切人生。那么,前者就给我们一些知识,一点教训,所以好;后者只是供我们消遣,白费了我们的光阴,所以不好。青年们读小说,往往喜爱剑侠小说。行侠仗义,好打不平,本是一个黑暗社会中应有的好事。倘若作者专向着"侠"字这一方面去讲,他多少必能激动我们的正义感,使我们也要有除暴安良的抱负。反之,倘若作者专注意到"剑"字上去,说什么口吐白光,斗了三天三夜的法而不分胜负,便离题太远,而使我们渐渐走入魔道了。青年们没有多少判断能力,而且又血气方刚,喜欢热闹,故每每以惊奇与否断定小说的好歹,而不知惊奇的事未必有什么道理,我们费了许多光阴去阅读,并不见得有丝毫的好处。同样的,小说的穿插若专为故作惊奇,并不见得就是好作品,因为卖关子,耍笔调,都是低卑的技巧;而好的小说,虽然没有这些花样,也自能引人入胜。一

部好的小说,必是真有的说,真值的说;它决不求助于小小的技巧来支持门面。作者要怎样说,自然有个打算,但是这个打算是想把故事拉得长长的,好多赚几个钱。所以,我们读一本小说,绝不该以内容与穿插的惊奇与否而定去取,而是要以作者怎样处理内容的态度,和怎样设计去表现,去定好坏。假若我们能这样去读小说,则小说一定不是只供消遣的东西,而是对我们的文学修养,与处世的道理,都大有裨益的。

(原载1943年3月10日《国文杂志》第1卷4、5期合刊)

中国 20 世纪名家散文经典

文牛

干哪一行的总抱怨哪一行不好。在这个年月能在银行里，大小有个事儿，总该满意了，可是我的在银行作事的朋友们，当和我闲谈起来，没有一个不觉得怪委屈的。真的，我几乎没有见过一个满意、夸赞他的职业的。我想，世界上也许有几位满意于他们的职业的人，而这几位人必定是英雄好汉。拿破仑、牛顿、爱因司坦、罗斯福，大概都不抱怨他们的行业"没意思"。虽然不自居拿破仑与牛顿，我自己可是一向满意我的职业。我的职业多么自由啊！我用不着天天按时候上课或上公事房，我不必等七天才到星期日；只要我愿意，我可连着有一个星期的星期日！

我的资本很小，纸笔墨砚而已。我的生活可以按照自己的意思安排，白天睡，夜里醒着也好，昼夜都不睡也可以；一日三餐也好，八餐也好！反正我是在我自己的屋里操作，别人也不能敲门进来，禁止我把脚放在桌子上。专凭这一点自由，我就不能不满意我的职业。况且，写得好吧歹吧，大致都能卖出去，喝粥不成问题，倒也逍遥自在；虽然因此而把妒忌我的先生们鼻子气歪，我也没法子代他们去搬正！

可是，在近几个月来，也不知怎么我也失去了自信，而时时不满意我的职业了。这是吉是凶，且不去管，我只觉得"不大是味儿"！心里很不好过！

我的职业是"写"。只要能写，就万事亨通，可是，近来我

写不上来了！问题严重得很，我不晓得生了娃娃而没有奶的母亲怎样痛苦，我可是晓得我比她还更痛苦。没有奶，她可以雇乳娘，或买代乳粉，我没有这些便利。写不出就是写不出，找不到代替品与代替的人。

天天能写一点，确实能觉得很自由自在，赶到了一点也写不出的时节呀，哈哈，你便变成世界上最痛苦的人！你的自由，闲在，正是对你的刑罚；你一分钟一分钟无结果的度过，也就每一分钟都如坐针毡！你不但失去工作与报酬，你简直失去了你自己！

一夏天除了阴雨，我的卧室兼客厅兼饭厅兼浴室兼书房的书房，热得老像一只大火炉。夜间一点钟以后，我才能勉强的进去睡。睡不到四个小时，我就必须起来，好乘早凉儿工作一会儿；一过午，屋内即又成烤炉。一夏天，我没有睡足。睡不足，写的也就不多，一拿笔就觉得困啊。我很着急，但是想不出办法，缙云山上必定凉快，谁去得起呢！

入秋，我本想要"好好"的工作一番，可是天又霉，纸烟的价钱好像疯了似的往上涨。只好戒烟。我曾经声明过："先上吊，后戒烟！"以示至死不戒烟的决心。现在，自己打了嘴巴。最坏的烟卖到一百元一包（二十枝；我一天须吸三十枝），我没法不先戒烟，以延缓上吊之期了；人都惜命呀！没有烟，我只会流汗，一个字也写不出！戒烟就是自己跟自己摔跤，我怎能写字呢？半个月，没写出一个字！

烟瘾稍杀，又打摆子，本来贫血，摆子使血更贫。于是，头又昏起来。不留神，猛一抬头，或猛一低头，眼前就黑那么一下，老使人有"又要停电"之感，每天早上，总盼着头不大昏，幸而真的比较清爽，我就赶快的高高兴兴去研墨，期望今天一下子能写出两三千字来。墨研好了，笔也拿在手中，也不知怎的，头中轰的一下，生命成了空白，什么也没有了，除了一点轻微的嗡嗡的响声。这一阵好容易过去了，脑中开始抽着疼，心中烦躁得要狂喊几声！只好把笔放下——文人缴械！一天如此，两天如此，忍心的、耐性的、敷衍自己："明天会好些的！"第三天还是如此，我开始觉得："我完了！"放下笔，我不会干别的！是的，我晓得我应当休息，并且应当吃点补血的东西——豆腐、猪肝、菠菜、红萝卜等。但是，这年月谁休息得起呢？紧写慢写还写不出香烟钱怎敢休息呢？至于补品，猪肝岂是好惹的东西，而豆腐又一见双眉紧皱，就是菠菜也不便宜啊！如此说来，理应赶快服点药，使身体从速好起来。可是西药贵如金，而中药又无特效。怎办呢？到了这般地步，我不能不后悔当初为什么单单选择这一门职业了！唱须生的倒了嗓子，唱花旦的损了面容，大概都会明白我的苦痛：这苦痛是来自希望与失望的相触，天天希望，天天失望，而生命就那么一天天的白白的摆过去，摆向绝望与毁灭！

中国 20 世纪名家散文经典

最痛苦是接到朋友征稿的函信的时节。

朋友不仅拿你当作个友人,而且是认为你是会写点什么的人。可是,你须向友人们道歉;你还是你,你也已经不是你——你已不能够作了!

吃的是草,挤出的是牛奶;可是,文人的身体并不和牛一样壮,怎办呢?

青年朋友们,假使你没有变成一头牛的把握,请不要干我这一行事吧;当你写不出字来的时候,你比谁的苦痛都更大!我是永不怨天尤人的人,今天我只后悔自己选错了职业——完全是我自己的事,与别人毫不相干。我后悔作了写家的正如我后悔"没"作生意,或税吏一样;假若我起初就作着囤积居奇,与暗中拿钱的事,我现在岂不正兴高彩烈的自庆前程远大么?啊,青年朋友们,尽使你健壮如牛,也还要细想一想再决定吧,即在此处,牛恐怕是永远没有希望的动物,管你,和我一样的,不怨天尤人。

(原载 1944 年 11 月《华声》第 1 卷第 1 期)

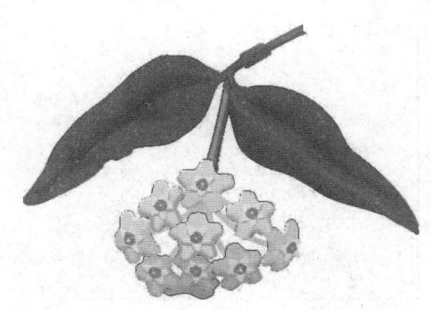